La dame blanche
d'Isabelle Major
est le r[illegible]

La collection « Roman »
est dirigée par Jean-Yves Soucy.

Merci

À Sophie Martel, Angela Kourouklis, Caroline Doyon, Chantal Chaput, Line Desrosiers
et Francine Demarbre pour leur lecture attentionnée de mon roman,
leurs nombreux commentaires, corrections et suggestions.

À mes parents, Jacinthe Boudreau et Guy Major
qui ont su bâtir des kilomètres et des kilomètres
de rails avec mon fils pendant mon travail d'écriture.

À ma belle-mère, Marie Sammoun, qui, non seulement me donne son temps
sans compter depuis la naissance de mes enfants, mais tente de me convaincre
depuis six ans que cette générosité est tout à fait banale.

À Sylvie Boudreau pour avoir lu, relu et commenté rigoureusement chaque version
de mon manuscrit, mais surtout pour avoir su garder son sang-froid
devant mon incapacité récurrente à saisir la règle d'accord
des participes passés avec l'auxiliaire avoir.

À Rémi Sammoun, mon amour et ma muse, pour avoir su prêter ses traits,
sa personnalité et ses humeurs au sieur de La Roche.

À toute l'équipe de VLB éditeur qui a su voir quelque chose d'intéressant
dans ma première version, pour leur patience, leurs conseils,
leur expertise et leur accompagnement.

À Carole Hébert, pour sa générosité et sa simplicité
dans le partage de ses connaissances.

À tous ceux qui, d'une façon ou d'une autre, ont manifesté leur intérêt,
leur confiance et leur appui pour mon projet.

VLB éditeur bénéficie du soutien de la Société de développement des entreprises culturelles du Québec (SODEC) pour son programme d'édition.

Gouvernement du Québec – Programme de crédit d'impôt pour l'édition de livres – Gestion SODEC.

Nous reconnaissons l'aide financière du gouvernement du Canada par l'entremise du Programme d'aide au développement de l'industrie de l'édition (PADIÉ) pour nos activités d'édition.

Nous remercions le Conseil des Arts du Canada de l'aide accordée à notre programme de publication.

LA DAME BLANCHE

Isabelle Major

LA DAME BLANCHE

roman

vlb éditeur
Une compagnie de Quebecor Media

VLB ÉDITEUR
Groupe Ville-Marie Littérature inc.
Une compagnie de Quebecor Media
1010, rue de La Gauchetière Est
Montréal (Québec) H2L 2N5
Tél.: 514 523-1182
Téléc.: 514 282-7530
Courriel: vml@sogides.com

Illustration de la couverture: Matthijs Maris (1839-1917), *The Bride, or Novice taking the Veil* (détail), huile sur toile, env. 1887. Haags Gemeentemuseum, La Haye, Pays-Bas / The Bridgeman Art Library

Catalogage avant publication de Bibliothèque et Archives nationales du Québec et Bibliothèque et Archives Canada
Major, Isabelle, 1973-
La dame blanche: roman
(Roman)
ISBN 978-2-89649-069-1
I. Titre.
PS8626.A418D35 2010 C843'.6
C2009-942514-9
PS9626.A418D35 2010

Pour en savoir davantage sur nos publications, visitez notre site: **www.edvlb.com**
Autres sites à visiter: www.edhexagone.com • www.edtypo.com • www.edjour.com • www.edhomme.com • www.edutilis.com

Dépôt légal: 1er trimestre 2010
Bibliothèque et Archives nationales du Québec, 2010
Bibliothèque et Archives Canada

ISBN 978-2-89649-069-1

DISTRIBUTEURS EXCLUSIFS:

Pour le Canada et les États-Unis:
MESSAGERIES ADP*
2315, rue de la Province
Longueuil, Québec J4G 1G4
Tél.: 450 640-1237
Télécopieur: 450 674-6237
* filiale du Groupe Sogides inc., filiale du Groupe Livre Quebecor Media inc.

Pour la France et les autres pays:
INTERFORUM editis
Immeuble Paryseine, 3, Allée de la Seine
94854 Ivry CEDEX
Tél.: 33 (0) 4 49 59 11 56/91
Télécopieur: 33 (0) 1 49 59 11 33
Service commandes France Métropolitaine
Tél.: 33 (0) 2 38 32 71 00
Télécopieur: 33 (0) 2 38 32 71 28
Internet: www.interforum.fr
Service commandes Export – DOM-TOM
Télécopieur: 33 (0) 2 38 32 78 86
Internet: www.interforum.fr
Courriel: cdes-export@interforum.fr

Pour la Suisse:
INTERFORUM editis SUISSE
Case postale 69 – CH 1701 Fribourg – Suisse
Tél.: 41 (0) 26 460 80 60
Télécopieur: 41 (0) 26 460 80 68
Internet: www.interforumsuisse.ch
Courriel: office@interforumsuisse.ch
Distributeur: OLF S.A.
ZI. 3, Corminboeuf
Case postale 1061 – CH 1701 Fribourg – Suisse
Commandes: Tél.: 41 (0) 26 467 53 33
Télécopieur: 41 (0) 26 467 54 66
Internet: www.olf.ch
Courriel: information@olf.ch

Pour la Belgique et le Luxembourg:
Interforum Benelux S.A.
Fond Jean-Pâques, 6
B-1348 Louvain-La-Neuve
Tél.: 00 32 10 42 03 20
Télécopieur: 00 32 10 41 20 24
Internet: www.interforum.be
Courriel: info@interforum.be

À mes enfants, Eli et Elena.
À mes grands-parents, Diane et Edmond.

Chapitre premier

Juin 1666 : Océan Atlantique

L'océan était calme ce matin-là : une mer de tranquillité. Les jours précédents n'avaient pas été de tout repos ; je mangeais peu, parlais peu, ne bougeant que pour le nécessaire. Cette attitude seule m'avait permis de conserver le contenu de mes entrailles. Je n'étais déjà que bien trop délicate ; il ne me fallait pas mincir plus que de raison en rendant tous les jours une partie de mon repas. Depuis quelques heures mon estomac semblait s'être apaisé. Je remerciai intérieurement le Seigneur de m'offrir cet heureux répit. Nous n'avions parcouru que le tiers de notre interminable chemin.

Il paraît qu'après deux semaines en mer on s'habitue à la houle et aux mouvements de tangage incessants du bateau. Un mois de vertiges et de nausées me prouva le contraire. Je n'étais pas la seule : il n'était pas rare de voir une fille aux couleurs verdâtres accourir sur le pont pour mieux déverser par-dessus bord un dîner à peine avalé ou même être malade en plein dortoir, n'ayant point eu le loisir de se rendre à bon port. Des vagues monstrueuses s'élevaient, aussi haut que le bateau parfois, pour venir le secouer de toutes les manières possibles. Il devenait alors extravagant de se tenir debout sans s'accrocher à quelque rambarde ou même de rester couché sans s'appuyer prudemment. Lorsque tout redevenait calme, c'est l'odeur des vomissures qui empêchait chacune de remettre son cœur à l'endroit. Nous étions, en conséquence du mauvais temps, souvent privées de messe et de sainte communion.

L'examen physique obligatoire que nous avions toutes passé à l'orphelinat avait permis d'éliminer nombre de consœurs dont l'état de santé avait été jugé insatisfaisant. L'épreuve consistait en une inspection minutieuse de la figure, des cheveux, des dents, des yeux et des mains. Les filles éliminées étaient renvoyées sur-le-champ et leur nom, rayé de la liste des passagères. Celles-là n'auraient probablement pas survécu à la traversée ou nous auraient du moins transmis quelque maladie qui nous aurait toutes perdues.

Aucune de nous, pourtant les plus robustes, ne semblait avoir le pied marin. C'est que nous avions pour la plupart uniquement vécu en ville. J'avais moi-même passé mon enfance dans un orphelinat au cœur de Paris, ma mère m'ayant abandonnée au bout de quelques mois à la charité publique, faute de pouvoir subvenir à mes besoins. Elle m'avait appelée Élisabeth et c'est tout ce que j'avais reçu d'elle. Les bonnes sœurs s'occupèrent de moi et des autres enfants dans ma situation. L'endroit où j'avais grandi n'était guère plus accueillant qu'un monastère, avec ses sombres salles austères et ses dirigeantes toutes aussi glaciales. Mon temps était partagé entre les nuits au dortoir, les jours à aider aux cuisines ou à coudre auprès des autres filles. Nous passions toutes nos soirées d'hiver auprès du feu, les unes sur les autres, à nous chamailler pour un petit bout de chaleur. Il n'y avait pas assez de place pour chacune autour du minuscule poêle de fonte planté au beau milieu de la salle commune. Le second poêle ne réchauffait pas plus convenablement le dortoir, ni le troisième, le réfectoire. Durant la saison froide nous nous devions d'avoir les mains cachées et les épaules couvertes par d'épaisses couvertures que nous avions nous-mêmes confectionnées.

Les religieuses nous apprenaient à bien nous conduire, à coudre et à effectuer les travaux ménagers ; mais elles nous apprenaient surtout à devenir de bonnes catholiques, obéissantes et pieuses. Nous n'étions jamais laissées sans surveillance et étions punies pour des riens. Parler, rire ou bouger devenait souvent de terribles péchés nous donnant droit à de sévères corrections. Mais nous avions la chance d'avoir un toit, car les bambins abandonnés n'étaient pas rares à Paris : chaque fille quittant l'orphelinat était aussitôt remplacée par une autre, puis une autre. Les gens étaient pauvres et vivaient entassés les uns sur les autres. Il était souvent plus sensé de laisser un enfant ou deux à la charge de l'État que de condamner le reste de la famille à mourir de faim. Je ne savais pas d'où je venais, qui étaient mes parents, ni même quel nom portait ma famille véritable. Les religieuses ne répondaient pas à ces questions, qu'elles en sachent ou non les réponses.

Je décidai d'observer la mer attentivement pour la première fois depuis mon embarquement. Les eaux étaient infinies. Je n'avais jamais vu le désert, mais c'est ainsi que je me le représentais : vaste et sans fin. Ici, tout était bleu, le ciel comme l'océan ; le lendemain, tout pouvait devenir gris ; la nuit, tout était noir. Mais si la brume se levait, on ne pouvait même plus distinguer ne serait-ce que le bout de nos doigts. Alors, même les paroles s'arrêtaient net dans leur course, bloquées par le brouillard épais. Les jours ensoleillés, la monotonie du paysage était parfois brisée par un banc de baleines qui passait par là. Elles montraient leur dos lisse et gris, crachaient des fontaines d'eau salée par un trou, invisible à nos yeux, au-dessus de leur tête et replongeaient dans les profondeurs inviolables. De jolis dauphins s'amusaient parfois à sauter dans le sillage du trois-mâts sur lequel nous prenions place. On disait que des marins en péril avaient été sauvés de la noyade par ces étranges poissons.

Une rumeur voulait que notre navire soit escorté par des anges : aucune épidémie grave ne s'était déclarée à bord et nous n'avions rencontré aucun bateau pirate. Aucune tempête digne de ce nom ne nous avait secouées: les marins parlaient de celles que nous avions connues comme étant de taille peu respectable. Cela relevait presque du miracle. Nous n'avions point encore manqué d'eau douce et même si les rations n'étaient que rarement généreuses il y en avait encore suffisamment. Chacune de nous prenait le temps, tous les jours, de remercier Dieu d'une telle providence. Mis à part les quelques filles atteintes d'une fièvre tenace dont nous dûmes jeter les cadavres à la mer, nous connûmes bien peu d'infortunes pour une si longue traversée. Une courte prière, un peu d'eau bénite et l'infortunée allait reposer pour toujours parmi les poissons.

Je me mis à penser à la vie qui m'attendait en Nouvelle-France: un pays si lointain dont j'avais maintes fois entendu parler, mais que je n'avais jamais vu. Une douce mélodie se mit à errer dans ma tête, puis sur mes lèvres...

Isabeau s'y promène, le long de son jardin,
Isabeau s'y promène, le long de son jardin,
Le long de son jardin, sur le bord de l'île,
Le long de son jardin, sur le bord de l'eau,
Sur le bord du ruisseau.

Je pensai aux Amérindiens, Hurons et Algonquins, alliés des Français, aux grands espaces, aux forêts magnifiques et à leur faune inconnue, aux lacs et aux rivières, au froid et à la neige qui paralysaient tout durant presque sept mois de l'année...

On disait que dans la colonie il n'y avait presque personne. Peut-être trois mille âmes; des hommes surtout, mais quelques femmes aussi. Il leur fallait des filles à marier, fortes pour le travail des champs, qu'elles soient orphelines ou de bonnes familles, à la santé solide et prêtes à l'ouvrage. Même les veuves encore en âge d'avoir des enfants pouvaient partir pour la Nouvelle-France si elles s'assuraient d'avoir en leur bagage un certificat de leur curé prouvant qu'elles étaient libres de s'engager à nouveau.

Une des passagères prit ce jour-là l'initiative de m'aborder, car je ne faisais pas moi-même l'effort des conversations. Souriante, elle s'avança vers moi et, par son babillage incessant, tenta de m'arracher à mes réflexions. Je n'avais jamais eu de véritable amie et m'en portais fort bien. Ma vie se déroulait toujours en marge de celle des autres : j'aspirais à la solitude et créais volontairement un vide autour de moi. J'aimais me plonger dans mes pensées et les laisser prendre le dessus sur la réalité parfois si affligeante. Je me plaisais à imaginer des mondes lointains et des peuples inconnus, des créatures étranges vivant sur les plus hautes montagnes ou au fond des eaux. Mais surtout, je me racontais la vie et ce qu'elle aurait pu être si j'avais connu mes parents, si j'étais née entourée d'or ou fille unique d'un roi… Les gens ne faisaient jamais qu'interrompre mes plus beaux rêves quand ils s'adressaient à moi.

Cette rouquine et minuscule personne qui s'était présentée sous le nom presque comique de Babette, ne se laissa pas intimider par mes réponses monocordes, méthode ayant pourtant maintes fois fait ses preuves, et poursuivit son discours complexe sur le but véritable de notre voyage et sur les avantages offerts par le roi de France pour l'effectuer. Je continuai de fixer la mer, le visage impassible, la laissant s'essouffler et me tourner autour, tel un soupirant bien résolu à attirer mon attention. Mais ses conceptions des réalités de la vie ne m'intéressaient guère. Ce qui m'importait était de savoir que j'épouserais un homme qui saurait subvenir à mes besoins, même les plus ambitieux.

À l'orphelinat, les filles s'étaient avancées vers les marieuses, offrant leur nom et leur vie pour un avenir meilleur.

Ces femmes avaient déjà obtenu une liste de la part des bonnes sœurs et connaissaient soit nos origines, soit nos capacités de travailleuses. Beaucoup étaient prises, les plus belles ou les plus grasses, certaines rejetées sans explication. La santé physique et morale, la jeunesse et la capacité d'obéissance faisaient aussi partie des critères de sélection. Nous aurions à embarquer en mai, au port de Dieppe, des hommes nous y conduiraient en temps et lieu. Il nous fallait partir au plus vite à cause des glaces qui recouvraient rapidement le fleuve Saint-Laurent de la mi-novembre au début de mai. Le navire devait pouvoir y passer sans entraves.

La dot distribuée à chacune n'était pas énorme : un coffre par tête contenant tout le nécessaire aux ouvrages de couture, un peigne, une paire de bas, une paire de gants, deux couteaux, un mouchoir de taffetas, un bonnet, une coiffe, quelques lacets et deux livres en argent. C'était là bien peu de choses, mais assurément beaucoup plus que ce que chacune avait pu posséder jusqu'alors. C'était, paraissait-il, tout ce dont nous avions besoin pour débuter commodément une vie de femme mariée. Du moins, c'était ce que les bonnes sœurs nous racontaient.

En France, je n'aurais été rien ; là-bas, j'allais devenir l'épouse d'un colon, terriblement riche, et une des premières habitantes de ce nouveau pays. J'allais avoir un nom de famille, un mari, une maison immense bien à moi, de nombreux enfants si Dieu me le permettait. Je serais femme et mère. En France, je ne serais sortie de l'orphelinat que pour devenir bonne à tout faire ou même pour vivre de charité dans la rue. Là-bas, nous étions toutes attendues… J'étais attendue. Je savais pourtant que ce pays que l'on nous promettait si beau était aussi dangereux et sauvage. Mais ni le travail ni les difficultés qui s'annonçaient ne me faisaient peur. Le voyage en mer se déroulait si bien que c'en était pour nous toutes le meilleur des présages.

Je me retournai l'espace d'un instant afin de mieux observer mes compagnes de voyage. Toutes les filles sur ce bateau faisaient partie de celles ayant accepté l'offre du roi. Elles étaient blondes, rousses ou brunes, parfois belles, parfois moins, timides ou exubérantes. Elles riaient aux éclats, parlaient fort ou à voix basse. Ces filles étaient orphelines, pauvres, veuves ou envoyées par des parents ne pouvant plus les nourrir. Nous étions soixante. Et nous avions toutes accepté d'épouser un colon le plus rapidement possible afin de fonder avec lui une famille nombreuse. En moins d'un mois nous devions toutes être mariées.

De vieilles sœurs voyageaient avec nous, veillant jour et nuit sur notre vertu et notre conduite. Les Filles du roi ne devaient pas paraître en Nouvelle-France engrossées par quelque marin ! Elles avaient à l'œil nos moindres gestes et empêchaient d'un regard sévère les trop longues conversations avec les membres de l'équipage. Je fus pourtant témoin, sans vraiment le chercher, de bien des ébats furtifs ici et là durant la traversée. Les religieuses ne pouvaient tout voir et certaines filles plus audacieuses trompaient leur vigilance le temps d'un baiser ou d'une étreinte avec quelque garçon avenant. La plupart des passagères, à ce qu'il me sembla, arrivèrent tout de même encore vertueuses à bon port.

– En ce qui me concerne, reprit l'intruse à mes côtés, la Nouvelle-France est aussi catholique que notre mère patrie.

– Ce n'est pas mon avis, répliquai-je en me permettant un premier commentaire parmi le flot ininterrompu de paroles que Babette déversait encore sur moi. Tous ces Sauvages…

– Nous verrons bien. Deux mois encore. Il ne faut pas songer plus qu'il n'en faut aux Sauvages. Ils reconnaîtront, un jour, la toute-puissance de Dieu. Forcément.

Elle avait raison. Il était vain de se faire du mauvais sang avant d'être sur place. De toute façon, aucun retour en arrière n'était permis, en pleine mer. Mais la Nouvelle-France n'avait pas bonne réputation et je le savais. Même si le chômage et la famine étaient le lot de tous, peu de gens semblaient disposés à abandonner la patrie pour un pays où il y avait pourtant une chance pour chacun, abondance de travail et de ressources.

Je décidai de mettre un terme à cette assommante conversation en m'éloignant de mon interlocutrice d'un pas soudain et décidé. Elle ne me rappela pas et, de toute façon, j'aurais vite coupé court à toute tentative de cette nature en faisant la sourde oreille. Je n'avais jamais été fervente des bavardages et il était maintenant temps qu'elle s'en rende compte. J'avais plutôt envie de faire encore une fois l'inventaire de mon « coffre aux trésors » avant le repas du soir. J'appelais ainsi mon bagage, car il contenait tout ce que je possédais : trois robes de lainage sans corsage, lacées simplement sur le devant, une grise, une brune et une beige de meilleure confection, un peigne en bois, un miroir qui m'avait été offert subrepticement par sœur Marie-Madeleine à l'orphelinat, quelques rubans de dentelle amidonnés, des aiguilles pour le tricot, un châle de laine marron clair, une robe de nuit blanche et son bonnet assorti et, évidemment, tout ce que j'avais reçu du roi en guise de dot. Depuis l'embarquement, je ne portais que la robe grise afin de préserver les deux autres. Elle était à ce jour assez soignée pour que je la conserve sur moi encore longtemps.

Je me faufilai parmi les coffres pour repérer le mien. Personne en vue. Je serais tranquille. Presque toutes les filles étaient hors du dortoir à cette heure de la journée. Quand le ciel était au beau soleil, la cale n'était certes pas un endroit où passer son temps. Il y faisait souvent trop chaud et une odeur de sueur y flottait en permanence, même quand la place était déserte. Nous ne pouvions guère nous laver. Pas même le visage ou les mains. L'eau était trop précieuse pour être employée de cette façon et la bienséance nous interdisait de toute façon de nous dévêtir. Nous dormions près des hommes, sans les voir, séparées d'eux par une cloison si mince qu'on les entendait tousser, cracher et ronfler bruyamment. Et puis, malgré les consignes à cet effet, beaucoup de pots de chambre n'étaient pas vidés avec assiduité tous les matins et les relents d'excréments imprégnaient chaque recoin de la vaste pièce. La saleté, les poux et la vermine étaient le lot quotidien de tous et de toutes.

Je m'assieds à même le sol et soulevai doucement le couvercle de mon coffre. Avec bonheur, j'en fouillai des yeux le contenu en m'attardant avec délice sur chaque objet qu'il renfermait. Lorsque je plongeais mon regard dans mon bagage, ce n'était pas une multitude de souvenirs qui surgissaient en moi… mais de belles espérances. Je prendrais ces rubans de dentelle pour parer une robe, ces aiguilles pour tricoter des bas ou une veste à chacun de mes enfants, je mettrais ces gants pour mes sorties du dimanche à l'église du village…

– Que faites-vous ici ? me lança soudainement une bonne sœur que je n'avais pas remarquée. Toutes les autres sont sur le pont.

– Je suis venue me reposer un peu. Je monte à l'instant, lui répondis-je en me dirigeant vers ma couchette pour appuyer mes propos.

– Ne tardez pas, ma fille, le repas sera servi sous peu.

– Oui, ma sœur.

Je m'emparai du plus gros de mes peignes, m'installai bien assise sur ma couchette, chaque fille disposant d'une petite paillasse et d'une couverture légère. J'avais déjà dormi dans de pires endroits et les autres voyageuses pouvaient sûrement se targuer d'en avoir fait autant. Je défis rapidement mon chignon pour mieux lisser d'une main adroite mes longs cheveux blonds. Ce rituel quotidien n'était jamais laborieux, car ma chevelure était belle et soyeuse. J'en prenais grand soin. Je la frottais fréquemment avec un mélange d'eau et de vinaigre (quand j'en avais sous la main) afin de la faire briller. J'aimais sentir sa texture satinée sous mes doigts et son doux parfum lorsqu'elle était fraîchement lavée. Je prenais le temps, chaque matin, de tresser proprement mes cheveux ou d'en faire un chignon, mais rien n'égalait leur allure une fois qu'ils recouvraient leur liberté. J'étais passée maître dans l'art de les faire tomber en un fin voile sur mes épaules. Même si, pour l'instant, ils étaient plutôt gras et ternes, ils n'étaient du moins pas encore infestés de poux. Je les attachais si fortement durant le jour et la nuit que la vermine aurait été bien embarrassée de s'y glisser. Ma seule déception était qu'ils ne fussent point conformes à la manière parisienne : les nobles dames portaient leur chevelure flottante et très bouclée.

Les bonnes sœurs m'avaient maintes fois reproché ma trop grande préoccupation pour mon apparence et affirmaient à tout propos que ma beauté naturelle ainsi que ma vanité à ce sujet m'empêcheraient certainement d'être choisie en vue du départ pour la colonie. Mais ma demande avait été retenue, car j'étais aussi endurante et d'une santé remarquable. Je ne leur dis pas que je préférais malgré tout l'harmonie des traits à la laideur du visage car mon charme m'assurerait la conquête d'un mari digne de ce nom. Elles n'y auraient encore vu que vanité. J'avais de grands yeux verts, un teint de pêche et une bouche généreuse aux dents parfaites. J'étais magnifique et je le savais. Je n'avais nullement l'intention d'épouser un pauvre habitant en Nouvelle-France et étais bien certaine de pouvoir me le permettre ; car il y avait un seigneur dans chaque seigneurie et il n'était dit nulle part que ceux-ci n'attendaient pas aussi la venue des Filles du roi.

Chapitre II

Août 1666 : fleuve St-Laurent

Accoudée tranquillement au bastingage, je regardais, abasourdie, la scène qui se déroulait sous mes yeux : la berge fourmillait d'hommes en délire. Nous trouvions toutes le spectacle comique au plus haut point et certaines filles, les plus hardies d'entre nous, leur envoyaient déjà la main. Quelques habitantes, une dizaine tout au plus, assistaient aussi à notre arrivée. Les petites silhouettes masculines sur le quai agitaient leur chapeau, tiraient des coups de fusil et couraient en tous sens. Impossible de se méprendre sur leurs intentions. Les bonnes sœurs qui nous servaient d'escortes, visiblement alarmées de cet accueil trop enflammé, nous rassemblèrent afin de nous faire un rapide discours sur l'importance de bien nous conduire et nous exhortèrent de ne pas frayer avec les hommes qui se montreraient trop entreprenants. Le temps viendrait, une fois les esprits apaisés, de rencontrer tout un chacun.

– Vous ne pouvez pas choisir vos maris comme des légumes au marché, fit leur plus corpulente porte-parole en nous menaçant d'un œil sévère. Nous y verrons d'abord !

Malgré ces sages conseils, certaines arrivantes n'usèrent visiblement pas d'une plus grande réserve que ces mâles à l'enthousiasme démonstratif : la plupart des filles se bousculaient déjà, ballot et coffre en mains, afin d'avoir le privilège de monter rapidement à bord des embarcations devant nous mener à terre. Je ne savais pas si cet emballement était dû à l'envie bien légitime de fuir enfin le bateau ou à l'empressement de trouver mari. Pour ma part, j'avais la ferme intention d'être la dernière à descendre. Je ne voulais pas que mon débarquement passe inaperçu parce que les jeunes gens auraient encore les yeux tournés vers de nouveaux arrivages. J'allais éclipser toutes les autres, les regards ne seraient fixés que sur moi, je n'aurais alors qu'à attendre quelques heures et les demandes en mariage fuseraient. Ma seule occupation serait de repérer le maître des lieux et de le laisser me charmer. Je jouerais le rôle de la fille indécise durant quelques jours, tout en laissant à mon prétendant quelque espoir, puis j'accepterais timidement sa demande en mariage.

Ainsi planifiais-je ma venue, avant d'embarquer moi-même avec Babette, un peu plus tard, à bord de la dernière petite barque.

Je lissai ma robe de laine beige, la plus seyante que j'avais : elle était bien modeste mais était maintenant agrémentée aux poignets et à l'encolure de dentelle blanche ; j'avais eu plus de deux mois pour coudre celle-ci de belle manière. Elle ne fut complètement prête que le jour où nous passâmes près des îles aux oiseaux, deux petites étendues de terre et de rochers au milieu du fleuve. Des milliers de volatiles de toutes sortes y faisaient leur nid. Des hommes de l'équipage s'étaient alors proposés pour aller voler des centaines d'œufs délicieux, au prix de quelques coups de becs bien placés et de protestations sonores.

Mes cheveux étaient relevés en un chignon bien serré et mon col était boutonné convenablement. Il me fallait démontrer que je n'étais pas seulement belle mais aussi respectable. Les hommes me remarqueraient d'autant plus et approuveraient mon air honnête. Les marins qui me menaient à terre dans la petite barque, déjà, jetaient sur moi des regards d'envie.

Chaque fille était propre. Nous avions eu la permission de nous laver la veille, car l'eau potable n'était point venue à manquer. Les hommes de l'équipage avaient pu mettre pied à terre pour en faire de fraîches réserves. Les bonnes sœurs avaient rapidement rempli quatre grosses bassines et suspendu pour l'occasion nombre de toiles inutilisées au travers du dortoir afin de nous permettre de nous dévêtir. Celles qui le voulaient pouvaient se plonger entièrement dans l'eau à laquelle on avait ajouté un peu de vin pour éviter la propagation des maladies. Chaque marin tentant de faire irruption parmi nous pour une raison ou une autre, probablement imaginaire, se voyait refuser l'entrée par deux grosses religieuses aux manières peu commodes. Nous eûmes tout le temps de nous faire belles et de revêtir la robe que nous avions chacune mise de côté pour le débarquement.

Avant que la barque s'éloigne du bateau, je jetai un dernier coup d'œil à mon miroir sous l'œil envieux de Babette assise à mes côtés. Je le lui offris de bonne grâce et elle en profita pour replacer avec sérieux une mèche rebelle sur son front. Elle me remercia d'un sourire nerveux et me le rendit d'une main hésitante. Au moins était-elle maintenant trop tendue pour discuter.

J'avais entendu dire que les femmes de Nouvelle-France provoquaient parfois de gros scandales de par leur habillement. Elles portaient, paraissait-il, de belles robes éclatantes et parées de dentelles bien au-delà de leurs moyens. Les tissus riches et de couleurs voyantes mettaient leur corps en valeur de par leurs ajustements outranciers et les voiles transparents couvraient de façon trop légère leur gorge et leurs épaules. Là-bas, sur la berge, je ne vis rien de semblable, car nous n'étions point débarquées à Québec. Tous les navires mouillaient habituellement devant la ville, mais, pour une raison obscure, les plans avaient été brusquement modifiés. Nous avions été avisées par nos surveillantes de cet étrange imprévu à la suite de la rencontre d'un autre navire français venant en sens inverse. Les capitaines avaient pris quelques minutes pour s'entretenir à bord d'une barque qu'ils avaient fait s'immobiliser entre les deux bâtiments. À des jeunes filles qui s'interrogeaient à haute voix, un des vieux marins à qui il manquait nombre de dents expliqua en riant qu'il y avait davantage d'hommes seuls en ce petit fief qu'en toute autre seigneurie avoisinante. Je ne lui portai guère attention, car il ne semblait visiblement pas mieux informé que nous de la raison du changement de cap. Le capitaine du bateau, une fois remonté à bord, était resté vague et songeur, ne voulant pas parler franchement de ce qui se passait.

Les terres ne manquaient pas en Nouvelle-France, mais les colons préféraient toujours être près les uns des autres afin de pouvoir se porter secours : je trouvais donc étrange cette seigneurie isolée surgie de nulle part. Cependant, le trajet jusqu'à la ville devait facilement se faire à cheval en une journée ou deux, nous avait-on promis. J'étais un peu déçue de ne point voir Québec le jour de mon arrivée, mais je savais que j'aurais tout le loisir de m'y rendre une autre fois. Certaines d'entre nous s'y feraient peut-être conduire bientôt, tout dépendant du parti trouvé.

Comme à mon habitude, je laissai mes pensées errer. Dans ma rêverie, je fixais un homme sur la berge. J'étais encore bien trop éloignée pour le distinguer correctement. Il était assis sur ce qui semblait être un baril et balançait ses jambes au gré des vagues qui frappaient ma barque. Cet homme se tenait à l'écart de la fête, dans l'ombre de quelques arbres, et ne paraissait pas le moins du monde intéressé par l'étrange débarquement qui se faisait sous son nez : il examinait plutôt attentivement ses pieds.

J'écoutais le clapotis des vagues, la clameur lointaine des gens sur la terre ferme et le grognement des rameurs, une main légère posée sur mon bagage. J'étais au bon endroit, au bon moment. Après plus de deux mois en mer à me nourrir de morue et de hareng (quand les marins avaient le loisir de pêcher), de pommes de terre bouillies, de pain noir, de soupe de seigle et de chou, n'importe quel village m'aurait paru bien chaleureux. J'imaginais déjà, dans un élan d'optimisme, la nourriture riche et délicieuse qu'il me serait bientôt permis de goûter.

Autour de moi il n'y avait que de l'eau. L'eau d'un fleuve époustouflant qui n'en avait point l'allure lorsque nous l'avions emprunté quelques jours plus tôt, tellement il était vaste. Il nous avait été alors impossible de voir les deux rives à la fois. Nous avions vu des baleines et une quantité impressionnante de marsouins, d'un blanc immaculé, qui jouaient ici et là à la surface. Puis, à mesure que le bateau s'avançait dans les terres, le fleuve s'était bordé tour à tour de forêts, d'escarpements rocheux et de végétation à perte de vue.

Depuis quelques minutes, des champs de blé dorés, au carré parfait, brisaient la régularité de la nature sauvage. Mes pensées voguaient toujours au loin, mais mes yeux ne cessaient de revenir vers la silhouette masculine qui se détachait de plus en plus clairement sur un fond de forêt verte. Au-delà d'elle, des dizaines d'habitations de bois au toit incliné s'alignaient le long de la rive. De magnifiques petites maisons pour se protéger du froid et de la neige.

Cette fois, il avait bougé.

L'homme au baril.

Il avait cessé de regarder ses pieds et s'était levé. Promptement. Et il regardait droit dans ma direction.

Avec intensité.

Je savais qu'à cette distance rien ne me permettait de croire… Mais j'aurais pu le jurer. Oui, c'était bien moi qu'il regardait. Son visage ainsi que ses yeux se cachaient dans l'ombre de son chapeau et des feuilles qui se balançaient doucement au-dessus de sa tête. Ses bras, que je pouvais à présent mieux détailler, étaient forts, musclés et croisés sur sa poitrine. Ses pieds, soutenant deux jambes longues et puissantes, étaient bien campés au sol et il me semblait que nulle tempête n'aurait pu l'en déplacer. Il paraissait m'attendre, tel un pilier sur lequel je bâtirais ma vie. Oui, il me regardait.

Nous nous rapprochions. C'était un homme tout noir. Je ne pouvais le décrire autrement. Il était plus grand que tous les autres, les autres que maintenant je ne voyais plus. Ses cheveux, même ses yeux étaient noirs. Il avait le teint des gens qui passent le plus clair de leur temps au grand soleil, mais le regard de ceux qui se terrent dans la nuit. Il était vêtu d'une chemise de toile brute et d'une culotte brune de même confection. Des bottes de gros cuir de bœuf lui enveloppaient les jambes jusqu'aux genoux. Il me semblait dépourvu de toute délicatesse. Ses traits étaient rudes, ses yeux, surmontés de deux sourcils noirs se rejoignant en leur milieu, sa mâchoire, forte et son sourire, inexistant. Il avait le regard dur, imposant probablement sa volonté où et quand il le voulait. Je n'avais jamais imaginé un seul instant qu'un tel être puisse exister. Un homme à l'état brut, sans apparat, sans élégance ni finesse.

Je sortais de la barque juste au moment où il choisit de s'approcher de moi. Les marins qui m'aidaient à descendre s'écartèrent de conserve, comme mus par le même sentiment. Une main énorme me rattrapa de justesse lorsque je faillis perdre pied. Je levai des yeux incertains mais les baissai aussitôt, telle une enfant devant le diable en personne. Il ricana, sans gêne, conscient de l'angoisse qu'il avait su déclencher en moi. Je lui en voulus. Je devais être celle devant qui on baisse les yeux ! J'étais la plus belle fille du navire !

Je n'avais jamais cherché l'homme idéal, mais je me l'étais maintes fois imaginé. Jamais je n'aurais pensé que son contraire absolu puisse un jour prendre forme humaine et se présenter ainsi à moi. Nous nous regardâmes un instant. Lorsqu'il parla, je sursautai bêtement. Je savais que mon visage devait être écarlate et que mes mains tremblaient. Il me détailla de la tête aux pieds, un léger sourire aux lèvres, assez longtemps d'ailleurs pour aller à l'encontre des convenances.

– Il est impossible de ne jeter qu'un seul regard sur vous, mademoiselle, dit-il, appréciant ce qu'il tenait fermement devant lui, mes yeux ne vous quitteront plus jamais. Bienvenue en Nouvelle-France.

Puis, rendant subitement la liberté à mon bras qui me parut bien minuscule, il souleva mon bagage d'une seule main pour mieux l'abandonner auprès des autres. Je le regardai s'éloigner sur la berge.

Mes yeux ne vous quitteront plus jamais: cette phrase résonna encore dans ma tête pendant quelques secondes...

Mais comme il ne faut souvent que peu de chose pour reprendre ses esprits, le vent soudain qui se leva me détourna immédiatement de cette inquiétante apparition, et je me mis à la recherche du seigneur du village. Il ne daigna pas se montrer ce jour-là. Quand je cherchai malgré moi l'homme noir du regard, il était déjà parti. Je me rendis compte que je tremblais toujours.

Un peu en amont de la berge, les bonnes sœurs tinrent une discussion fort animée avec le curé du village, le père Larouche, négociant vraisemblablement pour chacune de leurs protégées un gîte pour la nuit. Le curé semblait furieux et sa façon de regarder ses interlocutrices d'un air supérieur fit en sorte qu'il me déplut aussitôt. Cet être hautain ne semblait pas disposé à nous accueillir sans nous faire sentir tout le poids de sa charité. C'était un homme profondément laid, à la fois long mais bedonnant par les côtés du corps. Pour ajouter à ses défauts, sa dentition était tellement proéminente qu'il n'arrivait point à fermer totalement sa bouche. Comme si Dieu avait jugé bon, pour une raison connue de lui seul, de le doter d'une dizaine de dents de trop.

Après quelques minutes de délibération, la solution trouvée nous fut annoncée : étant trop éloignées de Québec pour loger à l'Hôtel-Dieu, la plupart d'entre nous s'installeraient au presbytère, les autres, dans les maisons du village. Il nous fallait préserver à la fois nos réputations et nos vertus.

Une des bonnes sœurs s'approcha bientôt de moi, suivie d'une grande femme mince au visage ovale et au sourire chaleureux. Ses cheveux marron se cachaient sous une coiffe et elle portait un tablier blanc sur sa robe de paysanne. Un jeune garçon d'une douzaine d'années se tenait à ses côtés. Il était habillé de ce qui semblait être le vêtement des hommes en Nouvelle-France : une chemise de laine beige et une culotte de toile brute, peut-être portés des années auparavant par des frères ou des cousins plus âgés. La chemise était rapiécée aux coudes et la culotte, aux deux genoux. La mère comme le fils avaient la peau brune de ceux qui travaillent aux champs.

– Bonjour ! Je suis madame Honoré Leclerc, dit la femme en s'avançant doucement vers moi, Marie-Anne si vous préférez. Et voici Jean, mon aîné. Vous logerez chez nous jusqu'à votre mariage. Comment dois-je vous appeler ?

– Je m'appelle Élisabeth.

– Comme ma pauvre mère. Que Dieu ait son âme. Elle était si bonne pour ses enfants. Je vous conduis tout de suite à la maison, ainsi vous pourrez vous reposer, ajouta-t-elle, bienveillante, je sais comme les séjours en mer peuvent être harassants !

Le fils se pencha à mes pieds et hissa d'un seul mouvement mon bagage sur son épaule.

Le soir tombait déjà. Les ombres s'allongeaient sous les pas et la fraîcheur du crépuscule invitait les gens à se rassembler dans les demeures. En cette fin d'été, les soirées étaient encore confortables en France, mais je ne savais pas à quoi il fallait s'attendre ici. L'air me semblait frisquet pour un début de mois d'août. Peut-être le vent y était-il pour quelque chose.

J'observai les gens autour de moi, ces hommes et ces femmes pour qui la Nouvelle-France était depuis longtemps déjà une terre d'accueil. Et ils me surprirent grandement de par le soin apporté à leur tenue. Tous étaient humbles, mais d'une propreté quasi irréprochable. Les colons vivaient de leurs récoltes, de chasse et d'élevage: comment pouvaient-ils être plus convenables que les Français eux-mêmes? Que les gens des villes? On était ici en pleine nature! Elle prenait toute la place sans gêne aucune: la forêt s'étendait à perte de vue, le blé poussait dans des champs immenses et les maisons se tenaient loin les unes des autres. À Paris, les enfants jouaient à l'étroit dans des ruelles souillées par les excréments et autres ordures jetées par les fenêtres et par le crottin de cheval. Les maisons, dans les rues étriquées, s'entassaient les unes contre les autres. On voyait des mères penchées par multitude aux croisées, bavardant en étendant une lessive parfois douteuse sur des cordes suspendues au-dessus des voies bondées. Et où que l'on se trouvât, l'odeur était révoltante, surtout les jours d'été.

Tout me semblait plus sain ici, presque parfait. Il y avait suffisamment de place pour marcher ou courir, les enfants pouvaient jouer à leur aise. Et surtout, on pouvait respirer. J'estimai que les paysans, côtoyant chaque jour toutes ces merveilles, se sentaient obligés d'en faire partie. Je ressentis une joie immense à l'idée que j'étais maintenant chez moi.

Je chérissais déjà la vue de ces grandes étendues, de ce fief verdoyant, de ces champs à cultiver riches de promesses. Je souhaitai de tout mon cœur que cela reste ainsi pour l'éternité. Que mes enfants puissent voir ces forêts, goûter ces odeurs enivrantes… Et les enfants de mes enfants…

Nous avions emprunté le seul chemin visible dans les environs. Celui-ci passait devant toutes les maisons de la seigneurie. Il n'avait été creusé qu'à force de passages répétés à pied, en carriole ou en charrette et ne consistait qu'en deux sillons parallèles de terre battue, des herbes folles au milieu, longeant à une distance respectable le grand fleuve par lequel j'étais arrivée. Je me sentais bien. Le soleil qui descendait à l'horizon décochait ses derniers éclats au travers du feuillage des arbres, en les laissant s'attarder ici et là en miettes aveuglantes sur la terre ou les eaux. Marie-Anne marchait près de moi d'un pas assuré. Je n'osais briser par des mots la douce quiétude qui emplissait mon âme. De petits oiseaux piailleurs s'envolaient devant le craquement léger de nos pas pour se poser toujours plus loin sur le chemin.

Je conclus qu'après tout, le changement de programme n'était pas une si mauvaise chose. Ce débarquement inattendu avait dispensé toutes les filles de la surveillance des religieuses de Québec. On les disait terriblement strictes. Il nous aurait fallu demeurer enfermées au couvent jusqu'à notre mariage, attendant leur bon vouloir pour rencontrer les hommes qu'elles auraient choisis pour nous. Leur revenu, leurs propriétés et leur caractère auraient été passés minutieusement en revue afin qu'elles puissent décider qui serait présenté à qui… Peut-être allions-nous bénéficier de plus de liberté, ici… Cela me laisserait probablement le loisir de manœuvrer à ma guise.

Nous nous éloignions de plus en plus du lieu du débarquement où l'agitation régnait encore. Il faisait bon marcher d'une bonne foulée, après avoir vécu des semaines en mer, loin du bruit et des gens qui le produisaient. Nous passâmes devant près d'une dizaine d'habitations, toutes construites de bois ou de pierres et d'aspect similaire : carrées avec un toit en pente, un ou plus rarement deux étages et un perron à l'avant. Sur celui-ci se trouvaient une chaise ou deux, ici un panier tressé rempli de guenilles, là une corde où des herbes à sécher étaient suspendues. Je pouvais facilement deviner dans quels logis vivaient les familles et lesquels abritaient des hommes seuls. Les femmes n'apportaient pas seulement ordre et propreté à une maison : certaines ajoutaient une touche agréable à l'ensemble en plaçant un pot rempli de fleurs fraîchement cueillies bien en évidence sur le bord d'une fenêtre ou en ornant la porte d'entrée d'une gerbe d'herbage tressé.

Le peu de gens qui n'avaient pas été de la fête sur la berge sortaient pour venir nous saluer, pour la plupart des enfants ou des mères de famille occupées par leur nouveau-né ou quelque ouvrage domestique. La politesse ainsi que l'hospitalité de bon voisinage semblaient de mise en Nouvelle-France. Les trois femmes que nous rencontrâmes nous invitèrent chacune leur tour à bavarder avec elles plus longuement, mais mon hôtesse refusa poliment, chaque fois sous prétexte que je devais à tout prix me reposer après un si long voyage. Elles n'insistèrent pas mais me firent promettre de repasser un jour afin de faire plus ample connaissance et d'échanger nouvelles et commérages du vieux pays. Je remerciais Marie-Anne intérieurement à chacun de ses refus : j'avais soif, faim, j'étais exténuée et, par-dessus tout, j'avais une envie pressante d'uriner !

Le petit Jean nous suivait à quelques pas derrière. Je décidai, en le voyant changer son chargement d'épaule, qu'il valait peut-être mieux reprendre ce qui m'appartenait : ce n'était pas tant la lourdeur du contenu qui m'inquiétait que celle du contenant. Il me parut si choqué de ma proposition que je dus rattraper la situation en lui précisant que si j'avais bel et bien remarqué qu'il était assez vigoureux pour porter mon coffre, j'étais tout de même mal à l'aise de l'embarrasser de mes propres effets. Il s'arrêta alors de marcher, l'instant de réfléchir au sérieux de mes propos, parut s'en satisfaire, puis repartit d'un bon pas, le sourire aux lèvres et mon bagage contre sa tête. C'était un mignon petit garçon.

Je repensai soudainement à l'homme noir. Je fermai les yeux et il m'apparut aussi distinctement que s'il s'était tenu à mes côtés. Comment s'appelait-il ? Et où demeurait-il ? Je savais que la plupart de ceux que j'avais croisés un peu plus tôt avaient fait une longue route afin d'assister au débarquement. Et qu'il arriverait probablement d'autres hommes bientôt. Ils habitaient quelque village éloigné plus haut sur le fleuve, près de Québec, de Ville-Marie ou des Trois-Rivières.

Mais lui ? Que faisait-il en ce moment ? Me voyait-il ? Peut-être m'avait-il suivie jusqu'ici. Peut-être viendrait-il cette nuit même, ou demain, avant l'aube. Je me retournai, les bras ramenés sur la poitrine, jetant quelques regards craintifs derrière mon dos. La végétation dense envahissait chaque recoin oublié des êtres humains. Se cachait-il au fond des bois, parmi les créatures de la nuit qui commençaient désormais à s'éveiller ? Je me le figurais très bien tapi au cœur de l'obscurité, faisant détaler sur son passage les êtres du jour s'étant attardés jusqu'au crépuscule.

Mes yeux ne vous quitteront plus jamais...

Il faisait maintenant presque nuit. Tous mes sens se mirent aux aguets : je perçus dès lors le moindre bruit et distinguai le contour de chacune des ombres de la forêt. Des ombres qui s'allongeaient de plus en plus. Les arbres tout près du chemin, grâce à mon imagination délirante, ressemblèrent alors à de vieux monstres gris aux longs bras, figés dans de grotesques postures. Les rochers, à des ogres endormis. Je tâchai de presser le pas pour rejoindre Marie-Anne qui m'avait devancée.

Les terres étaient si vastes et les femmes, si bavardes qu'il nous fallut une bonne demi-heure pour parvenir en vue de la maison des Leclerc. Celle-ci, de bois et de pierres du pays, était située au sommet d'une petite colline et à moins d'une centaine de pas de la route. La chaux qui la recouvrait en partie lui donnait un éclat d'une blancheur qui contrastait fortement avec la verdure environnante et l'immense pile de bûches sèches qui s'empilaient à ses côtés en prévision du temps froid.

Je me laissai tomber avec gratitude sur une des chaises qui se trouvaient sur le perron. Ce n'était pas tant la fatigue qui m'avait soudainement affaiblie que les nouvelles émotions que je ressentais. Je compris qu'il ne faudrait plus longtemps avant que mes jambes ne se dérobent sous moi.

– C'est un long chemin du quai jusqu'ici, me dit Marie-Anne en riant, les deux mains sur les hanches. Votre séjour en mer ne vous a pas endurcie ! Venez vous installer à l'intérieur, j'ai une bonne soupe à l'oignon sur le feu. Jean n'arrivera pas sur l'heure avec votre bagage, il aura probablement rencontré quelque garnement en chemin.

Elle entra dans la maison et je la suivis aussitôt, tentée comme jamais par la perspective d'un bon repas. Une forte odeur de cèdre, bien agréable, m'assaillit aussitôt. Le mari de Marie-Anne venait tout juste de lui fabriquer un nouveau balai de thuya, le dernier ayant fait son temps. Mon hôtesse se chargea d'allumer les bougies et je pus mieux apprécier l'allure de l'endroit. Le rez-de-chaussée se divisait en deux. La pièce centrale semblait tenir lieu à la fois de cuisine et de salon. Des chaudrons, des bassines à confitures, un grand tranchelard et des pots de toutes sortes encombraient une table de bois appuyée au mur, sous une fenêtre. Une cuvette servant à se laver les mains était posée en évidence sur un petit buffet. Seuls une image en papier de la Vierge Marie et un crucifix brisaient la monotonie des murs nus. Une chaise berçante était à sa place près de la fenêtre. Exactement au centre de la salle, un grand poêle de fonte était utilisé pour réchauffer la famille et cuire les repas. Un second feu était prêt à être allumé dans un foyer au fond de la pièce et le batte-feu, une pierre et un morceau d'amadou, trônait sur la tablette de la cheminée. Une seconde pièce plus étroite, au fond de la maison, devait servir de chambre à coucher aux époux, mais une porte en cachait la vue.

Je demandai à Marie-Anne de m'indiquer le chemin des latrines avant que le soleil ne disparaisse pour de bon. Les commodités étaient situées derrière la maison, dans une minuscule cabane de bois où on avait peine à mettre les pieds. Une fois la porte fermée, il fallait se tenir au-dessus d'un trou profond et y faire ce que l'on avait à y faire. Je trouvai l'idée ingénieuse mais m'interrogeai sur ce que les gens faisaient une fois la fosse remplie à ras bord. Je décidai qu'ils devaient la combler pour mieux recommencer la manœuvre un peu plus loin. En France, les moyens étaient beaucoup plus expéditifs : les déjections étaient plus souvent qu'autrement jetées directement à la rue.

Quand je retournai à l'intérieur, Marie-Anne s'affairait déjà autour du poêle. Je m'assieds en la regardant remuer la soupe brunâtre aux effluves sucrés. Je n'avais jamais vraiment cuisiné, du moins rien ayant une odeur aussi suave. Chez les religieuses on brassait le potage, on coupait les légumes, on cuisait le pain ou on surveillait le rôti : personne ne nous apprenait à concocter des plats délicieux comme celui que j'avalais présentement. Mon hôtesse, qui avait déposé un gros bol fumant devant moi et me regardait faire honneur à son plat, soupçonna ma requête silencieuse :

– Ce n'est pas compliqué, dit-elle en prenant place à son tour à table, il faut frire les oignons dans la graisse, du beurre si vous en avez, ajouter une cuillère ou deux de farine et noyer le tout dans un bouillon de bœuf préparé à l'avance.

Vous savez faire le bouillon, n'est-ce pas? me demanda-t-elle, sceptique.

– Oui, c'est certain.

– Bon, alors ensuite vous pouvez mettre des épices à votre goût, du sel et du poivre si vous en avez. Il y a du poivre d'eau qu'on peut cueillir l'été, près des rivières ou des lacs. On n'a pas toujours les ingrédients qu'on veut ici, mais il est toujours possible d'acheter des choses à Québec. Une fois par année, en septembre, des bateaux arrivent de France d'où ils sont partis en juin et viennent vendre des produits qu'on n'a pas. Ils ont des bijoux, de belles étoffes, parfois des fruits exotiques s'ils sont passés par les Antilles et des épices d'un peu partout. La quincaillerie, les rubans, le vin et les produits de luxe arrivent aussi par bateau, directement du vieux pays. Vous ne devez pas manquer ça, car ensuite ils ne reviennent pas avant un an. On les attend justement d'une semaine à l'autre, ajouta-t-elle comme pour souligner l'importance de l'événement. Honoré met toujours de côté quelques livres de la trappe d'hiver pour acheter un outil ou deux. On n'a pas encore de taillandier dans le coin.

Quand Marie-Anne eut fini de parler, j'avais moi-même terminé mon repas. Jean fit son apparition à ce moment-là, avec mon bagage sur l'épaule; il le déposa doucement auprès des escaliers et se dirigea à grandes enjambées vers le foyer. Il passa adroitement l'anneau de fer du batte-feu dans une de ses mains et se mit en devoir de ranimer les flammes depuis longtemps éteintes. Marie-Anne coula vers lui un regard entendu. Quand il fut certain que le feu était bien pris, il y lança quelques grosses bûches, puis interrogea sa mère des yeux en désignant mon coffre du doigt. Elle lui intima l'ordre de le monter au grenier. Je venais de découvrir où je logerais durant les prochains jours.

Merci mon Dieu! Je dormirais à l'écart des autres! En fait, je disposais de la seule chambre à l'étage, une chambre pour moi seule. Pour la première fois de ma vie. Elle consistait en un espace fermé par deux murs en planches de bois minces, m'isolant ainsi des enfants qui dormiraient ensemble dans la vaste pièce d'à côté. Je levai la chandelle que je tenais à la main pour mieux détailler mon nouvel abri. Il était minuscule et presque vide: un lit pour unique mobilier. Le plafond en pente m'obligea à me pencher pour rejoindre ma couche, mais je pouvais très bien me tenir debout à tout autre endroit. Une petite fenêtre donnait sur l'arrière de la maison. J'y risquai un coup d'œil.

Il n'y avait pas de lune ce soir-là et l'obscurité était complète. Je levai au ciel des yeux admiratifs. Je n'avais jamais vu un si grand nombre d'étoiles, elles emplissaient le firmament de leur beauté lumineuse. Comme des millions de lucioles. Mais je ne distinguais presque rien qui se trouvait sur terre. Quand la nuit tombe en Nouvelle-France, elle tombe vraiment. Je ne voyais pas la grange qui pourtant était tout près, seule sa forme grossière pouvait être imaginée au terme d'un pénible effort. Même l'éternelle forêt se dérobait à mon regard: je devinais à peine la cime des arbres. Ici, peut-être un bosquet, là, probablement un gros rocher. J'entrouvris la fenêtre. Puis la poussai complètement. La fraîcheur de la nuit envahit la pièce. Le vent bruissant doucement vint chanter à mes oreilles et caresser mon visage. Je compris plus que je ne vis son long chemin parmi les feuilles des hautes cimes qui bougeaient tour à tour sur son passage.

Je tressaillis brusquement. Quelque chose dans la cour. Juste une ombre qui semblait plus longue tout à coup. Tout près de la grange. Immobile. Je frémis.

Mes yeux ne vous…

Non, ce n'était que la silhouette de quelque instrument de ferme. Je plissai les yeux… Certainement une pelle ou une bêche, déformée par la nuit. Je me trouvai ridicule.

Il n'y avait aucune raison d'avoir peur.

Marie-Anne me cria de descendre.

– J'arrive tout de suite, lui répondis-je en m'avançant vers la porte.

Derrière moi, les rideaux de voile blanc dansèrent sous une bourrasque. Je rebroussai chemin pour fermer la fenêtre. Puis l'envie me prit de vérifier si l'ombre était toujours là. Je me penchai en avant. Furtivement.

Oui, elle y était toujours.

Immuable.

Marie-Anne m'appela une seconde fois et les petites voix aiguës des enfants qui s'amusaient au rez-de-chaussée se mirent à crier gentiment mon nom. Cette fois, je claquai la fenêtre et descendis pour de bon. Un frisson me parcourut l'échine : il faisait tout de même étonnamment noir dehors.

Ce soir-là, je fis la connaissance d'Honoré Leclerc, l'époux de Marie-Anne, et de leur petite marmaille : Jean, onze ans (que j'avais déjà rencontré), Louis, dix ans, Louise, huit ans et Toussaint, six ans. Ils m'énumérèrent leur nom et leur âge, l'un à la suite de l'autre. Marie-Anne me précisa, pour justifier sa peu nombreuse progéniture, que Dieu refusait pour l'instant de lui donner d'autres enfants. Le curé de la paroisse leur rendait de nombreuses visites à ce sujet d'ailleurs. Il leur rappelait à tout propos l'importance d'obéir à Dieu. Celui-ci n'avait-Il pas dit par la bouche de son Fils : *multipliez-vous* ? Ce n'était pourtant pas qu'ils essayaient d'empêcher la famille, c'était plutôt la famille qui tardait à venir.

– Ici les femmes donnent naissance à tous les deux ans, un bambin après l'autre. Jusqu'à ce qu'elles aient eu leur nombre. Mais on ne se multiplie pas comme on veut, me précisa son drôle de mari en riant. C'est la nature qui décide, nous, on fait notre possible !

Je m'imaginais très bien cet homme, fort de son titre de curé, tourmenter Marie-Anne et Honoré sans relâche, leur faisant des reproches non mérités. Car la famille Leclerc me semblait si charmante que je ne doutais point qu'ils ne fussent de bons catholiques. Chacun se faisait un devoir de me mettre à l'aise, même les plus jeunes. Le petit Toussaint, particulièrement, ne me lâcha pas d'une semelle de toute la soirée. Il voulait tout savoir sur la France, sur la traversée en mer, sur ce qu'il y avait dans mon coffre, bref, sur tout sujet sur lequel je pouvais le renseigner. Je tâchai de lui en mettre plein la vue en lui racontant les baleines, l'océan, la vie en ville… Mais il ne paraissait jamais satisfait de mes réponses qu'il jugeait de toute évidence bien incomplètes. Sa stratégie consistait donc, la plupart du temps, à ponctuer chacune de mes explications d'une multitude de nouvelles questions de façon à m'obliger à ajouter de fascinants détails.

Je les regardai tous s'agiter autour de moi. Les quatre petits de la famille respiraient la santé et le grand air. Leur visage souriant et bruni par le soleil était empreint de joie de vivre et de bonheur. Ils étaient visiblement bien nourris depuis leur jeune âge et parlaient en connaisseurs de pêche, de chasse et de champs de blé. J'adorais déjà Toussaint qui bavardait sans cesse, donnant son opinion sur tout et sur rien.

Honoré aussi me plut tout de suite. Car il avait tout de l'homme bon. Ce géant blond aux yeux gais avait fait don de son bon tempérament et de son air rieur à chacun de ses enfants. Il taquinait sans cesse sa femme pour un rien et avait pour elle un regard qui en disait long sur son affection. Marie-

Anne faisait mine d'être exaspérée par ses espiègleries, mais lui souriait avec tendresse l'instant d'après. Je trouvais à la fois étrange et merveilleux qu'ils ne cherchent point à dissimuler leur attachement. Et quoi qu'ils fassent, leurs enfants, même les plus jeunes, étaient traités comme de grandes personnes.

– Comment se porte la pouliche? demanda Honoré à Louise et Toussaint qui avaient la charge de la nourrir.

Elle s'était blessée légèrement à la patte la veille, m'expliqua-t-il, et les enfants s'en étaient grandement inquiétés.

– On a lavé le sang avec de l'eau bouillie et bien tiède et sa patte est redevenue comme avant! répondit fièrement Toussaint en me regardant.

Ils étaient les seuls paysans du coin à posséder un cheval et en prenaient grand soin. Les chevaux étaient tellement rares en Nouvelle-France que tous les charriages étaient effectués par des chiens. Honoré me raconta que les habitants avaient l'habitude d'utiliser de gros dogues pour transporter l'eau, le bois, les provisions et même les gens durant l'hiver.

Il demanda finalement à Jean comment s'était passé le débarquement des demoiselles, car il n'avait pu y assister lui-même, étant occupé au manoir du seigneur pour y effectuer quelques travaux.

Le sang me monta au visage. *Le seigneur*. J'en entendais finalement parler. Si je voulais l'épouser, je ne pouvais laisser passer une si belle occasion de m'enquérir de lui. Je feignis l'innocence:

– Je n'ai pas eu la chance de le rencontrer. Le seigneur, je veux dire. Comment est-il?

Honoré se berçait en fumant sa pipe. Il parut réfléchir. Il sortit une jambette de sa poche de chemise en prenant tout son temps et me regarda. Il s'amusa durant de longues secondes à déplier, puis replier la lame.

– Il ne sort pas beaucoup, répondit-il au bout d'une minute. C'est plutôt un solitaire, si vous voulez mon avis.

Voilà ! Il n'en dit pas plus ! Je m'en voulais d'avoir été si maladroite ! *Comment est-il ?* Pour l'instant, je repoussai les autres questions qui me brûlaient les lèvres. Il serait toujours temps de savoir si le maître était marié ou non. Et s'il l'était, il y avait d'autres seigneuries dans les environs. Je ne donnerais pas ma main à n'importe qui. Ça, je me l'étais juré !

Un piétinement se fit entendre sur les marches du perron. Honoré se leva pour accueillir le visiteur, mais celui-ci avait déjà poussé la porte. Le bonhomme Gagnon faisait le tour du village pour informer les gens qu'une soirée était donnée le lendemain, sur sa terre, afin que tous fassent plus ample connaissance. Une telle chose étant rare si loin de la ville, tout le monde des environs y serait, du moins les hommes cherchant épouse. Le curé, complètement contre l'idée d'une fête païenne, avait fortement protesté, ajouta le nouveau venu en riant, légèrement mal à l'aise.

– Vos bonnes sœurs accompagnatrices se sont indignées pareillement, mademoiselle, fit-il en s'adressant alors à moi. Mais monsieur le curé a reçu l'ordre de laisser faire, précisa-t-il plus sérieusement à Honoré et à sa femme qui semblèrent comprendre de quoi il s'agissait.

Marie-Anne m'éclaira :

– Selon monsieur le curé, le fait que chacun et chacune cherche une épouse ou un époux est en soit une abomination. Surtout si les époux éprouvent quelque affection l'un pour l'autre. Et il qualifie les bals et les soirées de réunions de plaisirs honteux.

Tout semblait occasion de péché pour lui. Honoré me raconta qu'il avait même un jour refusé la communion à une femme parce qu'elle avait eu la mauvaise idée de porter de la dentelle et des rubans à l'église. Ce curé avait des espions partout dans la paroisse, savait toujours qui avait fait quoi et connaissait le moindre petit détail incriminant. Quantité de vieilles bigotes étaient ravies de lui raconter par le menu ce qu'elles voyaient et entendaient. Elles avaient les yeux rivés sur la conduite des femmes et des filles des environs, de jour comme de nuit. Et comme celles-ci étaient peu nombreuses, c'était facile. Il désirait imposer sa loi jusqu'à l'intérieur des maisons, au sein même des ménages. Ses sermons condamnaient la mode féminine qui voulait les gorges nues et les épaules voilées de tissus légers. Les femmes se devaient non seulement d'être convenablement vêtues en la maison de Dieu, mais dans leur propre demeure. Il citait sans cesse les Saintes Écritures qui désapprouvaient ces pécheresses de la beauté et commandaient aux hommes, en leur présence, de détourner les yeux sous peine de périr dans les flammes de l'enfer. Depuis le débarquement inattendu dans la seigneurie, il se montrait particulièrement nerveux et se scandalisait de tout et de rien.

Décidément, cet homme me donnait tout simplement l'impression de faire partie des êtres malveillants, recherchant le pouvoir uniquement dans le but d'en abuser. À mon avis, celui-là n'était pas entré en religion pour rien.

– Et comme les Filles du roi sont souvent mal perçues, car elles n'ont pas de familles pour veiller sur elles avant leur mariage, m'expliqua finalement Marie-Anne, les langues doivent déjà aller bon train !

– Alors pourquoi la fête a quand même lieu, demandai-je à mon hôtesse, si le curé s'y oppose avec tant d'ardeur ?

Le bonhomme Gagnon me répondit à sa place, un sourire radieux sur les lèvres.

– Parce qu'ici, mademoiselle, et fort heureusement, ce n'est pas toujours le curé qui a le dernier mot !

Je me retirerais pour la nuit bien après les enfants : Honoré insista, au grand désespoir de sa femme, pour me raconter toutes sortes de légendes du pays. Nous restâmes donc tard à bavarder et je me sentais trop peu à l'aise pour monter dormir avant que mes hôtes ne le fassent eux-mêmes. Mais comme j'avais toujours aimé entendre les histoires étranges et mystérieuses, je ne pus m'empêcher de boire avec avidité chacune des paroles d'Honoré. Il s'avéra, de toute façon, un excellent conteur.

– C'est une légende qui nous vient des Sauvages, commença-t-il en baissant la voix pour donner de l'importance à ses propos. Elle raconte qu'un esprit hante les bois afin de protéger les animaux de la cruauté des hommes. Un jour, un homme va à la chasse et tue deux orignaux. Il garde l'un pour se nourrir, ce qui est acceptable, mais conserve l'autre pour le vendre aux Blancs. C'est nous, ça, les Blancs, ajouta-t-il en se pointant du doigt pour que je comprenne mieux.

– L'homme qui a tué les orignaux était un Sauvage ?

– Oui, c'était un Sauvage. Donc, l'homme tue les deux orignaux, mais, selon le Windigo, il y en a un de trop : celui qu'il veut vendre aux Blancs. Il aurait dû lui laisser la vie. Le vent se met donc à souffler, à souffler, et le pauvre a très peur. Vous savez, cet esprit vengeur fait beaucoup de tapage quand il vient punir quelqu'un, et cela commence toujours par le bruit du vent. Puis il y a les hurlements… des hurlements comme jamais personne n'en a entendu, des hurlements à donner froid dans le dos.

Il prit une bouffée de sa pipe avant de continuer. Je le voyais réfléchir, probablement à la suite de l'histoire, les traits en partie masqués par la fumée qui s'élevait devant son visage rieur. Un petit nuage sorti de ses narines s'empressa de rejoindre la brume grisâtre qui s'accumulait au plafond. Marie-Anne, ayant probablement entendu ce récit plus souvent qu'autrement, était absorbée par un ouvrage de couture.

– On dit que le Windigo est un esprit énorme, fait de branches et d'écorce, reprit-il après un moment. Son cœur est fait de glace et il n'a aucune pitié pour ceux qui abusent de la nature. Il est possible de voir par où il est passé, car il lui arrive d'abattre des arbres de ses mains nues quand il est en colère. Les soirs d'orage, on peut l'entendre hurler dans les bois, au loin, si l'on tend l'oreille…

– Ça n'existe pas les monstres, je n'en ai jamais vu !

J'avais sursauté d'une façon ridicule. J'étais si absorbée par le récit de mon hôte que la voix de l'enfant m'avait saisie. Toussaint était descendu du grenier à notre insu.

– Ni Jean non plus ! ajouta-t-il pour appuyer son idée.

Son père se leva et se dirigea lentement vers lui, l'air sérieux et menaçant. Le petit gloussa, ravi.

– Crois-tu vraiment avoir vu tout ce qui existe, Toussaint ?

– Oui !

L'enfant eut l'air indigné de quelqu'un qui sait qu'on se moque de lui.

– Alors c'est que tu n'es pas aussi astucieux que je le pensais, mon fils, dit Honoré en lui tournant le dos, faussement hautain.

Toussaint pouffa encore en cachant sa bouche derrière sa petite main potelée et retourna se coucher sous l'œil sévère de sa mère qui lui indiquait du doigt le chemin de son lit.

– On ne l'a pas appelé Toussaint seulement parce qu'il est né le premier jour de novembre, m'expliqua en riant Marie-Anne. C'est un vilain petit fantôme qui préfère s'amuser la nuit plutôt que de dormir.

Je profitai de la situation pour m'éclipser.

– J'irais bien me reposer aussi, dis-je en me levant de mon siège. Je suis épuisée !

– Nous irons tous dormir à présent, il se fait très tard et l'aube arrive toujours plus vite qu'on ne le souhaite.

Mon hôtesse tâtonna rapidement au fond d'un tiroir, en sortit une bougie, qu'elle fixa dans un bougeoir et alluma, puis me tendit afin qu'elle accompagne mes pas jusqu'à mon lit. Elle en prit une pour elle-même, souffla celles qui éclairaient la cuisine et disparut avec son mari dans les ténèbres de leur chambre.

Je leur souhaitai le bonsoir, puis montai avec prudence les marches grinçantes jusqu'au grenier. J'entendis Marie-Anne dire à Honoré de laisser le feu mourir dans le poêle, il faisait déjà bien trop chaud selon elle et cela avait été une mauvaise idée de l'allumer malgré la fraîcheur de la nuit. Ils fermèrent leur porte et je n'entendis plus rien. Je dirigeai la petite flamme de ma bougie de façon à voir où j'allais. Je contournai sans bruit les lits des enfants, qui s'alignaient d'un côté et de l'autre du plafond oblique. Ils dormaient tous d'un sommeil paisible et même Toussaint, qui, l'instant d'avant, s'amusait dans l'escalier, avait les yeux clos. Sa respiration était lente et régulière. Je l'enviai. Comment pouvait-il s'être assoupi aussi rapidement après avoir prêté l'oreille aux bribes de l'effrayante légende de son père ?

Je continuai jusqu'à ma chambre tout en résistant à l'envie de me retourner à chaque instant. Je n'étais pas très brave. Je risquai un coup d'œil à l'intérieur. Rien. Ou plutôt trois choses : le simple lit de bois, bas et étroit, mon coffre et la fenêtre. Je refermai doucement la porte derrière moi, déposai le bougeoir à même le sol et replaçai rapidement les rideaux de la fenêtre qui laissaient voir un petit bout de nuit.

J'ouvris mon bagage pour vérifier l'état de mes maigres possessions. Dès le lendemain, je devrais penser à demander une brosse, du savon et une cuvette afin de nettoyer le peu de vêtements de voyage que j'avais conservés : ils étaient tous en piteux état. L'idée de dormir nue m'effleura ; je n'étais point tentée d'enfiler une fois de plus une tenue crasseuse. Cette perspective me laissait pourtant hésitante : ce n'était pas très chrétien. La légère odeur de sel que je décelai sur ma robe de nuit fit taire mes derniers scrupules. Je jetai le tout par terre d'un geste dégoûté, puis me déshabillai complètement. Je dégageai mes cheveux du chignon trop serré que j'avais dû endurer toute la journée. Ils se déployèrent avec gratitude sur mes épaules.

Sous les draps où ma main se faufila, je découvris avec surprise une robe de nuit toute propre. C'était assurément une délicate attention de Marie-Anne. Je l'enfilai avec reconnaissance et m'agenouillai pour la prière. Ce soir-là, je remerciai Dieu de m'avoir permis de faire un si beau voyage et d'être arrivée en bonne santé à bon port. Je me glissai avec délice dans les draps frais qui sentaient la brise campagnarde, puis me fis une barricade de ma couverture. Étant enfant, cela avait toujours été d'une totale efficacité contre les monstres et les revenants. On ne les voyait pas, ils ne nous voyaient pas non plus !

J'hésitai un instant avant d'éteindre la bougie dont la faible lumière enrobait les murs de la petite pièce. Dehors, les ténèbres couvriraient encore longtemps le village et les gens, qui, dans leur lit, avaient probablement déjà trouvé le sommeil.

Chapitre III

Un soleil éclatant avait envahi ma chambre. Sa progression lumineuse sur le plancher m'indiqua qu'il devait être bien tard et qu'il faisait un temps magnifique. Une petite bassine d'étain remplie d'eau fraîche avait été déposée par terre au beau milieu de la pièce. Elle n'était pas là hier soir. Marie-Anne l'avait probablement placée là, sans bruit, dès son réveil. Je me levai, frictionnai mon visage et mes mains rapidement, revêtis ma vieille robe brune et replaçai les couvertures plus ou moins correctement, histoire de ne pas tarder davantage.

Marie-Anne était encore à la cuisine. Elle me salua d'un sourire.

– Avez-vous bien dormi ? me demanda-t-elle.

– Je ne dors jamais vraiment profondément, mais je vois que vous ne vouliez pas me réveiller tôt ! Je vous remercie pour la robe de nuit, la mienne a besoin d'un bon lavage.

– Je vous ai entendue gigoter… toute la nuit, votre lit se trouve juste au-dessus de ma tête. Est-ce qu'il vous manquait quelque chose ?

Je lui répondis que le problème n'était ni le lit, ni la chambre, ni les couvertures. Tout était confortable, c'était plutôt moi qui ne dormais que d'un œil, peu importe où je me trouvais. Mon sommeil n'était pas des plus réparateurs : je m'éveillais souvent aussi fatiguée que la veille.

– Comme c'est étrange… Et pourquoi avez-vous autant de difficulté à dormir ?

– Je ne l'ai jamais su… ou je ne me suis jamais posé la question. C'est comme ça, tout simplement.

– Faites-vous de si vilains rêves ?

– Je n'arrive jamais à m'en souvenir avec précision. Au réveil, il ne me reste que de vagues pensées, juste des impressions, comme un malaise difficile à décrire.

– Ma pauvre Élisabeth, tenez, mangez un peu et vous oublierez tout ça. Il ne sera pas dit, au moins, que vous aurez manqué de nourriture chez les Leclerc.

Comme j'avais raté le déjeuner familial d'une bonne heure, Marie-Anne me servit deux grosses tranches de pain de froment, un bol de lait tiède et de la confiture de fraises des champs de l'an dernier. À une heure aussi tardive, j'avais très faim. J'étais bien aise de manger quelque chose de meilleur que ce à quoi je m'étais habituée depuis des mois, aussi accueillis-je ces aliments d'un sourire gourmand. Sur le navire, nous n'avions droit qu'à deux repas par jour : un au lever et un tard le soir. La nourriture était mauvaise et les portions, pauvres. Je me rendais compte à présent combien cela avait pu me mettre de méchante humeur, bien des fois. Je lui demandai où étaient passés les autres.

– C'est l'été, fit-elle, le travail de la terre demande qu'on soit dehors du lever au coucher du soleil. Aujourd'hui les hommes sont au champ de blé pour la récolte. Ensuite il faudra moudre pour faire la farine. Nous avons aussi de l'avoine et quelques légumes : du chou blanc, des navets, des carottes, des concombres et des oignons. Les citrouilles seront prêtes dès la fin de septembre. Les voisins ont du maïs et de l'orge. On peut leur en échanger contre à peu près n'importe quoi. J'ai eu vingt pots de lard salé contre autant de cornichons et de betteraves. Je fais le beurre, la voisine s'occupe du fromage. Dans les bois alentour, il y a des mûres, des framboises et des bleuets. Des fraises aussi… très petites mais très sucrées. Nous n'avons qu'une vache, quelques gros cochons et une dizaine de poules. C'est assez de travail pour notre famille.

Puis elle ajouta, dans un élan d'optimisme :

– Nous n'avons jamais manqué de rien ! Honoré est un homme travaillant et les enfants nous aident beaucoup. Jean est presque un homme maintenant. Pour gagner quelques pièces, il y a toujours la trappe l'hiver. Je tisse, couds et file presque tout ce que nous revêtons. Si nous avons besoin de quelque chose, nous le fabriquons. Notre maison est chaude, assez grande pour accueillir encore deux ou trois gamins si Dieu le veut et il y a toujours assez à manger pour chacun.

– C'est exquis, remarquai-je, la bouche pleine.

J'étais davantage préoccupée par les confitures que par les propos de Marie-Anne.

– Aujourd'hui, pas question de faire quoi que ce soit de trop ardu, me dit-elle en coupant court aux compliments que j'allais encore lui tourner. On ne voudrait surtout pas manquer la soirée organisée au village.

Je me mis à penser à l'homme noir. Pour la centième fois. Cet homme étrange et inquiétant que j'avais vu au débarquement… S'il venait encore vers moi, je devais simplement refuser de lui adresser la parole. J'avais toujours rêvé d'une existence meilleure. J'avais employé toute ma vie d'orpheline à planifier maintes stratégies plus invraisemblables les unes que les autres pour arriver à mes fins… Pour la première fois j'approchais du but, pour la première fois, c'était possible : je ne devais pas me laisser intimider par un pauvre paysan…

– Nous vous dégoterons sûrement un mari comme il faut, continua mon hôtesse avec entrain. Terminez vite votre repas, nous allons voir ce que vous pourrez porter.

– Je n'ai pas beaucoup de vêtements. Je portais ma plus belle robe hier.

– Quelle idée! Porter sa meilleure robe le jour de son arrivée! me sermonna-t-elle, déçue. Tout le monde l'a vue maintenant!

– Je... je n'avais pas pensé à ça, balbutiai-je.

– Ce n'est pas si grave, on va voir si on ne peut pas l'agrémenter un peu, j'ai quelques bouts de dentelle dans ma boîte à couture. Mais il faut rester modeste, vous savez maintenant que le curé ne tolère pas les extravagances. Il est déjà très contrarié que toutes ces filles soient débarquées ici au lieu de pousser jusqu'à Québec.

Nous montâmes à ma chambre et je tirai ma robe de laine beige du coffre. Nous la regardâmes un instant, étendue sur le lit. Les poings sur les hanches et les sourcils froncés dans un effort de réflexion, Marie-Anne me suggéra d'en élargir légèrement l'encolure afin de la rendre moins sévère, d'ajouter une bande de tissu sous le buste pour mettre celui-ci en valeur et d'orner l'ourlet de dentelle blanche. Elle me précisa qu'en Nouvelle-France les robes étaient habituellement un peu plus courtes qu'en Europe et que, les jours de fêtes, même les paysannes s'habillaient avec élégance.

– Nous portons à la mi-jambe les robes de tous les jours, c'est plus pratique pour aller aux champs, mais celle du dimanche, nous pouvons très bien la laisser longue, c'est même de meilleur goût.

Même si j'avais moi-même habité Paris, il m'était si rarement permis de sortir de l'orphelinat que j'ignorais à peu près tout de ce qu'on considérait comme de bon goût. J'étais très enthousiaste à l'idée de faire de si jolies modifications, mode ou pas. Je m'imaginais déjà faire mon entrée chez le père Gagnon, ravissante et gracieuse, le seigneur ne pouvant rien faire d'autre que de me voir. Il me choisirait pour épouse, assurément. Je ne devais pas en douter puisque je serais la plus belle.

J'emboîtai le pas à Marie-Anne qui redescendait déjà au rez-de-chaussée, les bras chargés de tissus et la tête pleine de merveilleuses idées. Je voyais à sa façon de détailler ma robe du regard qu'elle la parait déjà, dans son imagination, de beaux rubans et de dentelles.

– Je raccourcirai les manches afin qu'elles s'arrêtent aux coudes, j'ai vu plusieurs grandes dames de Québec les porter ainsi. Et j'y ajouterai la dentelle que j'aurai retirée du col afin qu'elle retombe en cascade sur les bras, il serait honteux de la gaspiller. Qu'en pensez-vous ?

Sans attendre ma réponse, elle prit mes mesures, puis m'ordonna de sortir prendre l'air : elle désirait me faire une surprise. J'insistai faiblement pour rester à ses côtés, au cas où elle aurait besoin de mon aide, mais elle me chassa de son beau sourire.

– Vous avez passé plus de deux mois sur un navire, allez donc voir la nature, c'est magnifique. Demandez au soleil de rosir vos joues et respirez à pleine bouche, vous n'en serez que plus belle ce soir, ajouta-t-elle, avec un clin d'œil complice. Mais ne restez pas trop longtemps en pleine lumière, vous gâcheriez votre teint. Revenez en même temps que les hommes, pour le repas du midi, et j'aurai presque achevé mon travail.

Sur ces paroles, elle me poussa à l'extérieur, referma la porte de la maison et disparut dans la pénombre de la cuisine. Je n'étais pas fâchée d'avoir la liberté de faire une promenade par une si belle matinée et de faire connaissance avec mon nouveau pays. Je longeai pendant un bon moment les bois environnants, puis décidai de me frayer un passage parmi les herbes folles jusqu'au bord de l'eau. C'était une journée merveilleuse et déjà très chaude. À part le chant monotone des criquets et le clapotis de l'eau, le silence et le calme étaient partout.

Ayant grandi en ville, je n'avais pas l'habitude d'une telle quiétude, d'une paix si intense. Je pris place sur un énorme rocher qui s'avançait sur la rivière. L'ombre des arbres me protégeait des rayons brûlants du soleil et une légère brise caressait mon cou. À ma gauche, un tronc depuis longtemps calciné par la foudre léchait la rivière de ses branches lâches et effeuillées. Il m'offrait une barrière naturelle contre les regards indiscrets des autres colons qui venaient plusieurs fois par jour puiser de l'eau aux abords. Au-dessus de moi, deux oiseaux blancs, dont j'ignorais le nom, tournaient paresseusement dans un ciel d'un bleu limpide. Le soleil apparaissait et disparaissait sur mes paupières fermées, au gré de la brise qui soufflait doucement dans les feuilles des arbres immenses se refermant sur moi.

Tout était parfait… à part les moustiques. J'en avais écrasé quelques-uns sur ma nuque, la veille au soir, mais le temps était plus frais et j'étais rentrée trop tôt pour en souffrir toutes les malveillances. Près de l'eau, en pleine chaleur, ces satanées bestioles me trouvèrent au bout de quelques minutes seulement. Elles s'étaient d'abord réunies probablement pour mettre au point leur plan d'attaque, puis, fin prêtes, se mirent d'un seul mouvement à me harceler, entrant sans gêne aucune dans mes cheveux, mes yeux, et, si je n'y prenais pas garde, ma bouche : bref, elles s'approprièrent bientôt tous les endroits de mon corps où leur était livré quelque morceau de chair tendre.

Mes mains battaient l'air dans tous les sens, mais inutile d'espérer une trêve : le fleuve était leur domaine. Elles virevoltaient au-dessus de l'eau, se cachaient parmi la végétation, rampaient sur la terre, tels les soldats d'une armée bien organisée.

Nous étions en août et, bien avant de faire la grande traversée, j'avais ouï dire par un marchand de rue que le pire moment de l'année était plutôt à la toute fin du printemps. Il était alors inconcevable (mais malheureusement souvent nécessaire) de sortir durant certaines heures de la journée. Je compris au moins une chose : que ce n'était pas seulement pour les semences que les arbres étaient abattus autour des habitations : on souhaitait sûrement aussi, et avec raison, tenir les insectes à distance respectable. Je décidai de rebrousser chemin : il était insensé de rester là plus longtemps et risquer de me faire dévorer vivante. J'avais besoin d'une peau intacte pour faire bonne impression, le soir venu.

Je vis mon hôtesse au loin, assise à l'ombre de son perron, penchée sur ma robe. La curiosité étant ce qu'elle est, souvent incontrôlable en ce qui me concerne, je ne pus résister à l'envie d'aller déjà y jeter un coup d'œil. J'étais tout de même partie depuis quelque temps. Il m'était peut-être permis de rentrer à présent. Je m'engageai d'un bon pas sur le chemin de la maison.

Marie-Anne ne sembla point remarquer tout de suite ma présence tant sa tâche l'absorbait. Je constatai avec une pointe d'excitation qu'elle avait choisi de beaux rubans vert émeraude pour agrémenter mon vêtement, le rendant à la fois plus élégant et, certainement, plus remarquable. Le vert était une de mes couleurs favorites et il m'irait sans doute à merveille à cause de mon teint pâle qui s'y prêtait bien. J'avais vu, à Paris, une dame parée de cette couleur, une de ces dames hautaines, installées dans ces fastueuses voitures à quatre chevaux qui passent dans les rues sans jamais s'arrêter. Je les détestais, ces femmes si belles et si riches, dignes épouses d'un mari prospère ou filles aimées d'un père bien nanti, qui ne jetaient jamais sur le peuple que des regards indifférents.

– Qu'en dites-vous Élisabeth ? me demanda Marie-Anne en laissant pour un moment son pointilleux ouvrage. J'ai remarqué que vos yeux sont verts à la lueur des chandelles, les rubans les mettront assurément en valeur.

Elle se pencha vers moi avec intérêt :

– Tiens, ils ont presque la couleur de la forêt au grand soleil. Mais vous avez des yeux splendides !

– Merci. Ils changent de couleur selon mon humeur ou celle du temps. Ils sont parfois pâles, parfois foncés… mais toujours verts, la rassurai-je.

– C'est parfait alors. J'ai fait un bon choix.

– C'est somptueux, Marie-Anne ! Ma robe est méconnaissable. Je ne sais pas quoi dire.

– Ne dites rien. Voulez-vous plutôt discuter des bons partis qui seront là, ce soir ? me demanda-t-elle, me signifiant ainsi que ce sujet était plus important que celui de mes atours. L'intendant Talon ne se déplacera pas jusqu'ici, donc il y aura un peu n'importe qui. Les hommes en âge de se marier doivent se dépêcher s'ils veulent pouvoir continuer de chasser et de pêcher. Quinze jours qu'ils ont, les pauvres, pour trouver une femme ! Je me demande tout de même pourquoi on vous a fait débarquer dans cette seigneurie plutôt qu'à Québec, ajouta-t-elle, pensive.

Je n'avais nullement l'intention de laisser passer la chance d'en connaître davantage sur les hommes des environs, aussi acceptai-je l'offre de Marie-Anne de m'instruire des plus intéressants pour moi. J'aurais ainsi tout le loisir de préparer convenablement mon approche : qui, quand, comment. Je pris place sur une chaise et la ramenai adroitement à l'aide de mon fessier auprès de ma conseillère. Nous nous fîmes un sourire entendu. Marie-Anne enfila patiemment une aiguille et la piqua dans l'encolure de ma robe en soupirant. Puis, sans lever les yeux de son ouvrage, elle entreprit de faire une longue description de chaque célibataire qu'elle connaissait ou dont elle avait entendu parler. J'étais fascinée : elle ne négligeait aucun détail, anecdote ou quoi que ce fût pouvant m'être utile, que la source soit sûre ou non. Et comme dans chacune des choses qu'elle faisait, elle y mit tout son cœur. Un tel avait entendu dire qu'un tel avait un faible pour la boisson, qu'un tel était de nature vertueuse ou qu'un autre savait parler aux dames. Un autre encore savait écrire ou compter, un dernier avait vécu deux ans chez les Sauvages. Même si elle savait très bien que les sœurs marieuses auraient leur mot à dire, elle me précisa que ce serait à moi, par la suite, de juger de l'attrait particulier de certains.

Comme je m'y attendais, aucun d'eux ne sembla digne de mon attention. Ils étaient tous fermiers ou fils de fermier ou exerçaient quelque métier ordinaire : aubergiste, pêcheur, armurier, forgeron, charpentier, menuisier ou maçon.

– Et puis, rien ne vaut un bon coup d'œil, ricana-t-elle finalement. Les meilleurs partis ne sont pas toujours les plus ragoûtants. Mais en Neuve-France, il y a beaucoup d'hommes seuls. Beaucoup.

Elle évita de me parler de plusieurs d'entre eux, car ils ne valaient point la peine qu'on s'y attarde, selon elle. Je présumai que l'homme noir faisait partie de ses omissions intentionnelles parce qu'aucune des descriptions qu'elle m'avait faites ne paraissait lui correspondre. Elle ne mentionna pas davantage le seigneur dans son long discours. Peut-être étaient-ils tous deux mariés. J'avais beau attendre patiemment ou feindre un certain intérêt pour quelques-uns, elle ne s'aventura pas là où mon cœur désirait la voir aller. Elle devait juger le maître inaccessible ou penser qu'il ne s'abaisserait pas à épouser une paysanne. Elle avait sans doute raison pour les autres filles, mais c'était mal me connaître. J'étais consciente de mes charmes et avais la ferme intention de m'en servir.

– Le seigneur sera-t-il présent ? demandai-je.

Tant pis si elle me jugeait ambitieuse ou écervelée, si je ne posais pas la question je ne saurais rien. Et puisque personne ne semblait disposé à me donner gracieusement la réponse…

Elle délaissa ma robe un instant pour me regarder attentivement en fronçant les sourcils. Elle évaluait peut-être mes chances, se demandant ce qui pouvait bien me passer par la tête. Je relevai le menton en signe de défi.

– Il n'est pas marié, fit-elle alors pour toute réponse avant de retourner à son ouvrage, comprenant visiblement le sens de ma question.

Un soulagement intense me fit soupirer d'aise. Je me rendis compte que je tenais à peine sur le bout de ma chaise depuis quelques minutes. Je me laissai glisser confortablement au creux de celle-ci. Marie-Anne me jeta un coup d'œil, l'air sérieux. Je crus bon de me lancer dans toutes sortes d'explications sur le droit de rêver des jeunes filles, sur la légitimité de mes espérances, sur mon droit à une vie meilleure. Elle éclata de rire, puis arrêta mon ennuyeux exposé d'un geste de la main : car cette femme chassait tous les problèmes d'un simple mouvement des doigts.

– Je n'ai pas dit que vous ne pouviez pas l'épouser, même si vous n'êtes pas du même rang. Vous êtes si jolie, me dit-elle. Peut-être la plus belle fille à marier des environs. Je suis même certaine que le maître n'est pas de ceux qui tiennent compte de choses aussi futiles que les conditions sociales. Ce n'est pas ce qui me trouble, croyez-moi !

Puis, sur un ton appelant la confidence, elle me souffla à l'oreille très distinctement :

– C'est plutôt lui qui m'inquiète, voyez-vous.

Et elle ponctua cette affreuse remarque d'une moue indéfinissable.

Je ne dis rien, ne demandai rien de plus. J'avais su ce que je voulais savoir : le maître n'était pas marié. Mon hôtesse poursuivit son ouvrage et moi, mes pensées. Un épais nuage dissimula le soleil et plongea les environs dans l'ombre. Je ne levai pas les yeux au ciel mais, si je l'avais fait, j'aurais certainement pu voir combien il était sombre.

Le repas fut servi à la longue table de bois, en présence de toute la famille. Ce fut à moi, en qualité d'invitée, que revint l'honneur de dire le bénédicité. On ne le récitait pas à tous les repas, car le fait de se signer était bien suffisant, mais il semblait que cela fût important ce jour-là. La table du souper avait été dressée par la petite Louise et tout le monde attendait impatiemment les saintes paroles avant de se mettre à manger. Je décidai d'agir au plus vite afin que le repas se finisse rapidement : j'étais si désireuse de monter me faire belle pour la soirée ! Marie-Anne avait transformé ma robe en vraie toilette de jeune fille.

– Seigneur, commençai-je, les yeux mi-clos (davantage dans le but de trouver les mots justes que par pure dévotion). Bénissez-nous, ainsi que cette table accueillante remplie de la nourriture que nous allons prendre. Et procurez du pain à ceux qui n'en ont pas. Amen.

– Amen, répondirent-ils tous après moi.

La nourriture était simple mais délectable et les parts, généreuses : des œufs durs, du pain à volonté, un ragoût de volaille grasse aux patates douces et trois grosses cruches remplies de lait tiède à ras bord. Des plats faits de bois ou de cuivre trônaient au centre de la table et tout le monde se servait avec de grosses cuillères à potage, disposées dans chacun d'eux. Les enfants affamés semblaient apprécier particulièrement le jus du ragoût, car ils s'en versaient de bonnes portions et le dégustaient en y trempant de larges tranches de pain de ménage.

Le parfum de la viande longuement bouillie dans son jus m'avait assaillie tout l'après-midi. Marie-Anne avait encore refusé mon aide, prétextant cette fois-ci que je devais me reposer pour être aussi détendue que possible le soir venu. Le lendemain, il me serait permis de l'aider dans toutes les tâches ménagères si cela m'importait tant, mais je n'avais pas à m'en soucier aujourd'hui.

Chacune de mes tentatives pour fuir la cuisine avait échoué, mon estomac me ramenant chaque fois contre ma volonté vers le plat de cuisson dont je soulevais doucement le couvercle pour imprégner mes yeux et mon nez des merveilles qui y mijotaient. Comme j'étais impatiente de savoir cuisiner aussi bien que mon hôtesse ! Même si j'épousais le seigneur, je concocterais moi-même certains repas, avais-je décidé. Par plaisir. Je m'étais rappelée avec dédain les morceaux de morue sans beurre qu'on nous servait parfois à bord du navire.

Aussitôt le festin terminé, j'insistai pour aider Marie-Anne et Louise à mettre les hommes dehors, à débarrasser la longue table et à laver plats et ustensiles. Malgré mon grand appétit, je m'étais tout de même restreinte, de crainte de voir apparaître des rondeurs indésirables au niveau de mon ventre. Ce n'était pas le moment d'être coincée dans ma robe. Je montai en vitesse faire ma toilette. Nous devions partir au coucher du soleil et celui-ci était déjà bien bas à l'horizon. Il n'avait pas cessé de briller durant la journée et la température au-dehors était encore torride. Les fenêtres ouvertes dans toute la maison ne faisaient, à mon avis, qu'accroître le problème en faisant circuler la chaleur librement. Je me laissai choir sur le lit. D'aussi loin que je me souvienne, j'avais toujours eu l'habitude de me laisser tomber ainsi sur ma couche chaque fois que j'entrais dans mon territoire. C'était peut-être une façon de m'approprier les lieux continuellement. Je n'avais jamais bénéficié d'une intimité complète, où que je sois.

Je me levai pour regarder encore une fois ma robe qui pendait derrière la porte. Avec un tel vêtement, le seigneur allait me remarquer : je serais resplendissante. Elle était maintenant agrémentée de rubans et de dentelles et Marie-Anne avait accommodé l'encolure de façon à ce que ma poitrine soit légèrement dévoilée, pas assez pour choquer, mais suffisamment pour attirer le regard des hommes. D'un homme.

Je repensai à l'homme noir. Serait-il présent lui aussi à la fête ? Probablement. Surtout avec la promesse qu'il m'avait faite. Mais je m'en fis une aussi : j'épouserais le seigneur, peu importent les moyens dont je devrais user. Je ne voulais plus vivre pauvrement. Je ne voulais plus avoir froid. Je ne voulais plus manquer de nourriture. Ce soir, je montrerais au sombre intrus que ses espérances étaient vaines. Je l'écarterais de mon chemin comme je l'avais fait des insectes indésirables, ce matin, au bord du fleuve.

Je pris quelques instants pour m'agenouiller et demander au Créateur la faveur de son soutien. Mais comme on ne parle pas de fortune avec Dieu, je m'abstins de Lui faire part de mes ambitions. Je Le priai plutôt de guider vers moi un homme à ma convenance, qui pourrait me rendre heureuse. Je Lui demandai un homme à qui je pourrais donner de nombreux enfants, forts et beaux. Je Le suppliai de m'accorder le courage et la force nécessaires pour me faire aimer de lui. Je Lui demandai tout ça… et Il me le donnerait.

Honoré avait installé une immense bassine de cuivre près de ma chambre (elle n'y entrait pas, vu ses dimensions respectables), pour que je puisse prendre un bain en toute intimité. À la demande de leur mère, les enfants avaient fait plusieurs voyages jusqu'à la rivière afin de la remplir d'eau. Les petites chaudières qu'ils avaient trimballées pour la circonstance étaient toujours à moitié vides à l'arrivée, car il semblait de mise de s'arroser allègrement durant le trajet de retour. Toussaint avait passé cette heure de dur labeur à rire comme un fou et à courir en tous sens : le jeu devait effectivement être des plus plaisants par une telle chaleur. J'enviai la vie de ces petits qui, malgré la dureté du pays où ils étaient nés, vivaient comme des rois. Ils s'amusaient autant qu'ils travaillaient, avaient des parents aimants et attentionnés qui prenaient grand soin d'eux et une multitude de frères et sœurs pour se chamailler gentiment. Moi, je n'avais guère connu que l'éternelle froideur des religieuses, la compétition malveillante entre filles et la solitude des grands dortoirs où se répercutait inlassablement l'écho des chuchotements juvéniles ou celui des sinistres pas des surveillantes. Peut-être était-ce pour cela que je me plaisais tant toute seule... Parce que je n'avais pas connu l'amour tendre d'une famille...

Malgré la chaleur dans la maison, Marie-Anne fit bouillir un plein chaudron d'eau, car celle prise à même le fleuve était glacée. Elle tira des rideaux improvisés autour de la baignoire (consistant en vêtements accrochés sur une corde tendue entre deux murs) et m'apporta un gros savon du pays fait de graisse de porc et de cendre. L'eau était juste assez fraîche pour me faire le plus grand bien.

Je frottai mes cheveux, puis chacune des parties de mon corps. Le savon glissait sur ma peau d'une façon délicieuse et je profitai un moment, en fermant les yeux, du bien-être que j'éprouvais. Au bout de quelques instants, je me levai et sortis à regret: je devais laisser la place aux autres. Lorsque je serais l'épouse d'un homme riche, je pourrais me baigner plus souvent si je le désirais. Je fonçai me cacher dans ma chambre, enveloppée d'un drap tout blanc. Je me sentais bien fraîche et propre.

– J'ai terminé! criai-je, au suivant!

J'entendis, venant d'en bas, les protestations des enfants qui ne semblaient pas enchantés de devoir se laver et, en réponse, les justifications de leur mère concernant certaines personnes malpropres qui resteraient alors à la maison pour la soirée, avec leur crasse. Les arguments maternels se révélèrent convaincants puisque je perçus, dans la seconde suivante, les pas traînants d'un des contestataires dans l'escalier.

Marie-Anne s'était proposée pour coiffer mes cheveux, mais je préférais en disposer moi-même, étant assez douée dans ce domaine. Au cours des heures de solitudes passées dans mon lit, à l'orphelinat, je les tressais, les attachais, y mêlais des fleurs, du feuillage ou des rubans, sans jamais m'en lasser. J'y arrivais assez facilement même sans mon miroir, même dans le noir. Les résultats étaient quelquefois surprenants, mais toujours agréables à l'œil. Une des bonnes sœurs, la seule que j'aie vraiment appréciée, non seulement m'avait offert un magnifique petit miroir pour me contempler mais m'avait appris à effectuer dans mes cheveux, sous condition de n'en souffler mot à personne, toutes sortes d'arrangements ingénieux. Sœur Marie-Madeleine avait un si joli visage que je me demandais pourquoi elle avait préféré le couvent au mariage. J'en avais facilement conclu, à son air toujours triste, que ce choix n'avait jamais été le sien.

Assise nue sur mon lit, j'enduisis mes cheveux d'un soupçon de vinaigre et les démêlai lentement et soigneusement. Je n'avais pas la chance d'avoir une chevelure abondante, mais je savais en tirer tous les avantages. Leur douce blondeur faisait qu'on me remarquait immanquablement. Je pris quelques instants pour réfléchir à la coiffure qui m'irait le mieux. J'optai pour les tresser avec soin et fixai les deux nattes en couronne sur ma tête. Je contemplai le résultat au fond de mon minuscule miroir. J'avais l'air d'une fée, nue et ainsi coiffée. J'enfilai ma robe. Maintenant, j'avais l'air d'une demoiselle de bonne famille. Une vraie princesse. Je regrettai de ne point avoir de bijoux à porter.

J'entendis bientôt les clapotis que produisaient les enfants qui passaient tour à tour dans la baignoire et les consignes de leur mère qui, de l'étage en dessous, les sommait de se hâter, car il se faisait de plus en plus tard. J'entrebâillai ma porte un instant. Louise attendait son tour, regardant distraitement Toussaint barboter dans l'eau sans presse aucune. Je profitai de sa présence pour faire lacer convenablement ma robe. Non malheureuse de tromper son ennuyeuse attente, elle s'attaqua à la tâche de ses petites mains douces, en prenant l'air sérieux d'une femme qui accomplit un ouvrage de la plus haute importance.

– Vous êtes vraiment très belle, Élisabeth. Maman a fait un beau travail. Moi aussi, je mettrai ma plus jolie robe ce soir.

– Comptes-tu trouver un mari, toi aussi ? lui demandai-je, taquine, tandis qu'elle tirait délicatement sur les rubans que j'essayais tant bien que mal d'ajuster sur ma poitrine.

– Bien sûr que non, me répondit-elle avec gravité. Je suis encore trop jeune pour me marier : je n'ai que huit ans !

Je me penchai nonchalamment à la fenêtre. Le soleil disparaissait presque à l'horizon, mais il avait pris le temps de le peindre gracieusement d'une multitude de couleurs. C'était à la même heure la veille que j'étais arrivée sur les berges du village. Autour de nous, les ombres reprenaient tranquillement leurs droits. J'avais toujours préféré la nuit au jour et le crépuscule à l'aube. C'était pendant ces précieux moments que toute chose semblait sereine, à sa place et sans artifice. La nuit, régnaient un silence et une paix qu'il était impossible même de concevoir durant le jour. La nature se taisait. La vie se tenait tranquille, humble et sage.

L'heure du bain était terminée depuis un moment et Honoré attelait déjà, avec des gestes patients, le cheval à la charrette. Je décidai de descendre à l'étage rejoindre les autres : il était maintenant grand temps de partir. Louise et Jean étaient dehors, prêts à s'embarquer.

– Je suis prête ! criai-je en dévalant à la course l'escalier.

Marie-Anne finissait d'habiller son plus jeune. Elle jeta un regard satisfait à ma tenue, mais ne dit mot. Nous n'échangeâmes qu'un sourire qui en disait beaucoup plus long que le plus éloquent des discours. Cela me fit plaisir. Malgré le fait que je me savais jolie, j'appréciais que quelqu'un d'autre, une femme, pensât la même chose à mon sujet. Je n'avais jamais cherché l'approbation d'autrui, mais j'étais beaucoup plus nerveuse que je ne voulais le croire. Après tout, je ne jouais rien de moins que mon avenir ce soir même ! Après une dernière inspection des tenues des enfants, nous nous entassâmes tous derrière l'attelage. Louise vint prendre ma main. Marie-Anne débarbouilla rapidement Toussaint qui avait trouvé le moyen de maculer son visage de terre durant la seule minute où il avait échappé aux regards de la famille.

– Pourquoi ne marchons-nous pas ? se plaignit Louis. C'est juste à côté !

– Parce que c'est plus élégant d'arriver ainsi, mon chéri, lui répondit Marie-Anne. En Nouvelle-France, personne ne va à pied.

À bord de la charrette qui roulait lentement sur le chemin de terre, nous arrivâmes bientôt en vue de la terre des voisins. La grange de grosses planches de bois illuminée de l'intérieur faisait un contraste étonnant avec les ténèbres environnantes. J'avais vu des constructions de toutes les grandeurs, mais la grange du bonhomme Gagnon me sembla immense. Les portes étaient grandes ouvertes et je supposai que la chaleur de cette fin d'été y était pour quelque chose. Le bâtiment était parfait pour une telle soirée où plus d'une centaine de personnes s'entasseraient. Quand les bateaux du roi étaient aperçus à l'embouchure du fleuve, on faisait passer la nouvelle dans toute la colonie afin que les habitants, militaires et marchands des villes puissent accourir à Québec. Le changement de dernière minute par rapport au lieu du débarquement ne paraissait point avoir empêché quiconque de se déplacer.

D'après ce que je pouvais voir en approchant de notre destination, il y avait des gens partout : dedans comme dehors. On restait debout, une chope ou un gobelet d'eau-de-vie à la main, ou assis sur quelques rondins qu'on avait roulés jusque-là pour l'occasion. Les hommes comme les femmes avaient revêtu leurs plus beaux atours et les soldats du régiment de Carignan se démarquaient aisément de par leur uniforme militaire. Celui-ci était composé d'un habit de couleur brune doublé de gris, couleur que l'on apercevait sur le revers des manches. Des rubans chamois et noirs paraient le chapeau et l'épaule du côté droit. Chacun avait fière allure avec son épée et son mousquet. J'avais entendu dire que plusieurs portaient même le fusil. Je saluai discrètement de la main quelques compagnes de voyage qui conversaient entre elles, à une vingtaine de pieds de notre voiture qui ralentissait pour se garer. Elles me rendirent la politesse mais sans plus : je ne m'étais pas fait beaucoup d'amies durant la traversée.

Honoré, qui avait discuté avec le curé durant la journée, nous apprit soudainement la raison du débarquement hâtif : des centaines d'Iroquois campaient plus haut sur le fleuve depuis quelques jours. Notre capitaine, une fois avisé de la situation, avait jugé bon de rester plus en arrière, même si la réunion avait semblé pacifique. Cela faisait depuis plus de vingt-cinq ans que les habitants de la Nouvelle-France vivaient dans la crainte d'attaques iroquoises.

– Le régiment est ici pour s'occuper comme il faut de ces maudits Sauvages, affirma Honoré. Ils nous gâchent la vie depuis trop longtemps ! Ces soldats sont des hommes vaillants qui sont comme nous tous partis de rien, ajouta-t-il avec fierté à mon intention. Il est dit que beaucoup d'entre eux ont été recrutés à même les tavernes.

Une fois la charrette immobilisée, Honoré me tendit la main pour m'aider à mettre pied à terre, puis eut la même délicatesse pour sa femme. Les jeunes, ayant préféré dégringoler de la voiture plutôt que d'attendre une minute de plus, couraient déjà avec les autres enfants pour s'occuper au plus vite à quelque jeu de leur invention.

Mes yeux et mon esprit travaillèrent alors rondement et de concert. Ils remarquèrent l'allure fortunée de certains garçons et celle plus commune de la majorité. Aucun homme ne me sembla à première vue être seigneur. Mais je pouvais me tromper. Il me fallait rester vigilante.

Je fus surprise de constater que plusieurs filles avaient déjà déniché un soupirant. Elles se pavanaient au bras de l'un ou conversaient gentiment avec l'autre, le regard et le sourire remplis de discrets sous-entendus, indifférentes aux sœurs marieuses qui les surveillaient, l'air peu commode, alarmées devant tant de familiarité. Il me faudrait faire vite.

De l'extérieur, j'entrevis la grange qui était éclairée par une centaine de bougies bien à l'abri dans un nombre égal de lanternes, ce qui lui donnait une atmosphère chaleureuse et accueillante. Comme les foins ne commençaient officiellement que la semaine suivante, elle avait pu être rapidement nettoyée et apprêtée pour recevoir des invités. Quelques bottes de foin, laissées intentionnellement le long des murs, permettaient aux gens de s'asseoir, seuls ou en agréable compagnie. Le bruit des rires et des conversations bourdonnait de façon assourdissante.

J'avais maintes fois entendu parler des soirées en Nouvelle-France. Les habitants s'y retrouvaient pour s'amuser et oublier le dur labeur de la belle saison. Car c'était surtout en hiver que ces réunions avaient lieu. Les hommes jouaient aux cartes ou tiraient au poignet et on y entendait de la musique toute la soirée. Il y avait les conteurs d'histoires, qui retenaient l'attention des petits comme des grands, les joueurs de violon, d'accordéon, de musique à bouche ou de cuillères. Tout le monde dansait ; les hommes, les femmes et les enfants.

Alors que je me déplaçais avec Marie-Anne à mes côtés, celle-ci me signifia tout à coup, d'une pression de la main, de continuer sans elle. Je m'avançai donc seule vers la grange et y fis mon entrée d'un pas qui se voulait assuré. Beaucoup d'hommes se tournèrent dans ma direction. Mais c'était à prévoir. J'en saluai quelques-uns posément, d'un même signe de tête, ne leur laissant aucun espoir de conquête en ce qui me concernait. Mieux valait éliminer les obstacles à mes desseins d'une façon directe et sans ambiguïté. J'épouserais un seigneur quoi qu'il arrive, je ne souhaitais pas qu'un homme quelconque s'attache à moi et m'empêche d'agir à mon aise en me faisant l'honneur de son indésirable présence. Malgré mon air peu engageant, un jeune colon à la barbe clairsemée, roux et sans intérêt, vint directement à ma rencontre. Il n'avait décidément rien compris. Je fis un effort pour répondre obligeamment à ses questions, mais sans plus. Je ne voulais quand même pas que l'on me juge impolie ou discourtoise.

Cela faisait un bon moment que j'écoutais gentiment ses propos monotones. Il m'expliquait, parmi une multitude de choses aussi ennuyantes les unes que les autres, que nous étions chez son père et que celui-ci avait pu organiser la soirée grâce à son aide. Je cherchais un moyen de le quitter au plus vite, tout en feignant de porter attention à son exposé sur la forme que devaient avoir les ballots de foin, lorsque je le vis… pour la seconde fois. J'avais promené innocemment mon regard dans le bâtiment, à la recherche d'une échappatoire. Et il était là. Ses cheveux me semblèrent plus noirs que la veille et il me parut beaucoup plus grand.

Dans un coin retiré, loin des autres et le visage dans l'ombre, il m'observait. Je sentis distinctement, en me retournant vivement vers mon interlocuteur aux taches de rousseur, la brûlure de son regard sur ma nuque. Il allait de moi à l'autre et de l'autre à moi. Sans relâche. Le rouquin dut flairer quelque chose, car il s'écarta brusquement, en roulant des yeux affolés. Conscient de son air ridicule, il se composa un visage de circonstance, puis prit congé de ma personne, prétextant avoir subitement besoin d'air frais.

Je restai plantée là, seule, au milieu de tous ces gens qui passaient près de moi en rigolant ou en conversant les uns avec les autres. Je n'osais même pas examiner les lieux, de peur de croiser une fois de plus le regard de l'homme noir. C'était bien la peine d'avoir pris un bain, je me sentais déjà toute moite et de fines gouttelettes de sueur perlèrent entre mes seins. Marie-Anne me rejoignit à ce moment-là pour me présenter à notre hôte, Joseph Gagnon, et sans le savoir, pour me sauver. Je prononçai les formules de circonstance, mais l'esprit ailleurs. J'étais littéralement clouée sur place et indécise quant à l'attitude à prendre à l'endroit de celui qui m'étudiait. J'osai glisser un regard de biais: il s'était rapproché. Il me tournait autour tel un animal qui ne sait s'il va tuer immédiatement sa proie ou s'il va encore s'en amuser. Marie-Anne ne se rendait compte de rien: ni de mon émoi ni de mon malaise. Elle ne remarqua même pas mon agresseur. Babette vint me saluer et, dans un ultime effort pour ouvrir la bouche, je les présentai l'une à l'autre. Le babillage de ma compagne de voyage, qui m'avait autrefois tant exaspérée, me permit de recouvrer quelque peu mes esprits. Elle parut enchantée de connaître l'opinion de mon hôtesse sur tel ou tel prétendant de sa connaissance. Lorsque Marie-Anne s'éloigna de nous, Babette me lança aussitôt:

– Il t'a remarquée.

– Qui ça?

– Le maître. Tu ne l'as pas vu? Il se tient derrière toi depuis que tu es entrée et te suit constamment des yeux, il ne tourne même pas la tête si quelqu'un s'adresse à lui.

– Le maître?

Comment était-ce possible? Et où était-il? Je ne l'avais pourtant pas vu! C'était sûrement à cause de ce maudit diable qui embrouillait encore mes pensées! Je me ressaisis aussitôt. Il était maintenant temps d'agir. Si le seigneur m'avait remarquée, je ne devais pas perdre une seconde de plus. Mais je ne voulais point précipiter les choses, je ne devais pas sembler uniquement intéressée par sa fortune et son rang social. On me prendrait vite pour une opportuniste prétentieuse. Je devais plutôt le laisser me conquérir… en douceur… en jouant le jeu de celle qui n'a rien vu venir…

Je tentai de me l'imaginer. Était-il grand ou petit ? Jeune ou vieux ? Beau ou quelconque ? Mais cela m'importait peu de toute façon. Je n'avais jamais eu l'intention de faire un mariage d'amour.

– De quoi a-t-il l'air ? demandais-je quand même à ma compagne, afin de parer à toute éventualité.

Elle se renfrogna :

– C'est… c'est difficile à dire comme ça…

Cela ne présageait rien de bon. Babette qui prodiguait qualités et compliments aux autres, comme on offre un sourire, ne trouvait rien à dire. Je me préparai immédiatement au pire : c'était un vieux bonhomme, richement vêtu, mais appuyé sur une canne de bois. Ou un homme obèse et laid, le nez rougi par le bon vin. Ou un maigrelet, si minuscule que je paraîtrais colossale à ses côtés. Il me fallait en avoir le cœur net :

– C'est un vieillard ?

– Non. Il n'a pas plus de trente ans, peut-être moins. Sûrement moins, à bien y regarder…

– Vilain ?

– Je ne sais trop… Les goûts ne se discutent pas…

Je soupirai. L'idée d'épouser un homme repoussant ne me plaisait certainement pas. Mais je le ferais, si cela s'avérait nécessaire.

– Est-il trop petit ? Trop grand ? Parle, Babette ! Avant que je ne me retourne.

– Ah ! Il te dépasse d'au moins deux têtes ! Assurément !

– Sait-il que nous parlons de lui ?

– Je ne sais pas s'il sait que nos paroles le concernent, mais il regardait par ici il y a un instant. Moi, en tout cas, je préfère ne pas lorgner dans son coin trop hardiment.

Ma rousse compagne ponctua sa remarque d'une drôle de moue et sursauta en fixant un point juste au-dessus de mon épaule.

C'est alors que je compris.

Une ombre s'allongea. Et je me retournai lentement, comme dans un rêve.

Il était là, devant moi. Son regard était de glace mais laissait transparaître une étrange chaleur. Il était si près que je pouvais sentir son odeur d'homme. Il me dominait de toute sa hauteur et je ne vis plus rien que lui. Comme dans les situations graves où l'on remarque immanquablement quelque détail insignifiant, je vis que ses sourcils se rejoignaient au milieu du front. Il était vêtu de brocart noir rehaussé de fin velours de même couleur et brodé de fils d'or. Quelques touches de pourpre brisaient ici et là l'élégance froide des ténèbres dont il était recouvert. L'homme noir était le seigneur.

Son premier geste après celui de me saluer gravement avait été d'emprisonner mon bras dans une étreinte de fer pour m'entraîner lentement vers un coin reculé des festivités, sous les yeux inquiets de Babette. Celle-ci ne tenta rien pour me retenir, sachant pertinemment qu'elle ne pouvait réellement me venir en aide. Une fois au-dehors, le maître m'examina de la tête aux pieds avec une satisfaction évidente. Le vent, comme soumis à sa volonté, se leva, jouant sans ménagement dans mes cheveux sous son regard amusé. Les quelques gens qui traînaient par là s'effacèrent, discrets. Même les bonnes sœurs, pour une raison connue de Dieu seul, se tinrent à l'écart.

Je compris aussitôt pourquoi tous et chacun restaient vagues à son sujet : ils avaient peur de lui, peur devant cet homme qui en imposait tant par sa présence, peur devant l'inconnu. Les gens de la seigneurie ne s'approchaient pas de leur maître, ni lui d'eux. Car même s'il esquissait un sourire, c'était toujours avec cette lumière étrange dans les yeux, et on voyait alors apparaître un bref instant l'éclat immaculé de ses dents comme prêtes à mordre. Peu friand de bonnes manières, il opta pour une entrée en matière sans équivoque :

– Madame, vous a-t-on courtisée depuis votre arrivée au pays ?

– De toute évidence, personne n'en a eu le temps, monsieur.

Ma réponse sembla l'amuser, car il m'offrit l'ombre d'un sourire intéressé. Il ne paraissait guère se soucier du fait que mon bras était toujours prisonnier de sa puissante poigne.

– Bien, parfait, dit-il. Je suis Rémy de La Roche, le seigneur de ce fief. Jusqu'à ce jour, je me refusais à prendre épouse car les femmes sont, à mon avis, inutiles et sans intérêt. Elles n'existent que pour briser l'ennui, une fois le soir venu.

Il s'arrêta pour juger de l'effet que ses propos me faisaient. Je ne bronchai pas, engourdie par sa voix profonde et ses yeux trop noirs. Il poursuivit :

– Je vous demande de devenir ma femme. Vous pourriez m'apporter beaucoup plus qu'un simple divertissement, ajouta-t-il comme une explication.

Il libéra mon bras, en attente de ma réponse, sans doute satisfait de lui-même et de ses propos *galants*.

J'étais furieuse ! Quel fruste personnage avais-je devant moi ? Je voyais qu'il n'avait pas l'habitude de faire la cour aux femmes, mais tout de même ! S'il croyait que je me jetterais dans ses bras après un discours si peu délicat, il se trompait ! On ne demandait pas la main d'une jeune fille de cette façon ! J'exigeais un minimum de courtoisie, de fleurs et de compliments ! Je n'avais jamais rencontré quelqu'un de si brusque et de si arrogant de toute ma vie! Malgré mes craintes de lui déplaire, je lui tournai promptement le dos: mon orgueil malmené supplantait ma peur de susciter sa colère.

Il me rattrapa rudement par la taille et m'attira tout contre lui. Ses yeux lançaient des éclairs et il me semblait fort contrarié. Je ne bougeai plus.

– Soit. Rebellez-vous tant qu'il vous plaira, pour le moment. Sachez cependant que j'obtiens toujours ce que je désire et que je vous ai choisie. Et une fois que je me serai vraiment emparé de vous, vous n'aurez d'autre choix que de m'obéir. Ce soir, vous resterez auprès de moi et n'adresserez la parole à qui que ce soit sans mon consentement. Est-ce que vous me comprenez?

J'acquiesçai d'un hochement de tête. Les larmes mouillaient déjà mes paupières, mais je leur ordonnai avec fierté de retourner d'où elles venaient. Je ne voulais pas le voir triompher ainsi de moi, même si je ne me sentais pas la force d'engager un combat. En vain, je cherchai secours du regard. Mais où se cachaient donc les marieuses?

Le maître prit mon visage dans ses grandes mains brunes pour ramener mes yeux dans les siens. Était-il donc capable de tendresse? Pourquoi avais-je attiré un tel être? Et pourquoi étais-je incapable de l'éconduire? La réponse se présenta à moi comme une évidence: je devais être prête à tous les sacrifices pour épouser un homme fortuné. Je devais me taire et prendre avec reconnaissance ce que la providence mettait sur mon chemin.

Il ne m'embrassa pas, mais je vis qu'il luttait contre lui-même. Il me reconduisit plutôt à l'intérieur et je restai immobile dans son ombre, sage et muette. Sa main, son bras, son corps m'effleuraient à peine. Il m'emmurait de sa présence, me retenait captive, prenant ainsi ouvertement et aux yeux de tous possession de moi. Je n'avais qu'à observer son regard dur, manifestement habitué à commander, pour comprendre qu'aucune révolte durable de ma part ne serait tolérée. Une sensation étrange, une douleur sournoise, faisait son chemin de façon cruelle dans tous les recoins de mon être. En moi, quelque chose me suppliait de partir. Mais ce choix n'était plus le mien, si je voulais une vie meilleure.

Il mit une tasse de terre cuite entre mes mains et se fit un devoir de la remplir souvent de bon vin français que je sirotais doucement, de crainte de voir s'engourdir davantage mes esprits. Les autres invités se servaient à même trois ou quatre grosses cruches de bière du pays ou d'eau-de-vie. Quelqu'un jouait du violon, un autre l'accompagnait en frappant des cuillères. Au milieu de la place, plusieurs filles tournaient avec leur cavalier. Certaines préféraient certains, d'autres butinaient de fleur en fleur, incapables de s'arrêter.

Babette virevoltait dans les bras de l'un et de l'autre, mais de plus en plus souvent dans ceux d'un grand mince, menuisier de son métier, qui la couvait de longs regards affectueux. Il avait de grands yeux clairs, bordés de cils papillotants, un mignon visage juvénile, des cheveux presque aussi blonds que les miens et de blanches mains, longues et délicates. Babette, minuscule à ses côtés, ses boucles rousses volant au vent, levait vers lui un visage joyeux.

Je jetai un coup d'œil discret à l'homme, debout à mes côtés. Puis j'observai encore une fois toutes ces filles à marier qui dansaient devant moi. Celle-ci était encore libre, à la recherche de celui qui partagerait sa vie, celle-là avait échangé de belles promesses qu'elle tiendrait peut-être ou qu'elle ne tiendrait pas. Moi, on m'avait déjà enlevé ma liberté… Par la raison ou par la force. Personne, bien sûr, ne m'invita à danser.

Quand le maître décida qu'il en avait assez de la petite fête, mais surtout quand il fut bien certain que tous avaient eu le temps de constater que je lui appartenais, il m'entraîna de nouveau à l'extérieur et me prit en amazone sur son énorme cheval, en me hissant d'une seule main entre ses jambes musclées. Il n'insista pas pour me raccompagner : il le fit sans solliciter mon consentement ni celui des hôtes à qui on avait confié ma garde. Le seigneur n'était pas de ceux sentant la nécessité de demander quoi que ce soit aux autres, permission ou licence quelle qu'elle fût.

Le vin m'avait déjà donné la nausée, mais l'étreinte de cet homme acheva de faire le reste. Il m'entoura d'un seul bras, sous la poitrine, me plaquant contre lui, et voulut lancer son coursier au galop sous les yeux ahuris des marieuses indignées. Le curé, scandalisé, nous bloqua alors le chemin, debout dans la lumière venant de la grange, le doigt haut levé, comme un avertissement contre le mauvais œil.

– SIEUR DE LA ROCHE ! tonna-t-il d'une voix où l'émotion n'était pas maîtrisée.

– Monsieur le curé..., répondit posément mon ravisseur en retenant sa monture.

– J'avais... J'avais refusé... Ce genre de fête est INACCEPTABLE... INTERDITE dans MA paroisse ! Vous le savez ! Vous l'avez toujours su !

– Alors rentrez chez vous. Celle-ci a lieu dans ma seigneurie. Et je l'ai autorisée.

J'entendis les rires étouffés des quelques paroissiens témoins de la scène et vis le curé leur jeter un regard noir. Un regard qui en disait long sur sa colère, et son humiliation. Lorsque nous nous enfonçâmes dans l'obscurité des bois, il n'avait pas bougé de sa place, les yeux braqués sur nous, comme protégé par la lumière venant des bougies, qui l'éclairait toujours.

Je tentai de m'accrocher de mon mieux à la monture qui gravissait lestement un sentier rocailleux. Chaque petite parcelle de ma peau se hérissa au contact des éléments nouveaux : les muscles puissants du cheval sous mes cuisses, le vent frais sur mon visage, l'étranger qui m'immobilisait cruellement et l'odeur de son haleine chaude sur ma nuque. L'étalon s'élançait à toute allure sous le commandement impitoyable de celui qui en tenait les rênes, de la même façon qu'il semblait tenir ceux de ma vie. Le magnifique cheval couleur de ténèbres fonçait sur le chemin, les flammes des enfers dansant dans ses yeux, sa queue fouettant durement l'air derrière lui. Nous nous arrêtâmes bientôt.

– Voici mon foyer, madame, ainsi que les terres qui l'environnent, fit-il en m'aidant à mettre pied à terre. C'est ce qui vous appartiendra quand vous serez mienne.

Je l'écoutai en silence, ravie de ce qui s'offrait à ma vue : un immense manoir fait de grosses pierres grises du pays, agrémenté de deux larges tourelles et d'une multitude de fenêtres à meneaux. Les toits recouverts d'ardoise lui donnaient un air austère. Le domaine occupait une colline qui dominait le pays environnant. L'habitation et ses dépendances n'étaient visibles qu'à l'extrémité d'une longue allée rocailleuse. Le manoir semblait alors surgir de nulle part, au milieu des bois touffus qui le préservaient des regards indiscrets. Le moulin à main, le presbytère et l'église se trouvaient plus en contrebas, entre le village et le chemin menant chez le maître.

– Je souhaite que les choses soient claires, continua-t-il de sa voix profonde. J'ai été commandant dans les armées du roi de France durant de longues années. Assez longues pour voir des hommes mourir pour leur souverain ou tomber sous ma propre épée. Vous comprendrez, madame, que j'exige qu'on m'obéisse sans discuter. Je ne tolère aucun manquement à la discipline. Vous devrez vous y conformer. Comme vous devez déjà vous en douter, je ne suis pas de fréquentation agréable, les êtres humains m'évitent et je leur en sais gré, car j'apprécie la solitude. Sachez ce qui vous attend.

Il se tut un instant, m'observant de face, le visage dur et les bras croisés sur la poitrine. Qu'espérait-il de moi ? Que j'acquiesce à ses propos d'un sourire niais ? Je préférai attendre la suite.

– Si je vous demande de m'épouser, c'est uniquement dans le but d'avoir un héritier. Le temps passe et j'ai déjà trop attendu. Je vous mentirais si je disais vous aimer, car ce n'est pas le cas et ce ne le sera jamais. Je n'ai pas la patience requise pour ce genre de bêtises sentimentales. Vous êtes la femme la plus désirable qu'il m'a été permis de rencontrer, aussi, de par votre tournure, je suis convaincu que vous serez en mesure de me donner des enfants forts et en santé. Sachez, madame, que je saurai être généreux de ma bourse et que vous disposerez de tout ce dont une femme a besoin. Je vous ramène maintenant chez vos hôtes dans l'attente de votre réponse.

C'était difficile à croire…

Oui…

Cet homme avait atteint un sommet inégalé de grossièreté.

Réellement.

J'avais été, certes, choquée du discours qu'il m'avait tenu plus tôt dans la soirée, mais cette fois-ci il surpassait tous les exploits d'inconvenance imaginables. Je soupirai.

De toute ma vie, personne ne m'avait manifesté de véritable affection. À commencer par celle qui m'avait donné le jour pour ensuite m'abandonner. Quant aux bonnes sœurs, elles n'avaient jamais pris le temps d'emprisonner tendrement la petite fille que j'étais dans leurs bras pour la consoler, la faire rire ou simplement la caresser. Peut-être les avais-je chéries secrètement, sans qu'elles me rendent cet attachement avec la même force en retour. Les amitiés particulières entre filles, que l'on jugeait néfastes, étaient sévèrement punies ; je n'avais donc même pas connu ce type de rapport chaleureux. Peu à peu, avec mon cœur d'enfant, je m'étais rendu compte que je pouvais survivre, seule. Sans amour. Qu'il me suffisait de ne point penser aux autres pour les oublier, de faire un grand vide dans mon âme pour me rendre indépendante d'eux. Si j'avais du chagrin, je n'avais qu'à me blottir au creux de mon lit en répétant silencieusement et à l'infini de douces prières. Comme les bras d'une mère, elles me berçaient alors sans relâche jusqu'à ce que je sombre enfin dans un lourd sommeil.

Avant d'accepter la main que me tendait le sieur de La Roche pour remonter en selle, je pris le temps de jeter un regard satisfait sur le magnifique manoir qui s'élevait devant moi.

Chapitre IV

Les quelques heures qu'il me restait de nuit s'étaient écoulées à la vitesse des jours d'ennui. Je n'avais pas pu fermer l'œil tant mon trouble était grand. Car je pensais à cet homme dur que j'allais épouser. Mes courtes minutes d'endormissement étaient ponctuées de visions si terribles qu'après chaque réveil en sursaut je résistais de plus en plus au sommeil. Mais je tâchai de ne penser qu'aux belles robes, aux bijoux éclatants, aux servantes empressées de me plaire et aux heures d'heureuse oisiveté à broder ou à lire près d'une fenêtre, au lieu d'être aux champs en train de peiner pour ma nourriture et celle des miens.

Bien avant que l'aube ne rosisse le ciel et ne retouche de lumière le rebord de ma petite fenêtre, des oiseaux matinaux aux chants encore inconnus piaillèrent dans un arbre tout près. J'avais renoncé depuis quelques heures déjà à me complaire dans un sommeil réparateur. C'était dimanche et les cloches de la chapelle retentiraient bientôt, histoire de rappeler les fidèles vers Dieu, eux qui, hier encore, ripaillaient et buvaient tout leur soûl. Je frottai mes yeux brûlants de fatigue, puis me levai d'un bond pour faire ma toilette. Je descendis sans traîner davantage afin de prendre un repas qui contribuerait sans doute à me remettre d'aplomb.

Honoré et les enfants étaient déjà à table, attendant visiblement ma présence pour commencer. Marie-Anne, comme à son habitude, m'accueillit avec un sourire, une louche, et un énorme bol de soupe de maïs. La veille, ils étaient rentrés juste après moi, ayant probablement quitté la fête en catastrophe pour venir veiller sur ma vertu, mais j'étais alors déjà au lit. Mon hôtesse me demanda si j'avais mieux dormi que la nuit précédente. Je la soupçonnai de m'avoir entendue m'agiter.

– Non, désolée, Marie-Anne. C'est toujours la même chose.

Elle prit place devant moi, m'offrit du pain, puis m'interrogea du regard. Après le bénédicité, le silence régnait à table : les enfants m'observaient de leurs grands yeux ronds et Honoré semblait perdu dans ses pensées, occupé qu'il était à ingurgiter les plus grosses bouchées de nourriture possible. Comme je ne répondais pas assez vite à sa question muette, elle la formula à haute voix :

– Que s'est-il passé hier soir ?

Comme je restais toujours muette, plus parce que je me demandais comment leur annoncer la nouvelle que par réserve, elle me relança l'instant d'après, voyant que je cherchais mes mots.

– Il vous a demandée en mariage ? C'est ça ?

Elle semblait tellement inquiète que j'aurais presque voulu lui répondre par la négative, seulement pour qu'elle retrouve son beau sourire. Sa bouche, au bout de sa main figée dans son mouvement, laissait tomber sur la table de grosses gouttelettes de soupe. Personne ne s'en préoccupa. Toute la famille, même les plus jeunes qui ne devaient rien entendre aux concepts matrimoniaux, était suspendue à mes lèvres. Toussaint et Louise, qui sentaient que quelque chose de grave était en train de se passer, avaient cessé de manger et regardaient tour à tour leur mère et moi, l'air anxieux.

– Oui, il m'a demandé de l'épouser.

Honoré et sa femme se raidirent. J'aurais pu leur annoncer que les Iroquois attaquaient à l'instant que leurs visages ne m'auraient pas paru plus troublés. Marie-Anne se ressaisit tout de même quelques secondes plus tard et se leva promptement. C'était une femme forte. Elle s'était endurcie le corps et l'âme au contact de la nature et des rudesses du pays. Elle pouvait en prendre.

– Bon. Je suppose que vous n'avez pas d'autre prétendant ! Vous épouserez le sieur de La Roche. De toute façon, toutes les jeunes filles doivent être mariées sans délai. C'est l'intendant Talon lui-même qui l'a dit, par la bouche de ses seigneurs. On ne peut rien y changer. N'est-ce pas, Honoré ?

Elle ne pouvait si bien dire : je n'avais guère de choix. Aucun homme ne poserait ses yeux sur moi maintenant qu'il m'avait choisie.

– Les marieuses peuvent toujours s'y opposer, avançai-je malgré tout à l'intention de mon hôtesse.

Elle jeta un regard à son mari :

– Elles ne s'y opposeront pas. Elles ne le peuvent pas. Cet homme fera comme il en a décidé. Il en a toujours été ainsi.

Elle vint s'asseoir à mes côtés pour mieux emprisonner mes mains dans les siennes.

– Êtes-vous heureuse, Élisabeth ? C'est certes un bon parti, peut-être le meilleur des environs, mais cet homme est si... si...

Elle ne put terminer sa phrase. Elle se leva sans me regarder, puis secoua la tête pour bien marquer son impuissance. Tout le monde se remit à manger. La discussion était finie. Il n'y avait plus rien à ajouter.

Nous partîmes à la messe dès que les cloches se mirent à sonner dans le lointain. Le trajet en charrette était un vrai plaisir pour moi et je pus me détendre quelque peu entre Toussaint et Louise, même s'ils ne cessaient de solliciter mon attention. J'avais vécu tellement de choses en si peu de jours que j'avais besoin de respirer, d'oublier tout, tout. Je me couchai sur le dos, les bras derrière la tête, bientôt imitée par les quatre enfants de la famille. Le ciel, je n'avais jamais pu le voir si bleu, je n'avais jamais imaginé qu'il puisse être si pur, si grand. Les arbres, portant des feuilles ou des épines, se découpaient de façon parfaite sur son immensité. La forêt qui m'avait paru si dense et si sombre hier soir m'apportait à présent toute la joie et la fraîcheur d'une belle journée d'été. Je fermai les yeux et laissai mon visage exposé au soleil qui apparaissait çà et là, par petits morceaux étincelants, au travers des ramures qui se balançaient au-dessus de ma tête, au fil du chemin; ombre, lumière, ombre, lumière.

Honoré se fit un devoir d'égayer davantage le voyage en me racontant la faune et la flore du pays. Ici, un boulot blanc, là, un sapin baumier, plus loin un cèdre, un pin, et des milliers d'érables. Il me promit de m'apprendre à les différencier un jour ou l'autre. C'était important dans ces contrées primitives où seule la nature faisait vivre les hommes. Tout ce que les colons connaissaient du pays leur venait des Sauvages. Sans eux, les premiers arrivants n'auraient guère subsisté.

Il m'expliqua que les arbres étaient fort vigoureux dans les parages, arrivant même à survivre à l'hiver. Dans les endroits où ils abondaient, le sol était couvert de leurs épines, comme un tapis moelleux. Certaines plantes se mangeaient, d'autres, non. Elles pouvaient servir à guérir le scorbut, la fièvre ou le grand mal. Certains fruits dont les oiseaux se régalaient rendaient les gens très malades. Il y avait aussi les racines, les champignons et les fleurs comestibles.

Il me parla des ours, que l'on voyait plutôt dans les montagnes, mais qui pouvaient très bien venir jusqu'au village si on oubliait trop souvent quelques restes de nourriture à l'extérieur des maisons. Il me parla des loups, ces carnivores qui chassent en bande et qui peuvent tuer un animal ayant dix fois leur poids, des renards et des coyotes.

– Je suis ici depuis bientôt dix-sept ans. Nous sommes partis ensemble, quatre hommes, tous mariés, laissant derrière nous femme et gamins. On a travaillé à Québec, au début, pour quelques livres. Comme engagés. Pendant trois ans. Quand j'ai défriché les environs, le seigneur m'a donné ma terre, parce que j'étais vaillant et robuste ! Il venait d'arriver lui aussi. Mais il est reparti en France depuis. Le sieur de La Roche n'est ici que depuis 1661, n'est-ce pas, Marie-Anne ?

– Depuis cinq ans, c'est ça.

– J'ai tout fait de mes propres mains avec une hache et un pic que j'ai pu acheter, continua-t-il. On a abattu les chênes, les érables et les pins et on les a mis de côté pour faire de beaux rondins pour la maison. J'ai acheté deux gros bœufs avec les autres hommes et on a pu enlever les souches et les grosses pierres. On a fait venir les femmes, une fois bien établis, quatre ou cinq ans plus tard. Je m'ennuyais grandement de ma belle colombe, ajouta-t-il à l'endroit de son épouse, qui faisait mine de n'avoir rien entendu mais qui replaça aussitôt son chignon par coquetterie.

Bientôt viendrait le temps des bleuets, poursuivit-il à mon intention. Un fruit minuscule et très sucré qui poussait dans les clairières ou aux abords des bois. Marie-Anne en faisait de délicieuses tartes. Il y avait aussi les fraises des champs, les framboises, les atocas, les raisins, les groseilles et les mûres dont on pouvait tirer des dizaines de pots de confiture. Marie-Anne m'expliqua qu'alors tout un chacun prenait un panier sous son bras, femmes, hommes et enfants, et qu'on s'enfonçait dans les bois pour un avant-midi de cueillette. Il fallait alors garder un œil sur Honoré et Toussaint qui avaient tendance à mettre plus de fruits dans leur bouche que dans leur panier ! Les deux accusés nièrent tout, en riant d'un air coupable.

Nous arrivions en vue de la petite église de la seigneurie. Elle était située dans le creux d'une vallée, alors on apercevait le clocher surmonté d'une croix bien avant de la voir en entier. C'était une maigre construction toute blanche, munie d'une grande porte de même couleur. Le curé, posté sur le vaste perron sans balustrades, accueillait ses ouailles d'un air important, distribuant probablement conseils et instructions à l'un et à l'autre.

En entrant dans le lieu consacré, je m'aperçus qu'il était exceptionnellement bondé, ce jour-là : les hommes cherchant épouse n'étaient pas encore retournés dans leur bourg et ne repartiraient peut-être pas avant d'avoir obtenu promesse de mariage. La plupart des gens étaient debout le long des murs du fond et de côté. Impossible de trouver une place assise. Je cherchai le seigneur du regard. Il n'était nulle part. Osait-il manquer ouvertement la messe du dimanche? Cela ne m'aurait guère surprise.

Des inconnus s'étaient approprié le banc habituel de la famille Leclerc et Honoré n'osa pas les en déplacer. Il se dirigea vers la gauche. Nous le suivîmes et, comme lui, nous nous appuyâmes au mur pour entendre la messe. Les enfants m'entouraient et Toussaint se pendait à mon bras. Quelques gens se tournèrent vers nous et me saluèrent d'un sourire ou d'un hochement de tête. Je les avais tous vus la veille, mais ne me souvenais guère de leur nom. C'était une mauvaise habitude depuis ma tendre enfance: quand on me présentait quelqu'un, je ne retenais jamais son nom. Je ne savais pas pourquoi je faisais une telle chose, moi qui avais pourtant une excellente mémoire pour n'importe quoi d'autre.

En revanche, je me souvenais très bien de celui du seigneur: le sieur de La Roche. J'en étais à ces réflexions quand je le vis s'engouffrer par la grande porte. Tout le monde s'était déjà tu dans l'église, en attente du début de la liturgie. Il jeta un regard droit dans ma direction, comme s'il s'attendait hors de tout doute à me trouver précisément là, fit une inspection rapide des visages qui se trouvaient à mes côtés, puis, satisfait du choix de mes compagnons (des femmes et des enfants), marcha vers l'avant et s'installa sur son banc.

Pour une fois, je pouvais l'observer en paix sans craindre de croiser son regard. Ce matin-là, je n'écoutai pas un mot de la cérémonie et répondis instinctivement aux demandes du curé, m'agenouillant à même le sol lorsqu'il le fallait, me relevant lorsque je voyais les autres le faire ou priant au rythme imposé par la foule.

À la fin du sermon qui dura une éternité (les gens avaient trop mangé, trop bu et trop dansé la veille, au goût du curé et il devait le leur faire savoir), nous fûmes libérés. Aussitôt, il y eut bousculade d'hommes, de femmes et d'enfants vers la sortie. On avait déjà annoncé douze mariages pour le courant de la semaine. Ceux-ci se feraient à Québec ou ailleurs, car les promis venaient de loin. Beaucoup de filles quitteraient le village pour d'autres, en tous points semblables à celui-ci, mais la plupart partiraient pour Québec.

Quand la cohue se fit plus coulante, Honoré nous fraya un passage jusqu'à l'extérieur. Toussaint attrapa ma main, histoire de pouvoir suivre la famille sans encombre. Les gens étaient maintenant assemblés sur le grand perron, attendant les annonces hebdomadaires du crieur ou discutant de tout et de rien. Le dimanche était jour de congé pour tout le monde. Certaines familles étaient conviées à dîner chez un voisin, d'autres s'invitaient d'elles-mêmes sans gêne aucune. Les enfants, des plus jeunes aux plus vieux, enfin délivrés des contraintes de la messe, couraient les uns derrière les autres en se promettant une journée de jeux et de rigolade. Le soleil était à présent plus haut dans le ciel, mais le temps plus supportable que la veille. Un vent frais caressait la peau des gens et faisait onduler les belles robes du dimanche.

Je vis Babette au bras de son blond cavalier et, à en juger par l'air de contentement de celui-ci, je devinai qu'elle lui avait fait la fameuse promesse. On ne se rendait pas à l'église en compagnie d'un jeune homme si on n'avait pas de sérieuses intentions à son égard! Une bonne sœur se tenait un peu en retrait, les surveillant d'un œil vigilant. Ma compagne de voyage s'approcha d'un bon pas pour me saluer et me présenter officiellement Antoine Martel, son fiancé. C'était bien le garçon au visage d'ange que j'avais vu auprès d'elle dans la grange du bonhomme Gagnon. Il avança son corps grand et mince vers moi et m'adressa un sourire chaleureux, sans quitter sa promise des yeux plus que quelques secondes. Babette était rayonnante. Je ne doutai point que ces deux-là formeraient un couple solide. Antoine exerçait le métier de menuisier à ses heures, mais parlait d'obtenir un arpent de terre à défricher une fois marié, situé à quelques pas de chez les Leclerc, pour y bâtir une confortable maison. L'idée d'avoir Babette près de moi ne me déplut guère: je me rendis compte que je commençais à m'attacher à cette drôle de fille. Je regardai Marie-Anne. Pour la première fois de ma vie, j'avais peut-être deux amies. Cette pensée me fit chaud au cœur.

À ce moment-là, le maître, que je n'avais pas vu sortir de l'église, vint vers nous d'un pas décidé. Les gens s'écartèrent sur son passage. Il s'arrêta à notre hauteur, retira son large chapeau de feutre et salua Honoré, sa femme, Babette et Antoine d'un digne hochement de tête.

Lorsqu'il se tourna vers moi, mon cœur s'affolait déjà:

– Mademoiselle Élisabeth.

– Mon seigneur.

Je lui fis une courte révérence, comme on me l'avait appris chez les sœurs. Un sourire effleura ses lèvres.

– M'accorderiez-vous une entrevue de quelques minutes, ce soir? demanda-t-il avec le plus grand sérieux.

Intimidée, je regardai tour à tour Marie-Anne et Honoré afin qu'ils viennent à mon aide. La bonne sœur qui accompagnait Babette s'approcha imperceptiblement. Comme personne ne semblait disposé à répondre à ma place, je dus le faire moi-même en tâchant de ne point laisser paraître mon embarras. Je déglutis péniblement :

– Bien entendu, monsieur.

– Parfait, soyez prête à m'accueillir au coucher du soleil.

Il baisa ma main en me serrant les doigts beaucoup trop fort et ne me la rendit qu'au bout d'interminables secondes pendant lesquelles il fit en sorte que ses yeux croisent longuement les miens. Nous repartîmes chacun de notre côté, moi les joues rouges de confusion, vers la demeure de mes hôtes, le maître, satisfait de lui-même, vers les hauteurs de son manoir. Je le regardai enfourcher sa monture et galoper au loin, s'enfonçant dans un étroit sentier bordé de verdure, protégé du soleil par les branches des arbres qui semblaient se refermer une à une sur son passage.

Les enfants de Marie-Anne me tirèrent de ma rêverie en me poussant en riant vers la charrette. Babette et Antoine n'étaient plus à mes côtés. Leur accompagnatrice semblait s'être aussi volatilisée.

– Marche donc, Philomène, marche donc ! commanda Honoré à la jument qui s'exécuta aussitôt.

Le curé, encore entouré de nombreux fidèles qui l'assaillaient de commentaires polis et de louanges sur sa personne ou son sermon, n'avait pas perdu une seule seconde de la scène qui s'était déroulée sous ses yeux indiscrets. Il sembla vouloir m'approcher, mais d'autres paroissiens le retenaient lorsque la charrette s'ébranla en direction de la maison. Il posa sur moi un regard accusateur et pointa son doigt au ciel, comme s'il voulait une fois de plus me signifier quelque chose. Je décidai, agacée, de l'ignorer aussi royalement que la veille. Que lui avais-je donc fait ?

Les nuages commençaient à s'amonceler, menaçants, à l'horizon. Je venais à peine de les remarquer. Ils se regroupèrent bientôt, au-dessus de nos têtes, poussés par le vent.

– Il va pleuvoir avant longtemps, affirma Honoré dans sa contemplation du ciel. Je vais faire ma besogne dans les bâtiments.

Nous rentrâmes juste à temps. De grosses gouttes frappaient le sol ici et là, avec paresse mais insistance, nous interdisant pour un bon moment de mettre le nez dehors.

Je passai l'après midi à aider Marie-Anne dans ses tâches ménagères. Elle me laissa faire le pain tout en me surveillant du coin de l'œil. Nous travaillâmes en silence, dans la lourde monotonie qu'apportent parfois les jours de pluie. Même les enfants, habituellement agités et bruyants, s'amusèrent calmement dans un coin ou l'autre de la maison. Le seul incident notable de la journée fut une dispute entre Louis et Louise; celle-ci arriva donc en courant dans la cuisine et se plaignit du peu de charité chrétienne de son frère. Elle était décidément bien attentive aux sermons du curé pour une enfant de son âge!

– Louis refuse de me prêter ses animaux de bois! raconta-t-elle à sa mère, les joues en feu et les yeux aussi ronds que des cerises, encore tout indignée de la conduite de son frère à son égard.

Louis avait reçu au fil des années, en guise de cadeaux du Nouvel An, plusieurs petits animaux sculptés par Honoré durant les longs mois d'hiver. Car il était amoureux de tout ce qui se déplaçait à quatre pattes.

Indifférente aux lamentations de sa fille, Marie-Anne continuait tranquillement son travail de couture. Voyant que le dénouement du drame tardait à venir, Louise décida qu'il valait mieux aggraver significativement la question :

– Il ne prête *jamais* rien aux autres !

Marie-Anne, avec la patience d'un ange, laissa son ouvrage pour un instant et monta d'un pas mesuré au grenier, précédée de sa fille, triomphante. Le problème fut vite réglé et les animaux de bois, rangés dans une boîte sur le dessus du haut dressoir de la cuisine. Les enfants s'amuseraient quand ils seraient capables de s'entendre, me précisa mon amie en reprenant la chaussette qu'elle rapiéçait. Louis et Louise ne tardèrent pas à descendre pour s'excuser tour à tour de s'être si mal comportés, visiblement dans le but moins honorable de récupérer les jouets maintenant défendus.

La pluie qui martelait le toit invitait au sommeil. Elle cinglait en rafales, à l'aide du vent qui se faisait plus violent, les volets de ma petite fenêtre parcourue de temps à autre par un éclair lointain. Le temps était déjà si sombre qu'il était impossible de deviner la course du soleil ou l'avènement du crépuscule. J'avais promis à Marie-Anne de la rejoindre au four à pain, une fois la visite du maître terminée. Elle devrait passer les prochaines heures dehors à entretenir le feu et à surveiller la cuisson des miches. Honoré resterait dans les parages. Debout à la fenêtre, je me tordais nerveusement les mains. Je levai pour la centième fois mon petit miroir vers mon visage : j'étais exactement la même qu'il y avait cinq minutes… Je redoutais l'arrivée du sieur de La Roche autant que je la souhaitais.

Il se montra en même temps que le tonnerre. Cette fois, la tourmente était sur nous pour de bon. Après les journées torrides que les colons avaient connues en cette fin d'été, elle laisserait sur son passage un semblant de fraîcheur. Je vis le maître apparaître au loin, tel un cavalier que seul l'enfer avait pu créer, menant son cheval au milieu de l'orage. La pluie fouettait le sombre duo sans en affecter le moindrement la course. Je me retranchai derrière les rideaux. Il se dissimula à ma vue un instant, le temps de contourner quelque bâtiment de ferme, puis réapparut subitement sous ma fenêtre afin de descendre de sa monture. Il leva les yeux vers moi, immobile, flairant peut-être ma présence, puis entra d'un pas décidé dans la maison. J'espérais fortement qu'il ne m'eut point aperçue en train de l'attendre de pied ferme. J'entendis des bribes d'une conversation brève et étouffée, au rez-de-chaussée, entre lui et Honoré.

Ce dernier envoya Jean me prier de descendre. Le petit bout d'homme s'acquitta de sa tâche comme d'une mission de la plus haute importance. Je décidai cependant de prendre tout mon temps : je ne pouvais quand même pas me précipiter dans les bras de mon futur époux ! Je devais faire preuve d'une certaine désinvolture. Comme je me savais belle et bien mise malgré mes vêtements de paysanne, je pris finalement une grande inspiration, me créai un visage de circonstance et m'engageai d'un pas plus ou moins sûr dans l'escalier craquant. Sur l'avant-dernière marche cependant, je me figeai.

Il était là, réchauffant ses mains devant l'âtre, offrant son dos à ma vue, les contours de son corps emprisonnant les reflets déchaînés des flammes. Marie-Anne était déjà dehors, surveillant ses précieuses fournées à l'abri d'un petit auvent de bonnes grosses planches que son mari lui avait construit ; les enfants montèrent en silence en me lançant, à la dérobée, des regards plein d'effroi ; Honoré se leva et, lâchant sa pipe, trouva subitement quelque ouvrage à effectuer dans la grange, même par un temps pareil. Le maître était sous leur toit.

Nous étions seuls. Malgré l'interdiction de l'Église. Malgré l'opinion du curé. Malgré les sœurs marieuses. Malgré les convenances. Il se retourna. Entre les flammes dansantes, je vis son visage à moitié dissimulé par les ténèbres qui se massaient autour de lui, tels d'invisibles gardiens protégeant leur souverain. Lorsqu'il me sourit, je remarquai que le blanc de ses yeux aux pupilles d'ébène étincelait comme de froides pierres blanches au clair de lune. Il portait une chemise immaculée aux manches de dentelles garrottées aux poignets et largement ouverte autour du cou, sur une culotte de riche étoffe noire. Il ne s'était pas embarrassé d'un manteau : son vêtement trempé laissait deviner des épaules et une nuque d'une force excessive. Il leva une main pour me commander d'approcher.

Je voulais marcher vers lui, mais mon corps refusait de descendre plus avant dans l'escalier. Je sentais battre les veines de mon cou et la course folle de mon sang sous ma peau. Il vint arracher ma main de la rampe à laquelle je me cramponnais et m'entraîna vers le foyer. Il nous approcha deux sièges, l'un contre l'autre. Je m'assieds sur le premier, en silence, il appuya son pied sur le second, me contemplant d'un air satisfait. Je savais que mes cheveux, que j'avais laissés volontairement libres sur mes épaules, captaient les reflets d'or du feu et que de douces nuances de blond s'y mêlaient dans un effet des plus flatteurs. Il semblait aussi fasciné par moi que j'étais intriguée par lui. Des gouttes de pluie fuyant son visage tombèrent sur le mien. Il effleura furtivement ma gorge du bout des doigts, comme s'il craignait de me blesser.

Il parla, enfin :

– Vous m'appartiendrez si tel est mon désir, je peux faire de vous mon épouse contre votre gré… Mais on ne prend pas une femme par la force. Me suivrez-vous sagement, Élisabeth ? M'accorderez-vous votre main ?

Je savais qu'avec lui, plus rien ni personne ne pourrait me faire souffrir. Je savais qu'il me protégerait et me garderait à l'abri du besoin. Je sentais que son désir pour moi était plus fort que lui-même, que sa propre volonté. Je voyais tout cela au fond de ses yeux qui me scrutaient à la lueur des flammes près de nous, tout autour de nous. Je serais sa femme. Je lui obéirais et le rendrais heureux. Je porterais de grandes robes et de beaux bijoux. Je m'entendis lui répondre, dans un ultime effort pour briser mon silence :

– Oui. Je vous l'accorde.

Il emprisonna ma main dans la sienne. Sa bouche parcourut mes doigts d'une étrange façon. Il me rendit la liberté au bout de plusieurs secondes et recula de quelques pas, un léger sourire aux lèvres. Ma respiration haletante gonflait mon corsage de mouvements désordonnés. Je n'avais plus aucune maîtrise de moi-même, ni de mon corps, ni de mes pensées. Je lui appartenais. J'avais accepté sa demande en mariage… Je ne pouvais plus reculer. Mais je savais maintenant que je m'étais liée à lui dès le premier jour, le jour où je l'avais aperçu, au loin, sur la berge.

Il repartit comme il était venu, au milieu de l'orage. Je restai longtemps assise au coin du feu, seule, avant que mon hôtesse ne vienne me sortir de ma torpeur en posant doucement sa main sur mon épaule. J'avais complètement oublié d'aller la rejoindre.

Chapitre V

– Un vendredi 13 ? s'écria Marie-Anne en laissant retomber la pomme qu'elle était en train de peler. Le seigneur a fixé la date du mariage à vendredi prochain ?

– Oui, ce sera vendredi, lui répondis-je, impuissante. C'est ce qu'il a dit.

– Mais il faut faire maigre le vendredi et je n'ai pas besoin de vous dire que le chiffre treize porte malheur... Selon un passage des Saintes Évangiles, le treizième de la Cène n'est nul autre que...

– Judas, oui, je sais. Mais qu'y puis-je? Et le chapitre treize du Nouveau Testament est celui de l'Antéchrist. Ce sera vendredi tout de même.

– Il doit avoir exigé une dérogation de la part du curé, c'est la seule explication. Celui-ci doit être furieux ! ajouta-t-elle pour elle-même dans un demi-sourire et en reprenant son travail là où elle l'avait laissé.

J'avais plus important à penser de toute façon... Car je disposais de bien peu de temps pour me préparer : à peine cinq jours ! Ce n'était pas que j'avais beaucoup à faire, mais j'aurais aimé pouvoir réfléchir plus longuement à tout ce qui m'arrivait. La publication des bans se ferait dès le lendemain et comme personne n'allait s'opposer au mariage, souligna Marie-Anne, la célébration aurait bien lieu.

Honoré m'accompagna au manoir, selon les vœux du seigneur, afin que je donne mes instructions aux domestiques (bien qu'honnêtement je ne sache pas du tout quoi leur dire) et que je prenne connaissance de mes appartements avant de m'y établir définitivement. Quand nous arrivâmes au jour et à l'heure convenus par le maître des lieux, il n'y était point et une servante aux cheveux gris, du nom d'Angélique, nous reçut avec toute la déférence due à ses fonctions. Cette femme d'un certain âge, visiblement bien nourrie, m'accueillit comme une maîtresse à laquelle elle devait le plus grand respect. Elle m'appela Madame et ne m'adressa la parole que lorsque je posai moi-même les questions. Cela était si inhabituel pour moi… Mais j'en étais ravie !

Angélique occupait les fonctions de femme de chambre et de cuisinière. Sa fille Sophie, à peine plus jeune que moi, veillait à la propreté du logis seigneurial et aidait l'un ou l'autre de ses parents aux diverses tâches quotidiennes. C'était une jolie fille aux joues roses de timidité qui vint me saluer en baissant les yeux. François était à la fois maître d'hôtel, homme à tout faire et valet. Angélique était, avec son époux François, au service du maître depuis plusieurs années. Ils constituaient à eux seuls toute la domesticité du petit château. Aucun d'eux ne semblait disposé à me gratifier d'un sourire.

Angélique nous fit faire le tour du manoir, à Honoré et moi-même. L'intérieur était somptueux, je n'avais jamais rien vu de semblable. Dès qu'on ouvrait la porte principale, les boiseries murales, les planchers à mosaïques de bois et les riches tentures de couleur rouge sombre offraient un coup d'œil saisissant. Un salon de lecture, une salle où donner de fastueux repas, des peintures magnifiques… Il devenait difficile de croire que cette habitation, loin d'être modeste, se trouvait à plusieurs lieues de Québec. Les pièces étaient vastes et majestueusement garnies. Je découvris avec une joie presque enfantine que mes appartements, qui se trouvaient à l'étage supérieur, dissimulaient en leur sein un énorme lit à baldaquin recouvert d'un édredon de plumes d'oie et de coussins brodés. Un petit salon caché derrière la cheminée me tiendrait lieu de boudoir. Une porte pratiquée dans un des murs menait, selon toute vraisemblance, aux appartements du maître.

Au rez-de-chaussée et attenantes à la salle à manger, les cuisines, plus que décemment équipées et approvisionnées, permettaient aux domestiques de vaquer à leurs occupations sans déranger personne. Leurs propres appartements, qu'on ne m'invita évidemment point à visiter, étaient situés à l'arrière de celles-ci et une porte à tambour leur laissait librement accès aux bâtiments extérieurs, telles la grange, l'écurie et les latrines. Près du fourneau pendaient chaudrons, casseroles, tourtières et une multitude d'ustensiles permettant aux deux femmes de préparer une gastronomie diversifiée. Un nombre impressionnant d'assiettes, de pintes et de chopines d'étain attendaient au milieu d'une grande table de bois d'être frottées. Plus loin, des pièces de cuivre jaune ou rouge, beaucoup plus dispendieuses, étaient suspendues au plafond.

Les lieux m'auraient paru forts accueillants s'ils n'eussent été imprégnés d'une étrange atmosphère. Une atmosphère que je n'arrivais pas à définir, peut-être causée par la chaleur anormale qui régnait dans chacune des pièces du manoir.

La semaine suivante, qui se passa comme dans un rêve, fit en sorte d'assourdir pour un moment mes craintes face à mon futur époux. Celui-ci m'envoya, dès le surlendemain de notre rencontre dans la maison de mes hôtes, quatre couturières qu'il fit quérir en vitesse à Québec afin qu'elles me cousent une robe de noce, six toilettes extravagantes, trois robes de paysanne, une douce pèlerine pour l'hiver et deux châles de laine pour les jours d'automne. Les pauvres femmes devraient travailler jour et nuit pour terminer à temps cet ouvrage. Elles vinrent frapper à la porte des Leclerc le mardi soir, les bras chargés de pièces de tissus coûteux et de fines dentelles variées. Elles déposèrent le tout sur la table de la cuisine et Marie-Anne fut bien près de s'évanouir. Autour de moi, ce n'était que paniers, satins, velours, ornements et soieries. Les enfants, rapidement mis à l'écart des précieuses étoffes, assis les uns sur les autres dans l'escalier, contemplaient de leurs yeux ronds les trésors merveilleux que quatre inconnues déployaient ainsi sous leur toit. Aussitôt installées, les femmes s'affairèrent à prendre mes mesures et s'enquérirent de mes préférences pour telle ou telle couleur, tel ou tel tissu. Le mari de l'une d'elles étant cordonnier, l'on me préparerait également nombre de petites chaussures, dont une paire serait taillée dans le même tissu que la robe de noce.

Les couturières avaient reçu l'ordre de créer pour moi une tenue hors du commun. Selon ce qu'elles voulurent bien me raconter, le maître avait prétendu que je ne pouvais porter autre chose qu'un vêtement digne d'un ange, étant donné ma beauté qui surpassait en noblesse celle de toutes les dames de sa connaissance. Je retins cet éloge comme un baume sur mon cœur, car mon futur mari, peu enclin à la flatterie, ne m'avait lui-même fait aucun compliment sinon celui de me choisir pour épouse.

Les quatre femmes venaient tous les jours, arrivaient à l'aube en voiture, conduite par le domestique François, et repartaient au manoir avec lui, en fin de matinée, pour y continuer leur dur labeur. Leurs doigts experts travaillaient sans relâche afin de me tailler, dans les délais fixés, une tenue de noce magnifique. La robe de couleur ocre et or était très longue et étroite à la taille. Elle s'agrémentait joliment d'un décolleté rond, paré de dentelles, dévoilant à peine la naissance des épaules et de la poitrine. Une jupe à traîne était ouverte à l'avant sur un jupon de même dentelle blanche, orné de fils d'or et de satin. Les manches s'ouvraient juste avant le coude sur un éventail de volants immaculés alternant tulle et broderies. Des rubans dorés garnissaient la poitrine jusqu'à la taille et descendaient d'une adorable façon de chaque côté du manteau de robe coupé dans un tissu de velours, plus épais mais tout aussi délicat, à motifs floraux jaunes. Mon promis m'avait aussi fait porter un écrin de bois de rose contenant des perles pour mon cou. J'étais si éprise de la beauté du bijou que je le regardais de longues minutes, chaque soir, avant d'aller au lit.

J'appris de la bouche de ces mêmes couturières que le maître abhorrait les perruques, qu'elles soient blanches ou grises, bouclées ou lisses, pourtant très à la mode en France.

– On dit que Louis XIV porte une perruque différente pour chaque occupation de la journée, lança une des femmes.

– Tous les gentilshommes qui se respectent devraient la porter en toute occasion mondaine, critiqua une autre. À Québec, tout le monde le fait.

– Que voulez-vous que le sieur de La Roche fasse avec de tels accoutrements ? se récria Marie-Anne. En pleine forêt !

Sa remarque déclencha l'hilarité générale. Mais n'étant point habituée aux goûts des nobles, je ne fus guère malheureuse de me passer moi-même de cette étrange parure.

Les derniers jours de la semaine se déroulèrent à un rythme effréné. Je n'avais de temps que pour les essayages et les préparatifs me concernant, le maître s'occupant lui-même des festivités qu'il avait affirmé souhaiter brèves. Il n'y aurait qu'un banquet en après-midi, au manoir, tout de suite après l'échange des vœux. Les invités devraient quitter les lieux à la tombée de la nuit, me précisa-t-il dans une des notes qu'il me faisait lire par son valet. Les billets que je recevais de lui chaque jour étaient concis. Ici, une recommandation, là, une directive. Je ne le vis point de la semaine.

Marie-Anne insista pour passer un peu de temps seule avec moi tous les jours. Nous sortions sur le perron juste avant de nous retirer pour la nuit, un thé dans les mains pour nous tenir chaud, et parlions de longues minutes en plaisantant comme des enfants. Ces rencontres me permettaient de me détendre, car j'appréhendais davantage la journée du mariage que je ne voulais le laisser croire. Mon amie m'expliqua la multitude de détails à connaître avant de devenir femme. J'avais été élevée par les religieuses et elles ne parlaient guère d'union, sinon en termes de devoirs et de responsabilités. Les bonnes sœurs ne faisaient jamais qu'inculquer à leurs protégées les principes de propreté, de sainteté et d'obéissance.

Marie-Anne m'enseigna, entre autres choses, à régler les querelles de ménage à mon avantage, à obtenir de mon homme qu'il exécute quelque corvée et à éviter de le contrarier outre mesure. Je m'amusai beaucoup en imaginant Honoré manipulé de la sorte sans qu'il en ait la moindre connaissance. Elle me raconta comment concocter un repas préféré juste avant de demander une faveur ou comment faire croire à son mari qu'une idée, qu'on avait fait germer dans son esprit, venait de lui-même. Ce n'était pas bien méchant, après tout, me précisa Marie-Anne, cela rendait seulement la vie de couple plus facile.

Le temps passa si vite que le soleil se leva enfin sur le jour béni. Je m'éveillai avant l'aube, encore courbaturée à cause des terribles cauchemars qui avaient hanté ma nuit. Je m'étais vu emporter par un tourbillon géant dans un ciel pourtant plein d'étoiles. Je ne pouvais m'en libérer et il m'entraînait de plus en plus haut au-dessus de la vaste forêt. J'avais eu si peur de tomber et de mourir écrasée contre un arbre ou, encore pire, de survivre à ma chute, les membres disloqués, les chairs meurtries, à la merci du premier animal affamé. Mais je ne tombais pas, car le vent m'entraînait toujours plus avant, loin des êtres humains et de leurs villages protecteurs, loin du fleuve et de ses bateaux, seuls liens avec la France. Je restai quelques instants à paresser dans mon lit, histoire de chasser mon malaise et de me lever du bon pied. Je savais que, malgré ma grande fatigue, je ne pourrais me rendormir. De toute façon, je n'en avais guère le temps, car il était de règle en Nouvelle-France de se marier avant midi.

Je m'attablai pour une dernière fois avec la famille qui était presque devenue la mienne en si peu de jours, avalant à peine quelques bouchées d'un déjeuner frugal : du pain, du lait et du fromage.

– Vous devriez manger davantage si vous voulez prendre des forces, ce sera une longue journée, me sermonna Marie-Anne, sans grand succès.

Elle me prépara un bain tiède, presque froid, afin que j'y fasse ma toilette et je montai bientôt m'y enfoncer, déterminée à y rester jusqu'à une détente complète : je ne pouvais me présenter à l'église en dormant debout, le jour de mon mariage. Le fait de me blottir dans l'eau fraîche et de frotter vivement chaque partie de mon corps m'apporta le courage et la vigueur qu'il me manquait. J'avais toujours aimé la sensation de l'eau sur ma peau, son effet revigorant qu'elle ne manquait jamais de me procurer. Étant enfant, je ne pouvais me baigner que rarement et, quand cela était possible, je ne restais jamais bien longtemps dans la cuve : d'autres filles attendaient leur tour. Et puis, si l'envie m'avait prise de dire à tous combien j'aimais me laver, on se serait vite moqué de moi, assurément. La plupart du temps, je me débarbouillais donc le visage et les mains dans une minuscule bassine trônant au beau milieu du dortoir, dont le contenu était changé matin et soir par une des pensionnaires assignée à cette tâche.

Marie-Anne m'aida à enfiler ma robe, à boucler mes cheveux et à les remonter d'une jolie manière. Cette fois, je ne refusai pas son assistance, car je me sentais nerveuse et maladroite. Enfin satisfaite de moi-même, de mes atours et de chaque détail de ma personne je passai doucement les perles à mon cou. Je faisais finalement une superbe mariée, avec mon chignon lâche, d'où retombaient quelques boucles dorées, qui laissait voir ma nuque délicate. J'espérais que mon promis me trouverait encore plus belle et désirable que jamais.

– Je n'avais jamais vu de perles, lâcha Marie-Anne au bout d'un moment, pensive. Elles doivent valoir une fortune.

– Je n'en avais jamais vu non plus, je suis bien aise d'avoir la chance d'en porter.

Je me rendis compte à quel point ma vie allait changer. Tout allait changer. Je serais riche et jalousée. C'est ce que j'avais toujours voulu et c'est ce qui m'arriverait bientôt. Je serais dans quelques heures la digne épouse du sieur Rémy de La Roche, ancien commandant aux armées du Roi. Les gens m'appelleraient dame Élisabeth ou madame Rémy de La Roche. J'aurais aimé que les filles de l'orphelinat me voient aujourd'hui, moi dont elles s'étaient si souvent moquées. Moi qu'elles avaient toujours détestée.

La plupart des paroissiens assisteraient à l'échange des vœux, malgré le fait qu'un nombre exceptionnel de mariages aurait lieu en très peu de temps dans leur église : celui-là était tout spécial. Leur seigneur prenait femme et il ne manquerait point de victuailles au banquet. Les autres filles enviaient probablement ma chance. Elles devraient se contenter, pour la plupart, d'un habitant travaillant la terre pour survivre, trappant pour quelque pécule durant la saison froide ou, pour les plus chanceuses, d'un ouvrier exerçant quelque métier manuel. Je fis part de mes réflexions peu louables à Marie-Anne, mais elle me détrompa vite de mon opinion en me tutoyant spontanément.

– On t'envierait ta chance ? Je ne suis pas sûre de ça, moi. Parce qu'il fait peur à tout le monde, ton seigneur ! Il y a toutes sortes d'histoires étranges qui circulent à son sujet.

Les gens n'aiment pas trop avoir affaire à lui. On dit qu'il commande aux démons. Mais ceux qui peuvent chasser les créatures du Malin peuvent aussi les attirer!

Elle évita mon regard, mais je sentis à son ton précipité qu'elle brûlait depuis longtemps de me tenir ce petit discours.

– De quoi parlez-vous, Marie-Anne?

Je me plantai devant elle, bien décidée à connaître la suite. Elle chercha ses mots.

– Les gens n'aiment jamais l'inhabituel ou l'insolite, exception faite des légendes que l'on se plaît à raconter le soir, à la lueur d'une chandelle ou dans les réunions de familles, fit-elle. Ces légendes qui incitent les petits enfants à dormir.

– Et… ?

– Quand des choses se produisent réellement, ce n'est plus aussi drôle, Élisabeth.

Elle replaça quelques plis de ma robe pour se donner une contenance. Elle avait parlé tout bas, les yeux rivés au sol, comme pour m'empêcher de l'interrompre. J'arrêtai son geste d'un mouvement à peine perceptible. Mon cœur battait si fort que je craignis qu'elle ne l'entende.

– Quelles histoires, Marie-Anne? Que dit-on à son sujet?

Elle posa sur moi un regard où je lus une réelle inquiétude, car elle me considérait déjà comme une amie. Elle ne savait plus quoi dire. Elle avait trop parlé.

– Je sais que tu n'es ici que depuis peu mais… As-tu remarqué qu'il ne sort presque jamais le jour? Et s'il le fait, ce n'est que pour quelque affaire d'une grande importance? Et puis il ne se rend guère à l'église…

– Il y était dimanche! l'interrompis-je ardemment.

– Parce qu'il savait que tu y serais aussi. C'est mon avis. Et l'avis de beaucoup d'ailleurs. Tout le monde a été surpris de le voir là. Le curé tout particulièrement.

Elle s'arrêta, cherchant visiblement un moyen de me faire comprendre la situation. Elle prit mes mains dans les siennes en m'obligeant à m'asseoir auprès d'elle, sur le bord du petit lit.

– Élisabeth, on ne le voit jamais. Jamais en plein jour! Personne ne sait d'où il vient. Les seigneurs en Nouvelle-France sont des officiers, des militaires, des nobles ou de riches bourgeois. Certaines seigneuries appartiennent aussi à des communautés religieuses. Mais lui, qui est-il? On sait qu'il est riche et qu'il a servi notre roi...

– Il a été commandant.

– Il a été commandant, oui, mais c'est tout ce que l'on sait. Il ne parle pas aux autres. Certains disent qu'il était seigneur en Loire et qu'il a quitté son fief quand l'intendant du roi lui a offert une seigneurie, ici. Il y aurait laissé une épouse morte dans d'étranges circonstances, elle n'aurait jamais pu lui donner d'enfants. D'autres histoires plus horribles racontent qu'il a fait fortune grâce au commerce douteux d'alcool. J'ai même entendu dire qu'il a été pirate...

Comme je ne commentais pas ses propos, elle poursuivit, cette fois en me regardant droit dans les yeux. Il était maintenant beaucoup trop tard pour qu'elle songe à peser ses mots.

– On le voit rôder la nuit. Dans les bois ou près des maisons. Il a toujours ce maudit cheval avec lui. Les femmes et les enfants en ont peur et les hommes, les plus vaillants, tremblent en sa présence. Même le curé n'ose s'élever contre lui! Il paraît que l'an passé, à pareille date, des Iroquois auraient tenté de mettre le feu à son manoir et qu'il les aurait chassés, seul, sans arme. Ils étaient plus d'une dizaine... ils ne sont jamais revenus.

Marie-Anne se leva, hésitant visiblement sur la marche à suivre: s'obstiner à me faire peur ou continuer à m'assister dans les préparatifs du mariage. Elle choisit, contre toute attente, de se taire et de réparer de son mieux le mal qu'elle venait de faire. Elle constata l'ampleur des dégâts en scrutant mon visage défait et me prit gentiment par les épaules.

– Allons ! Ce ne sont peut-être que de méchantes rumeurs après tout. Je tenais tout de même à te mettre au courant. J'aurais dû le faire bien avant, bien avant aujourd'hui, je le sais. Mais j'hésitais à gâcher tes projets par des racontars de vieilles bonnes femmes. Je suis désolée, pardonne-moi, ma chérie. C'est que les histoires sont choses communes dans un si petit village. Ne prends pas cet air penaud, c'est ton mariage bientôt ! Regarde comme tu es belle !

Elle plaça mon petit miroir devant ma figure : je ne me trouvais plus aussi resplendissante… Je l'écartai d'une main sans ardeur, puis posai à mon amie la seule question qui m'importait :

– Toi, Marie-Anne, l'as-tu déjà vu rôder la nuit, comme on le raconte ?

Elle soupira, visiblement mal à l'aise :

– Toute la semaine, Élisabeth, il est venu ici chaque nuit de la semaine.

Nous partîmes pour l'église à l'heure prévue. Je n'avais point vu mon fiancé depuis la fameuse nuit où j'avais accepté de lui donner ma main, mais je savais à présent qu'il avait toujours eu le loisir de m'observer, lui. Il était venu toutes les nuits, avait dit Marie-Anne. Toutes les nuits ! Le chemin qui menait à l'église fut suffisamment long pour que j'aie la possibilité de faire surgir dans mon esprit les pires images de mon avenir… Et si c'était une erreur ? Et si l'homme que je devais épouser n'était qu'une espèce de monstre sanguinaire ayant décapité de pauvres marins dans le seul but de leur voler leurs marchandises ? Un pirate ! Et s'il avait tué sa femme, en France, afin de pouvoir convoler une seconde fois en justes noces ? Je ne savais que peu de lui, je ne savais en fait que ce qu'il avait jugé bon de me dire. Je ne connaissais que son nom et avais déjà bien du mal à le prononcer à haute voix : pour moi, il n'était encore que le maître et je doutais qu'il en fût autrement un jour.

Pour ajouter à mon désarroi, mon futur époux avait choisi d'envoyer une calèche noire de deux places et une jument toute aussi sombre pour la tirer. La petite Louise avait alors fait remarquer, avec toute l'honnêteté propre aux enfants, que la voiture serait plus appropriée dans un cortège funèbre et que la bête n'aidait guère à corriger l'effet d'ensemble. Avec l'aide de Marie-Anne, elle avait donc décoré l'attelage de belles fleurs des champs afin, disait-elle, de lui donner un air plus gai.

Honoré débarqua devant l'église aux portes grandes ouvertes une promise bien hésitante. Je mis pied à terre à contrecœur. Se rendant compte de mon trouble, il me tapota doucement l'épaule en guise d'encouragement : je tâchai de lui sourire un peu.

Dès que je montai la première marche du perron, les gens déjà installés à l'intérieur de l'église se tournèrent vers moi en chuchotant. Honoré, qui me servait de père pour la cérémonie, m'aida à franchir le seuil de la porte. L'ordre du cortège était loin d'être respecté. La mariée devait habituellement entrer au bras de son beau-père, suivie des parents de ce dernier. Le futur mari devait fermer la marche avec le père de sa promise. Aujourd'hui, tout était de travers... Le maître, pour ajouter à la confusion des saintes traditions, m'attendait à l'avant.

Tous les gens de la seigneurie devaient être présents : l'église était remplie à pleine capacité. Chacun prenait place sur un banc, d'un côté ou de l'autre de l'allée centrale, certains se tenaient debout à l'arrière. Comme les hommes des villages voisins étant repartis depuis quelques jours avec un nombre impressionnant de filles à marier, il y avait tout de même moins de monde que le dimanche précédent. Il ne restait en fait de passagères du navire que Babette, trois autres filles et moi-même. Chacune de nous cinq avait trouvé en cette paroisse quelqu'un prêt à l'épouser.

Je ne me rappelais personne. Autour de moi, des visages inconnus et silencieux me scrutaient méchamment. Je cherchai Marie-Anne du regard. Elle me sourit en levant la main. J'avais horriblement chaud et les paniers sous ma robe, beaucoup trop lourds, me pesaient ; mon corset m'empêchait de bien respirer et de fines perles de sueur s'agglutinaient sous ma poitrine. Je tâchai de garder la tête droite et m'accrochai au bras d'Honoré qui m'encouragea d'un bref murmure. La musique dramatique de quelque pièce nuptiale s'éleva soudainement de l'orgue. Le curé se dressa alors, au bout de l'allée, droit et sévère. Sa soutane noire me fit l'effet d'un mauvais présage et je fixai, comme dans un cauchemar, le rosaire immaculé qui pendait sur sa hanche. Des bougies allumées mais sans éclat, baignées par la lumière du soleil qui jaillissait des fenêtres ouvertes, trônaient sur l'autel au loin.

Mes pas déjà hésitants ralentirent encore. Un peu comme lorsque l'on peine pour remonter jusqu'à la source d'un ruisseau. Tout semblait tourner autour de moi et je n'entendais plus que le bourdonnement des gens qui faisaient des commentaires sur mon passage. Les émotions contradictoires qui emplissaient mon cœur achevèrent finalement de clouer mes pieds au sol. Cette fois, je n'avançais plus. Honoré m'invita discrètement à bouger d'une tendre poussée, mais rien n'y fit : mes jambes refusaient de porter mon corps plus avant. Les gens se mirent à parler de plus en plus fort et je crus même déceler quelques ricanements parmi la foule.

Mon futur mari choisit ce moment-là pour s'avancer à grandes enjambées vers moi et m'entraîner à ses côtés. Il me tira lentement mais sûrement vers l'avant de l'église, insensible à mon désarroi. Personne ne sembla s'en formaliser, pas même Honoré qui m'avait lâché le bras à la minute où le maître s'était avancé pour le prendre. Ils s'étaient relayés, tels d'autoritaires gardiens conduisant un prisonnier récalcitrant vers une prison éternelle. Les remarques approbatrices devaient fuser dans la salle : les gens devaient dire que je m'étais bien mis les pieds où je l'avais voulu, il n'était plus temps de reculer maintenant.

Je n'eus que quelques pas à franchir pour me retrouver agenouillée devant l'autel, l'homme que je devais épouser me retenant d'une seule main. Je levai hardiment les yeux vers son visage et compris qu'aucun retour en arrière ne me serait permis. Je craignais que son désir pour moi ne le rende cruel si je ne me soumettais point à ses exigences. Il m'avait achetée comme on achète un veau au marché et il ne se laisserait point départir de ce qu'il avait si consciencieusement choisi. Son étreinte de fer, qui me brisait le poignet, acheva de soumettre ma volonté à la sienne. Il me voulait pour lui et pour lui seul. Ses boucles noires tombaient, désordonnées, devant ses yeux furieux. Tout son être se tendait vers une seule aspiration : celui de m'épouser. Je laissai son regard transpercer le mien pour un instant. Un court instant. Et je contraignis mon esprit à se tourner vers son destin, tel un insecte étourdi se précipitant, aveugle, dans les flammes d'un immense brasier, sachant tout de même qu'il va en mourir. Le ciel qui s'assombrissait au-dehors jeta une ombre menaçante sur l'église dont les chandelles vacillantes brillèrent d'un nouvel éclat.

Lorsque nous fûmes unis, mon mari s'empara de mes mains pour les baiser avec avidité. Son parfum d'homme remonta jusqu'à mon cœur, sa bouche assoiffée, m'étreignant avec détermination, me fit presque mal. Il tâcha de se contenir, me sourit gravement, puis fit un pas en arrière en me jetant un regard comme il n'en était point permis dans une église, un regard teinté d'étranges promesses. Personne, pas même le curé dont la colère devait fermenter depuis déjà un bon moment, ne dit mot. Les gens retinrent leur souffle, suspendirent leurs gestes. Le temps s'était arrêté pour nous.

Je sortis de l'église plus mal en point que je ne l'étais à l'arrivée. Mon époux m'entraîna dans sa marche, tel le seigneur qu'il était, me montrant à chaque instant que je lui appartenais dorénavant à tout jamais. Il ne se lassait pas de promener ses yeux sur moi, sur mes mains, autour de ma taille et sur mon visage. Il s'attardait sur ma bouche, mes boucles blondes, mes hanches, comme s'il me voyait pour la première fois, insensible à la foule qui s'écartait sur notre passage. Marie-Anne et Babette vinrent soigner mes cheveux dont plusieurs mèches n'avaient point résisté à l'envie de s'envoler librement, malmenées qu'elles étaient par les mains vigoureuses de mon nouveau mari. Je contemplai, les joues en feu, l'anneau d'or habilement tressé qui trônait splendidement à mon doigt, preuve irréfutable de ce qui s'était déroulé quelques minutes plus tôt. J'étais maintenant Madame Rémy de La Roche. Pour la première fois de ma vie, j'avais un patronyme bien à moi et le rang social auquel j'avais toujours aspiré. Je me sentis tout à coup éperdue de reconnaissance envers celui qui m'avait fait don de toutes ces choses.

– J'ai cru remarquer que vous avez eu l'ombre d'une hésitation, ma toute belle, me lança-t-il dans un demi-sourire, certain de me mettre mal à l'aise.

N'ayant d'autre choix que de mentir effrontément, je plaidai avec embarras que j'avais eu, l'espace d'un instant, la peur toute légitime de faire le grand saut. Il eut un rire grave et soudain, me signifiant peut-être par là qu'il ne croyait point à mon histoire.

J'étais convaincue que le curé nous avait liés plus par devoir que par conviction personnelle: il n'approuvait pas notre union. Toute la cérémonie avait été ponctuée de ses longs soupirs et de haussements d'épaules révélateurs. Cette réticence me sembla bien contagieuse: même au moment des félicitations, la plupart des paroissiens ne pouvaient que trahir la défiance que leur inspirait le sieur de La Roche. Cela venait probablement de toutes les histoires qui couraient à son sujet. Savait-il seulement tout ce qu'on racontait à son propos? Non, c'était impossible. Qui aurait eu l'audace de lui rapporter de telles choses? Il en aurait ri, de toute façon. Le maître n'était probablement pas homme à s'attarder sur si peu.

Après la célébration, nous fîmes le tour de la seigneurie en calèche, passant devant chaque maison, saluant de la main tous et chacun, les invitant ainsi à festoyer au manoir. Les amis comme les hypocrites vinrent se régaler et boire à notre table. Seul le curé, fidèle à ses opinions, s'enferma au presbytère afin de briller par son absence: faute d'avoir pu empêcher notre union, il s'offrait au moins le loisir de bouder chez lui. Je préférais nettement le savoir ailleurs de toute manière, je n'aurais pas à endurer ses regards réprobateurs.

Mon mari avait fait placer au-dehors une dizaine de longues tables de bois recouvertes d'un même nombre de nappes de dentelle blanche. Les couverts étaient d'un bel argent impeccablement frotté et les assiettes, de porcelaine de Hollande. Des exclamations ravies fusaient de toutes parts, les gens n'ayant point l'habitude de telles richesses. Tout l'après-midi, des mets aussi délicieux les uns que les autres se succédèrent devant eux. Les tables étaient encombrées de truites grillées, de volailles farcies, d'énormes pâtés de gibier, de tartes aux fruits des champs, de confitures et de compotes variées. Le vin, servi à volonté, étincelait de ses tons ensanglantés dans les simples chopes et gobelets d'étain.

– Dieu! Élisabeth, je n'ai jamais vu autant de nourriture rassemblée au même endroit! remarqua Babette, intimidée, en laissant une servante lui découper une large tranche de veau, quelques bonnes femmes des environs ayant été engagées pour faire le service et cuire les viandes.

– Moi non plus, mais je m'explique mal pourquoi le seigneur… mon époux, a entrepris d'offrir à tous une telle profusion de plats et de boissons, lui qui, selon sa réputation, n'aime guère être entouré de convives.

– Le mariage l'aura peut-être déridé, supposa Marie-Anne à voix basse. Mais je n'y crois pas vraiment. Il veut sûrement t'impressionner. Ce n'est pas dans sa nature d'être aussi prodigue de sa personne… D'ailleurs, où est-il ? Je ne l'ai point aperçu depuis que nous nous sommes mises à table…

– Il est là-bas, fit Babette à notre intention, en pointant discrètement son regard vers l'entrée des écuries.

Je le considérai un instant, devinant à son air indifférent qu'il ne régalait les invités que pour mieux les jeter dehors au plus vite. Il les observait de loin, impassible, tel un ogre engraissant les petits enfants pour mieux s'en repaître plus tard.

Le banquet dura jusqu'au crépuscule. Mon époux ordonna alors aux cuisinières de débarrasser les tables, y compris des invités. Ils avaient bu, mangé et dansé tout leur soûl, qu'ils partent maintenant : tel était le message silencieux qu'il leur envoya du haut de son air sévère. Il s'adossa à un des murs de pierres, se fondant parfaitement parmi les ombres, jetant un regard furieux sur tout ce qui osait encore se trouver là à pareille heure. Personne n'osa s'attarder plus longuement. Les gens nous remercièrent promptement et partirent sans demander leur reste.

La lune montait déjà dans le ciel quand mon mari me prit par la main pour m'emmener à sa suite. Le soleil, déjà caché derrière de vaporeux nuages où brûlaient des tons de rouge et d'orangé, se coucha plus rapidement que d'habitude. Le manoir retrouva son air sinistre : les tables, la dentelle et les cris joyeux avaient disparu. Le chapeau d'un homme parti trop vite trônait sur l'un des piquets de la clôture et le vent qui s'y engouffrait le faisait danser d'une étrange façon. Deux ou trois mouchoirs, soumis au même phénomène, s'agitaient les uns contre les autres, prisonniers d'un arbuste à l'orée des bois. Quand nous entrâmes, le vestibule était désert. Les servantes restèrent hors de vue, s'affairant probablement aux cuisines à récurer récipients et chaudrons, couverts et écuelles.

La première fenêtre de ma chambre resta coincée, probablement d'avoir été si peu manipulée, mais la seconde ne me résista qu'un instant. L'air bénéfique du dehors caressa mon visage de ses doigts divins. Le feu, qui semblait brûler dans l'âtre depuis longtemps, avait imprégné mes appartements d'une chaleur étouffante. Je relevai les bords de ma robe pour prendre place sur mon nouveau lit, laissant errer ma main parmi les coussins brodés et sur le merveilleux édredon de plumes d'oie. La nature embaumait des tièdes senteurs du soir et la lune jouait de sa faible clarté parmi les nuages qui semblaient la retenir prisonnière. À l'horizon, un orage se préparait. Les éclairs lointains zébraient en silence le ciel de leurs langues bleutées.

Je soupirai, en proie à une irrépressible inquiétude. Je savais que je me retrouverais bientôt seule avec mon mari.

Celui-ci ne se fit point attendre.

Je devinai son pas pesant dans le couloir qui reliait nos deux chambres. Il m'apparut alors, le visage éclairé par le chandelier à trois branches qu'il tenait à la main. Comme il était troublant à contempler sous le pâle soleil des bougies, avec ses yeux qui semblaient y briller plus intensément qu'à la lumière du jour.

– Angélique montera bientôt vous aider à faire votre toilette, me dit-il de sa voix grave. Venez par ce couloir dès que cela sera fait. Ne me faites point attendre, Élisabeth.

– Je serai brève.

– Bien.

Il ne m'embrassa pas, mais releva mon menton d'une seule main pour mieux plonger ses yeux dans les miens. Je me contentai de garder mon visage levé vers lui, parfaitement immobile.

Angélique arriva sur le pas de la porte et il s'éclipsa comme un voleur, non sans m'avoir d'abord arraché la promesse de ne point perdre mon temps dans d'inutiles préparatifs :

– Je vous prendrai telle quelle.

– Oui, mon seigneur.

Je commençai de délacer doucement les nœuds compliqués de mon vêtement, mais ma nouvelle domestique insista pour le faire à ma place. Elle m'offrit une bassine d'eau fraîche parfumée de fleurs des champs. Des pétales de toutes les couleurs y flottaient encore, emplissant l'air de leur fine odeur. Avec reconnaissance, je m'en frottai les mains et le visage en la remerciant d'avoir eu à mon égard une si délicate attention, qui ne pouvait être que l'idée d'une femme.

– Le maître nous a sommés de vous traiter comme une princesse, madame, me fit-elle pour toute réponse, les yeux baissés dans son effort pour oublier ma nudité pourtant bien cachée derrière le drap tendu entre ses mains grasses.

Je la regardai un instant, cette femme si respectueuse de son devoir, soumise au bon vouloir d'un maître et maintenant d'une maîtresse. Qu'avais-je de plus qu'elle pour quc cc soit moi qui sois servie ? Je n'étais ni fortunée ni de naissance noble. Mes origines n'étaient probablement guère différentes des siennes, mais elle n'était qu'une servante et le serait toute sa vie. Je me sentis brusquement coupable d'avoir pu élaborer autant de plans d'enrichissement personnel, autant de projets de mariage avantageux me permettant d'accéder, grâce à mes charmes, à une vie meilleure. J'avais des perles au cou : elle n'en porterait jamais. En ce soir béni où ma vie d'épouse commençait, la seule façon de faire taire mes remords fut de me dire que toutes les femmes, si elles le pouvaient, en feraient autant que moi. Chacune cherchait, à sa manière, la sécurité d'une vie meilleure. Et si je n'étais pas ici, une autre aurait pris ma place. Je m'enveloppai tout entière de cette pensée réconfortante, chassant ma culpabilité au plus profond de mon être.

À partir de ce moment-là, je tâchai de ne plus penser qu'à mon devoir. Il était temps de contempler mon mari en face à face et d'honorer ma part du contrat. Il était là à m'attendre de l'autre côté du mur, avide, dans son propre repaire. J'entendais ses pas qui semblaient le mener d'un côté puis de l'autre de sa chambre : il s'impatientait.

Je me dépêchai de revêtir ce qu'on avait déposé sur mon lit : une exquise tenue de dentelles et de fins voilages qui en laissait voir beaucoup plus que permis. Je m'engageai dans le couloir reliant la chambre de mon époux à la mienne, presque nue dans ma longue robe de nuit. Une incompréhensible quiétude sembla alors prendre possession de mon cœur. J'avançai doucement vers lui, oubliant que je portais encore les perles qu'il m'avait offertes.

Le couloir se terminait par une petite porte en bois massif. Je tournai lentement le bouton qui la tenait fermée et l'entrouvris délicatement de façon à voir dans la chambre avant qu'on ne me vît. L'homme avec qui je devrais passer le reste de ma vie était installé auprès du feu, encore vêtu de ses habits de noce. Un craquement du parquet trahit bientôt ma présence. Il se retourna, se leva et vint à ma rencontre.

Il s'arrêta brusquement à ma hauteur, s'empara de ma nuque d'une main sûre et, sans mot dire, baisa mes lèvres avec fougue. Sa bouche était violente, il ne me laissait point reprendre mon souffle et écrasait de nouveau, encore et encore, ses lèvres sur les miennes, son corps sur le mien. Ses bras me retenaient prisonnière de sa fureur dans une étreinte sans appel. Il ne mit fin à son assaut que le temps de me jeter sur son lit, pour contempler en souriant mon corps à moitié découvert par ses puissantes mains, se plaisant à me voir si désemparée parmi les couvertures, se repaissant de ma frayeur, se nourrissant à même ma détresse… Je ne pouvais croire que j'avais marché moi-même jusqu'à lui ! Calme et confiante ! Probablement mue par quelque sortilège de son cru !

Je reculai d'un seul mouvement au fond du lit, complètement terrifiée, peu certaine de la suite des événements et encore moins sûre de vouloir les connaître. J'étais traversée de tremblements. Je ne comprenais pas ce qui se passait ni ce en quoi mon seigneur se transformait sous mes yeux.

Contre toute attente, au lieu de poursuivre ses folles manœuvres, mon mari se pencha vers moi en me scrutant d'un œil intéressé. Il se redressa subitement et marcha vers un coin reculé de la vaste pièce. Je profitai de l'occasion pour me retrancher sous les couvertures et me recroqueviller encore plus sur moi-même. Il revint avec une chope remplie de vin et un pot d'eau fraîche. Ma bouche était sèche et l'eau me fit envie plus que jamais. Malgré la chaleur qui régnait dans les appartements de mon époux, toutes les fenêtres étaient fermées et mes cheveux que j'avais pris soin de boucler le matin même retombaient lisses et droits sur mes épaules.

Il me tendit la chope, mais je la repoussai d'une main, incapable de prononcer une seule parole. Voyant que je refusais le vin, il me proposa l'eau. Mais comme je m'apprêtais à m'emparer du pot de terre cuite pour le porter à mes lèvres, il le retira brusquement, me laissant étonnée et encore plus inquiète. Il s'agenouilla à mes côtés et versa le précieux liquide dans sa main en coupe. Je ne comprenais rien à ce qu'il faisait quand soudainement il avança sa paume vers moi. Voulait-il me faire boire ainsi ? Je n'avais d'autre choix que d'obtempérer. Il me fallut en redemander encore et encore, ma soif ne se tarissant pas de si peu.

Mon mari se leva, décidant que j'avais assez bu, pour tremper une éponge dans le pot. Il avança sa main pour mieux me caresser le visage dans des gestes qu'il s'efforçait d'attendrir. L'odeur de l'éponge mouillée me rappela vaguement les vents de l'océan. Je lui offris un timide sourire.

Il me poussa imperceptiblement afin que je me retrouve sur le dos, loin de ma barricade de couvertures, et continua ses douces manières sur mes jambes qu'il découvrit une à une, sur mes bras et mon cou. Ses gestes étaient délicats et précis, il savait où aller et quand s'arrêter. Je le savais capable de désir, mais point de pitié, car ma trop légère robe de nuit commençait à s'imbiber dangereusement, dévoilant de plus en plus à sa vue les courbes de mon corps. Il me semblait qu'il ne se lassait point de me regarder, promenant ses yeux sur moi au même rythme que l'éponge qu'il ne cessait de tremper..., de tremper.

Il suspendit son jeu pour mieux me baigner franchement, cette fois en pressant l'éponge au-dessus de mon corps bouillant. Je relevai la tête pour recevoir cette pluie fraîche sur mon visage, ma bouche et mon cou. Mes épaules, à présent exposées, laissaient voir la naissance de mes seins et le tissu de ma robe, traversé de part en part, ne laissait plus place à l'imagination. J'étais encore vêtue, mais entièrement nue. Il se leva enfin pour ouvrir les fenêtres. Quand il m'approcha encore, je ne lui offris aucune défense...

J'entendis bruisser la cime des grands arbres, prise dans les premiers souffles de la tempête qui approchait. Au loin le tonnerre grondait, lourd et bas. Je ne perdis point conscience mais, que Dieu m'en soit témoin, je ne garde qu'un vague souvenir de ce qui se passa par la suite. Mon engourdissement était tel que mes mémoires en furent trompées. Je ne me souviens que d'une chose : qu'il m'apparut soudain complètement nu, penché sur moi comme un roc immense, ses muscles massifs jouant sous sa peau d'homme et ses yeux brillant d'une lueur vive. Puis la chambre fut engloutie par l'obscurité grandissante.

Je ne me réveillai qu'une seule fois. Mon époux dormait sur le dos, me retenant auprès de lui de sa lourde main posée sur ma hanche. Je laissai son image pénétrer mes cauchemars pour mieux en faire des rêves. Cette nuit-là, pour la première fois depuis longtemps, je dormis.

Chapitre VI

La fin du mois d'août avait été excessivement chaude cette année, disaient les gens du village. Le nombre incalculable d'orages qui avaient eu lieu durant les derniers jours n'arrivaient même pas à rafraîchir le climat. Tôt le matin, je voyais Angélique qui partait rejoindre les femmes des colons. Elles se croisaient sur la place de l'église ou devant leur demeure pour échanger potins et nouvelles du voisinage : on se plaignait depuis plusieurs jours de la température. Les femmes allaient, les bras chargés de paniers de pains, de fruits et de légumes, se rendre visite à l'une ou à l'autre : il était de mise d'aider les nouvelles venues à commencer leur vie d'épouse en offrant de quoi subvenir aux besoins immédiats.

Toutes mes compagnes de voyage étaient mariées à présent et vivaient avec leur mari, ici ou ailleurs. Moins de deux semaines après notre arrivée, chacune avait trouvé un garçon à sa convenance et à celle des marieuses. Au sein de la seigneurie, Marguerite, une fille brune à l'air fatigué, avait épousé Étienne Boucher, un homme trapu et gras qui lui arrivait au menton ; Marie-Françoise, petite blonde au visage agréable, avait dit oui à Basile Perrault, beau jeune homme à l'air franc et travailleur ; Charlotte, quant à elle, avait épousé le rouquin qui m'avait monopolisée un instant lors de la fête suivant notre arrivée : Jean Gagnon. Charlotte était une fille grasse, la plus grasse de nous toutes, et une des plus jolies. Ses longs cheveux bruns encadraient un beau visage rond à l'air sincère et ses gestes restaient toujours lestes et gracieux. Elle avait ce quelque chose dans les yeux qui inspirait irrémédiablement confiance.

Babette, Marguerite, Marie-Françoise et Charlotte se voyaient régulièrement. Elles me convièrent plusieurs fois par l'entremise d'Angélique ou de Sophie qu'elles rencontraient au village. Selon elles, j'aurais dû faire partie de leur société sous prétexte de bon voisinage. Mais c'était mal me connaître : je ne désirais pas me lier avec toutes et chacune et les bavardages sur les histoires de l'une et de l'autre ne m'intéressaient pas. L'amitié de Marie-Anne et de Babette me suffisait amplement. Marie-Françoise aurait bien pu me plaire, à la longue, avec son doux parler et ses manières qui l'étaient tout autant… ainsi que Charlotte… mais jamais Marguerite. Je ne l'aimais pas. Elle me semblait pernicieuse et méchante. Déjà sur le bateau, je l'avais entendue se moquer d'une fille ou de l'autre ouvertement, et je n'y voyais que de la malveillance. Je n'avais pas moi-même que de généreuses pensées envers tous, mais, au moins, je gardais ces considérations pour moi-même.

Babette, dernière de nous toutes à célébrer ses épousailles, deviendrait madame Antoine Martel quatre jours après mon propre mariage. Elle souhaitait pouvoir profiter du présent royal de vingt livres fait aux jeunes filles prenant mari avant dix-sept ans. Elle s'en tirait avec une seule journée d'avance et s'en vantait à qui voulait bien l'entendre : on ne passait pas impunément à côté d'une telle somme ! J'avais envie de faire plaisir à mon amie en assistant à la cérémonie, car elle avait toujours été gentille avec moi. Même si je ne la voyais que rarement, je savais qu'elle me défendait ardemment lorsque Marguerite m'accusait de pédanterie.

– Elle n'a pas épousé le seigneur pour rien ! Elle joue à la grande dame, mais sort tout droit d'un orphelinat, comme nous toutes. Nous ne sommes pas assez bien pour elle, c'est tout ce qu'il faut comprendre ! avait dit Marguerite, le lendemain de mon mariage, à la suite de mon refus de les retrouver toutes les quatre pour une balade en forêt.

Babette lui avait expliqué que j'étais une fille solitaire et que je n'aimais guère me mêler aux autres. Elle lui avait affirmé que j'avais un grand cœur, que je les appréciais beaucoup, mais qu'il ne fallait pas s'attendre à recevoir ma visite tous les jours. Je ne crus pas que l'intervention de mon amie ait pu changer quoi que ce soit à l'opinion que cette chipie avait de moi, mais j'avais au moins l'impression que cette fille me comprenait mieux que quiconque ne l'avait jamais fait. Sans que je lui parle, elle me devinait. Sans que je me justifie, elle m'excusait. Je me sentais coupable de l'avoir ignorée si souvent sur le navire. Je n'avais pas été bien accueillante à son endroit et l'avais abandonnée chaque fois que j'en avais eu l'occasion. Pour toutes ces raisons, je sentais que ma présence à son mariage devenait essentielle, car j'avais une dette envers elle, une dette d'honneur.

Je ne rassemblai assez de courage pour m'avancer vers mon mari que la veille du mariage. Je devais lui demander la permission de me rendre à cette célébration en sa compagnie. Je savais qu'il n'était pas homme à laisser à son épouse tous les avantages d'une liberté totale, il m'en avait d'ailleurs déjà bien avisée. Je le trouvai au salon de lecture absorbé dans la consultation de quelque ouvrage littéraire, calé dans un gros fauteuil et plongé dans l'ombre. Au lieu de s'asseoir près d'une fenêtre pour profiter de la clarté du jour, comme l'aurait fait le commun des mortels, bizarrement, il s'enfonçait toujours loin dans l'obscurité de la pièce pour lire, préférant la lumière d'une bougie à celle du soleil.

La bibliothèque qui occupait tout un mur de la pièce regorgeait de livres anciens, d'ouvrages de philosophie et de romans. J'avais appris à lire et à écrire, en secret, auprès de sœur Marie-Madeleine durant toute mon enfance, et j'espérais que mon époux me laisserait un jour m'instruire de cette riche collection. La plupart des ouvrages qu'il possédait étaient en français ou en latin. Quelques autres volumes, mis à part, étaient rédigés dans une calligraphie étrange rappelant davantage le dessin abstrait que l'alphabet. Je m'approchai de lui, sage et discrète, attendant qu'il daigne lever le nez de sa lecture.

– Pardonnez-moi de vous déranger, monsieur, fis-je doucement en prenant bien soin de sourire pour donner une note élégante à ma requête, mais j'aimerais vous entretenir d'une question.

Il m'observa gravement, m'incitant à poursuivre d'un léger hochement de tête.

– Babette doit épouser Antoine Martel demain avant midi et j'aimerais beaucoup…

– La réponse est non, trancha-t-il simplement en reprenant sa lecture là où il l'avait laissée.

– Mais je ne vous ai même pas encore soumis la question ! osai-je un peu trop hardiment.

Je ne m'en rendis point compte sur le moment, mais j'avais reculé de quelques pas, surprise par ma propre audace, mais une table de bois sculpté arrêta bientôt mon imperceptible fuite. Mon mari parut aussi étonné que moi de ma témérité à son endroit et se leva de sa chaise, visiblement contrarié. Il s'approcha d'un pas lourd et nonchalant, déposant au passage son livre sur la table basse qui me servait d'appui. Il me força à le regarder en face en relevant brusquement mon menton.

– Je connais parfaitement le sujet de la question, ma douce. Vous désirez assister à ce mariage en ma compagnie afin que nous soyons témoins de l'amour de ce jeune couple roucoulant de tendresse. La réponse est non. Je n'ai point le temps de m'amuser de la sorte avec chacun des gens de mon fief.

Le jugement était sans appel. La brusquerie, le ton autoritaire avec lesquels il s'était adressé à moi me laissèrent un goût amer. Je baissai les yeux sous son regard, peu désireuse de continuer la discussion. Il ne se satisfit pourtant pas de mon air malheureux, il lui fallait me soumettre davantage :

– Croyez-vous pouvoir contester toutes mes décisions de cette façon ? Croyez-vous que je ne sois plus maître en cette maison parce que j'ai dorénavant une épouse ? Sachez, Élisabeth, que le silence est la première qualité d'une femme et que je vous saurais gré d'appliquer cette vérité à la lettre. Je vous ai choisie pour votre beauté et non pour vos paroles. Il me semble pourtant avoir été suffisamment clair à ce sujet.

Cette fois, j'étais furieuse ! Des larmes de colère, qu'il prit sans doute pour du chagrin, firent briller mes yeux. Je m'efforçai de les refouler, mais sans succès. Comment pouvait-il me parler de la sorte ? Il replongea ses yeux dans les miens, adoucissant sa réprimande.

– Allons, ne pleurez pas, ma toute belle, mais ne discutez point. Et si l'envie de me demander la permission de vous y rendre seule vous prenait, sachez que je ne laisserai jamais ma femme sortir du manoir sans être accompagnée de ma propre personne ou de mon valet en qui j'ai grandement confiance. Vous êtes autorisée à marcher dans les bois environnants, à cueillir des fleurs dans le jardin comme vous aimez bien le faire, mais il ne vous est point permis d'aller au-delà de ce domaine, me suis-je bien fait comprendre ?

J'acquiesçai, impatiente de me défaire de son emprise : je n'avais pas besoin d'un sermon interminable sur le sujet ! Mais il ne me lâchait point, en contemplation devant mes yeux humides et mon visage levé de force vers lui. Je ne bougeais plus et respirais à peine, de peur de lui déplaire davantage ou qu'il ne repère dans un simple mouvement de ma part un nouveau geste de rébellion.

Soudainement et sans un mot, il m'entraîna hors du salon, puis dans les escaliers. Sa poigne de fer me menait tout droit vers ses appartements. Cette fois, j'étais persuadée que ses réprimandes iraient bien au-delà du strict nécessaire. Je priai Dieu dans le silence de mon cœur et Lui fis la promesse que s'Il m'épargnait le châtiment physique auquel je semblais subitement avoir droit, je Lui en serais éternellement reconnaissante et que j'irais dès que j'en aurais l'occasion me confesser à l'église, devoir que je laissais de côté plus souvent qu'autrement.

Il me jeta sur son lit brusquement, me retourna sur le ventre et défit sa ceinture, ce qui vint douloureusement confirmer mes craintes quant à la fessée imminente. J'entendis cliqueter la boucle dans mon dos et fermai les yeux dans un dernier effort pour oublier ce qui semblait devenir inévitable : j'allais recevoir une correction de sa main, comme une vulgaire fillette ! Je m'accrochai aux couvertures de toutes mes forces, comme si ce geste pouvait me sauver de quelque façon. J'étais à la fois humiliée de n'être plus traitée comme une dame et effrayée de me sentir ainsi à sa merci : il ne saurait être tendre en pareille circonstance. Il releva mes jupes avec empressement, fouilla parmi les volants, se fraya un chemin jusqu'à ma peau rose, maintenant offerte gracieusement à sa vue.

À ce moment précis, contre toute attente, au lieu de sentir sur ma peau la morsure du cuir ou la dureté du métal, je perçus la douceur de ses mains qu'il promenait avidement sur moi dans un but totalement différent. Je restai un instant interdite, comprenant mal comment nous avions pu en arriver là.

Je ne sus jamais si je m'étais méprise sur ses intentions dès le départ et qu'il m'eût entraînée dans ses appartements pour assouvir ses désirs ou si sa colère s'était éteinte en cours de route, une fois ma chair soumise à son regard d'homme.

Tout ce que je compris ce jour-là était que rien ne pouvait le contraindre ni l'arrêter. Qu'il me veuille du bien ou du mal, je ne pouvais que me plier à sa volonté. Je ne vivrais que par lui, que pour lui, à travers son désir ou sa fureur.

Chapitre VII

Le mariage de celle que je pouvais maintenant appeler mon amie se déroula à merveille… et sans moi. Elle vint me raconter tout ce qu'elle avait vécu durant cette belle journée, un soir du mois de septembre. Le soleil d'automne était encore haut à l'horizon quand François vint m'aviser de la présence de Mme Antoine Martel. Je l'entraînai dans le jardin, ravie de cette visite inattendue et de connaître enfin tous les détails de sa toute nouvelle vie conjugale. Elle me parut bien attachée à son mari et satisfaite de son sort. Elle me raconta que presque tous les voisins s'étaient joints à la fête et que chacun avait apporté sa part de nourriture ou de musique. Ils avaient dansé et ripaillé toute la soirée dans la grange du beau-père, chez qui ils vivraient d'ici que leur propre maison soit prête. Antoine était l'aîné d'une famille de huit enfants et la mère Martel, fière de marier son premier né, ne rechignait point à accueillir sa belle-fille pour quelque temps.

Babette ne fit pas allusion à mon absence, me pardonnant ma faute sans même en connaître les raisons. J'étais soulagée de pouvoir enfin lui offrir mes excuses. Je l'arrêtai au beau milieu d'une phrase :

– Tu sais, Babette, j'ai vraiment essayé de venir, mais cela n'a pas été possible. J'aurais voulu tenir ma promesse.

Elle me laissa poursuivre, certaine que je n'avais point terminé. Le vent jouait dans les boucles de ses cheveux roux et elle attrapa trois grandes feuilles qui s'étaient posées sur sa robe de paysanne comme une couverture sur ses genoux. Nous étions mi-assises, mi-étendues sur un édredon que j'avais traîné jusque-là : mon mari n'ayant pas semblé s'apercevoir encore de l'utilité de quelque siège de jardin. Mon amie m'interrogea du regard, m'encourageant d'un bref mouvement d'épaules à continuer mes explications. D'un tacite accord, nous nous redressâmes.

– Mon mari… heu… mon mari ne pouvait venir et il n'apprécie pas vraiment… heu… il refuse que sa femme… enfin, il n'est pas très permissif, c'est ce que je veux dire. Je suis désolée.

Je me mordis la lèvre inférieure, saisissant la futilité de tels propos.

Babette ne me jugea point et ne s'épancha pas en conseils et recommandations de toutes sortes et je lui en sus gré. Je n'avais pas l'intention de tenir tête à mon époux dès les premiers jours de notre union et elle ne me demanda pas de le faire. Une femme devait tout de même obéissance et respect à son mari. Personne n'y échappait. Rassurée par sa bienveillance, je poussai mes confidences plus loin, chose qu'habituellement je me répugnais à faire. Je lui racontai qu'il m'avait même interdit de me rendre à l'église, ce que j'avais voulu faire la veille, afin de me confesser. Il m'avait affirmé que le jour du dimanche était bien suffisant pour se rendre en un tel endroit. Mais cette fois, Babette ne cacha pas son désaccord :

– Ne craint-il donc pas la colère de Dieu, ton mari ? Sait-il à quoi il s'expose et à quoi il t'expose par le fait même, en te refusant le droit à la confession ? me chuchota-t-elle, les yeux ronds, certaine d'être autrement entendue par lui.

Nous jetions de temps à autre des coups d'œil furtifs vers le manoir… même si nous avions pris place dans la cour arrière, à l'abri du soleil déclinant et des oreilles indiscrètes…

Car le jardin n'était point séduisant avec ses herbes folles et ses arbres immenses qui poussaient tout autour, comme une inquiétante barrière naturelle. Ce petit coin de verdure était à l'image même de la forêt qui l'entourait : indomptable et sauvage, englouti à toute heure du jour par les ténèbres.

Babette, prenant conscience à ma mine embarrassée d'avoir abordé une question délicate, décida de m'entretenir négligemment des travaux en cours sur sa propre maison. Elle me raconta avec fierté que les hommes de la famille Martel n'avaient pas perdu de temps et avaient déjà abattu de nombreux arbres :

– Le travail recommence de l'aube au crépuscule, et les hommes rentrent courbaturés et affamés, brûlés par le soleil et les piqûres d'insectes. On peut les entendre peiner chaque jour, qu'il pleuve ou qu'il vente, qu'il fasse chaud ou froid.

– Quand crois-tu que tout sera prêt ?

– On veut achever la maison avant l'hiver prochain… Cela nous donne un peu plus d'une année entière pour tout faire. On a déjà de beaux gros rondins de pin, d'érable et de chêne bien droits pour la maison. La clairière est déjà grande, peut-être deux arpents de belle terre nue. On va pouvoir semer du blé avant longtemps. Du maïs et de l'orge aussi.

– Et toi, que fais-tu ?

– J'enlève les gros cailloux, les petites souches déjà arrachées et toutes les branches encombrantes.

Babette ne me semblait pas inquiète de tant de labeur à venir. La vie lui avait toujours offert de belles choses, disait-elle souvent. Et tout ce qu'elle semblait souhaiter de tout cœur était de s'installer avec son mari dans sa propre maison et le plus vite possible.

– Je n'aimerais pas passer un second hiver chez les Martel. Ils sont bien accommodants, mais on est un peu à l'étroit.

Il y a beaucoup d'enfants et presque autant d'adultes. Antoine et moi n'avons pas assez d'intimité, si tu vois ce que je veux dire, me lança-t-elle avec un clin d'œil.

Oui, je voyais très bien. Elle me parlait les yeux ailleurs, brillants d'amour.

– En attendant, je prépare des confitures, des conserves et des pâtés. Ma belle-mère les met au frais pour nous. J'ai tissé un peu de laine aussi. Je suis si impatiente de me retrouver seule avec lui et que nous vivions enfin comme mari et femme !

– Vous semblez vous entendre à merveille.

– Je lui ai plu tout de suite. Dès le débarquement. N'importe laquelle aurait pu lui mettre le grappin dessus. Sais-tu que Marguerite essayait d'attirer son attention depuis le premier jour ? Elle n'avait pas déjà mis pied à terre qu'elle lui tournait autour comme une mouche. Toi, tu n'as rien vu, car tu es partie bien vite avec Marie-Anne : les filles se précipitaient à gauche et à droite afin de rencontrer les plus beaux, les plus jeunes ou ceux qui avaient déjà une maison en chantier. Les sœurs marieuses ne savaient plus où donner de la tête ! Moi, j'ai attendu. C'est Antoine qui est venu vers moi en premier. Marguerite a bien dû se rendre à l'évidence : il n'était pas pour elle, c'est sûr. Il a été si gentil. Ses intentions étaient claires, et honnêtes. Les filles sentent ces choses-là.

– Elle ne t'en a pas reparlé ?

– Marguerite ? Non. Elle a l'orgueil bien trop grand. Je l'ai vue, dès le lendemain, au bras du jeune Boucher qu'elle dépasse bien d'une tête. C'est un drôle de couple. Elle ne m'a rien dit à propos d'Antoine. C'est une fille jalouse, mais elle le cache bien.

– Je croyais que vous étiez amies.

– Amies, non. Mais on se voit toutes les quatre. Je préfère Charlotte et Marie-Françoise.

Elle se tut un instant et me considéra gravement.

– Est-ce que tout va bien pour toi ? Ton mariage ? On ne parle que de moi. Voilà plus d'un mois que tu as épousé le sieur de La Roche.

– Tout va très bien. Je ne peux demander davantage.

Babette me regardait, l'air sceptique, peu convaincue que je pouvais effectivement trouver mes aises auprès du maître.

– Je n'ai pas épousé un homme aussi tendre que ton Antoine mais… J'ai tout ce que je veux ici. La nourriture est abondante et riche, je porte des robes encore plus belles qu'à la cour du roi et je dors dans un lit si confortable que j'ai de la difficulté à le quitter au petit jour. Et puis j'ai deux servantes qui répondent à mes moindres désirs. Qu'est-ce qu'une femme peut demander de mieux, dis-moi ? Je suis plus que satisfaite de mon sort, ne te fais pas de mauvais sang pour moi. Et tu peux raconter la même chose à toutes les commères du village qui oseraient penser le contraire ! ajoutai-je pour faire sourire mon amie.

Elle me parla pourtant sérieusement :

– Ces commères dont tu parles ont peut-être raison de s'inquiéter : on ne te voit jamais nulle part, c'est comme si ton époux te gardait enfermée au manoir. Personne n'a osé venir prendre de tes nouvelles, sauf moi.

– Comme je te disais plus tôt, il n'est pas très permissif. Je ne vois pas où est le problème.

Babette me parla doucement, évitant visiblement de me froisser :

– Le problème, Élisabeth, c'est qu'à mon avis quelques jolies robes ne peuvent à elles seules apporter le bonheur.

Je vis immédiatement où mon amie voulait en venir. Je me tournai résolument vers elle.

– Il existe différentes façons de voir le bonheur.

– Que veux-tu dire ?

– Sais-tu ce que c'est, Babette, que d'avoir toujours froid... de peiner toute la journée sans savoir si, au bout du compte, il y aura assez à manger ?

– Élisabeth. J'ai vécu comme toi dans un orphelinat. Et je sais dans quel état nous serions si nous étions restées là-bas. Je n'ai jamais pourtant souhaité une vie d'oisiveté et de richesse...

– N'avais-tu donc point confiance en l'avenir ? N'aspirais-tu pas à une vie meilleure ?

– C'est à l'amour que j'ai rêvé.

Je m'esclaffai.

– Voyons, Babette. L'amour ne met pas de pain sur la table.

– Peut-être pas mais je crois qu'il apporte la joie.

– Alors c'est que je préfère la tranquillité au bonheur. Mon choix a été fait il y a longtemps. Il y a très longtemps.

Nous nous regardâmes un instant en silence. Ma rousse amie haussa les épaules, vaincue.

– Puisque ta vie est maintenant telle que tu l'as souhaitée, je suppose que c'est ce qui compte.

– ...

– Mais dis-moi, Élisabeth, n'as-tu point peur de ton mari ?

La question avait été posée à la légère, mais le ton faussement détaché qu'avait emprunté Babette me laissait voir combien ma réponse lui tenait à cœur. Elle dirigea son attention au loin, sur la cime des arbres, puis suivit du regard l'envol d'un oiseau piailleur. Déconcertée par sa demande, je me gardai bien de répliquer : d'autant plus que je n'avais rien à dire. J'esquivai sa question en en formulant une autre :

– Pourquoi t'inquiètes-tu autant pour moi ?

Elle garda le silence, l'expression subitement figée, les yeux tournés vers quelque point derrière moi. Devant sa mine effrayée, je lui demandai en riant si elle avait vu le diable. Elle me répondit le plus sérieusement du monde, avant de se lever prestement pour me quitter, qu'elle l'avait en effet devant les yeux. Mon mari était accoudé avec nonchalance à un arbre du jardin et nous observait, probablement depuis un bon moment : son sourire moqueur en disait long sur les fragments de conversations qu'il avait su capter.

Le repas se déroula dans un silence relatif. Mon époux était déjà avare de paroles mais, ce soir-là, son mutisme me semblait lourd de reproches. Comme nous n'étions jamais que nous deux assis à sa table, je ne pouvais en ce grave moment bavarder tranquillement avec une tierce personne de façon à briser un tant soit peu l'atmosphère qui régnait dans la salle à manger. Je me gardais bien de lever le nez de mon assiette, de crainte de croiser une fois de plus son regard scrutateur. Quand Babette m'avait quittée précipitamment il y avait à peine une heure, mon mari s'était dirigé vers moi et m'avait tendu la main, sans un mot, pour m'aider à me relever. Il ne m'avait pas quittée des yeux une seule seconde et j'étais rentrée avec lui, subitement honteuse de la conversation que je venais de tenir avec mon amie.

Je repassai en revue les remarques que Babette et moi avions faites à son propos et cherchai en vain le sujet de son désagrément. Quelle partie de la conversation avait-il entendue au juste ? Depuis quand était-il là, à nous observer ?

Je regardai Angélique et Sophie disposer avec minutie, dans l'éclatante vaisselle de porcelaine, bouillons, viandes et légumes, sans jamais en renverser une goutte sur la grande nappe de dentelle qui ornait tous les soirs la table de bois massif où nous mangions. Sophie découpa pour moi l'aile d'une grosse perdrix et la déposa dans mon assiette. Je pensai avec agacement que nous étions vendredi, mais que la viande était quand même au menu. Je décidai de m'abstenir discrètement de la manger, aussi lui préférais-je la purée de légumes cuits qui l'accompagnait.

Je m'étais changée en hâte pour le souper, revêtant pour adoucir la mauvaise humeur de mon époux une robe de satin vermeille au décolleté révélateur, qu'il aimait me voir porter en sa présence. Le silence n'était comblé que par le bruit des ustensiles qui heurtaient parfois nos assiettes. Il renvoya bientôt les deux femmes d'un geste que je perçus du coin de l'œil. Je sentis mon appétit s'évanouir avec leur départ précipité, mais me forçai à avaler une bouchée après l'autre, minuscule, afin de n'avoir point à discuter.

– Répondez à la question, Élisabeth, ordonna-t-il subitement.

Sa voix grave m'avait fait sursauter et je renversai quelques gouttes de sauce brunâtre. Je ne savais pas du tout de quelle question il s'agissait mais, que Dieu m'en soit témoin, j'en cherchai alors désespérément la réponse. Faute de mieux, je me concentrai sur la tache qui s'agrandissait doucement sur la nappe : il n'était pas question d'affronter le regard de mon époux pour risquer une fois de plus d'éclater en sanglots ! J'avais eu mon lot de larmes depuis que cet homme avait croisé mon chemin et je ne voulais pas encore lui prouver qu'il avait raison de me réprimander ou que j'étais coupable de quoi que ce soit.

Il avait cessé de manger à son tour et le silence se fit de plus en plus accablant. Une fois de plus, le temps virait à l'orage et la pluie s'abattit de toutes ses forces sur le manoir. Les fenêtres de la salle à manger étaient restées ouvertes et des torrents d'eau commencèrent à se déverser dans la pièce. Mon mari se leva, mais, au lieu d'arrêter le déluge, s'avança tout près des eaux pour mieux arpenter la pièce de long en large, insensible à sa chemise de plus en plus trempée. Il me semblait aussi agité que les éléments au-dehors, comme si ceux-ci n'étaient guère plus que l'œuvre de son humeur. Il s'arrêta pour me toiser avec gravité.

– Répondez : avez-vous peur de moi, Élisabeth ?

Je sus qu'il ne se contenterait pas d'un mensonge :

– Oui, quand vous êtes en colère.

Il considéra ma réponse quelques instants avant de tourner à l'écarlate. Il s'approcha de moi et avança une chaise à mes côtés. Comme à son habitude, il ne s'assied point, mais s'en servit pour supporter son pied. J'avais sa botte de cuir brut à la hauteur du nez et il se penchait déjà sur moi l'air menaçant : s'il ne voulait pas que j'aie peur de lui, il s'y prenait résolument de la mauvaise manière. Je crus bon garder ce commentaire pour moi.

– Je serai bref, me souffla-t-il au visage, ce qui était une introduction bien inutile compte tenu de ses usages. Quoi que vous pensiez de moi, je ne vous ferai jamais de mal. Tant que vous serez sage et docile, vous pourrez dormir tranquille. Vous savez que je ne vous oblige qu'à une seule règle de conduite toute simple : m'obéir. Je vous défends de revoir cette fille rousse jusqu'à nouvel ordre, elle vous met de bien drôles d'idées en tête.

Je me levai promptement, offusquée qu'on puisse m'interdire ainsi de revoir Babette. Deux mains fermes m'empoignèrent les bras et me ramenèrent solidement sur ma chaise avant que j'aie pu faire un seul mouvement vers la sortie.

– Maintenant, si vous avez terminé de folâtrer dans votre assiette, allez vous faire belle pour la nuit, je compte bien me servir de mes prérogatives d'époux, ce soir. Le temps est à l'orage, mon lit le sera aussi !

Dans l'élan qu'il avait pris pour me maintenir assise, mon corsage avait bougé. Le décolleté de la robe que je portais était si peu modeste que le moindre mouvement précipité pouvait facilement libérer des dentelles des choses que je préférais voir dérober aux regards. Mon mari n'avait évidemment rien perdu de ce que la providence offrait à sa vue et il promena un doigt nonchalant sur la peau tendre et rose de mes seins. Il ne s'était pas passé une nuit sans qu'il m'ordonne de le rejoindre dans sa couche depuis nos épousailles. Il se révélait être un amant insatiable et affamé, toujours plus avide de mon corps, incapable de contrôler sa fougue... Et que je n'ose l'avouer ou non, cela me plaisait de plus en plus.

Je montai à ma chambre en prenant avec moi une coupe de bon vin. Les gens peu fortunés ne buvaient que de l'eau, je me devais de profiter de ce que la chance avait mis sur mon chemin. Je pensai à ce que Babette m'avait raconté sur le bonheur et l'amour. Puis promenai un regard satisfait sur les trésors de mon armoire: des robes de satin, de brocart, de velours et de dentelles. L'amour d'Antoine ne lui apporterait jamais de si belles choses. Mon mari s'était donné beaucoup de mal pour faire confectionner tous ces vêtements magnifiques en aussi peu de temps. Encore la veille, on avait livré à mon intention une malle remplie de nouveaux trésors. Au sol s'alignaient plus d'une dizaine de chaussures ou de pantoufles assorties à chaque tenue. Les jupons et chemises étaient tous parés de couleurs éclatantes et les blancs des dentelles, immaculés. Même les robes de paysanne avaient leur charme. Les tissus étaient soit légers pour les mois d'été, soit plus robustes pour le long hiver qui approchait à grands pas. Mes tenues contrastaient étrangement avec celles de mon époux qui ne revêtait que des habits bien ordinaires de paysan durant le jour et des tenues sombres comme lui-même le soir venu, à peine agrémentées pour certaines de touches d'or ou de pourpre.

Je fis monter Angélique afin qu'elle m'aide à me débarrasser de ma robe dont le corset était lacé par-derrière... Car j'étais une dame maintenant, et mes corsets seraient toujours lacés dans le dos. Les paysannes ne pouvaient se permettre pareille fantaisie : car on se déshabillait seule, le soir. Babette se déshabillait seule !

Je me levai en entendant enfin le pas lourd de mon mari dans l'escalier. Je savais que nous passerions encore une nuit de passion ardente et j'en étais contente : il savait éveiller mes sens et son regard sur moi me prouvait à chaque instant combien il me désirait. Dehors, la tourmente faisait toujours rage, prolongeant son écho au sein même de mes appartements dont toutes les fenêtres étaient bien fermées.

Le lendemain fut un jour différent de tous ceux que j'avais pu vivre avec lui. Je m'éveillai pour la première fois à ses côtés : il avait l'habitude de me quitter bien avant mon réveil. Je ne le revoyais souvent que le soir, lors de notre souper en tête à tête. Cette fois-ci, j'ouvris les paupières et il était penché sur moi, m'observant de ses yeux terribles, redevenus beaucoup plus calmes après la tempête de colère, de fièvre et de pluie d'hier soir. Sa chambre était encore plongée dans l'obscurité, les rideaux de velours rouge ne laissant passer qu'un faible rayon de lumière annonçant hors de tout doute une belle journée ensoleillée. Il s'empara de ma main pour la faire disparaître dans la sienne. Il l'effleura du bout des lèvres.

– Vous êtes aussi belle à la lumière du matin que vous me paraissez délicieuse à la lueur des chandelles.

Je rougis de plaisir mais aussi d'embarras devant un compliment qui se voulait à double sens : nous avions passé de longues heures à nous adonner à des jeux sensuels que je n'aurais jamais crus possibles. Je songeai à la pauvre Marie-Anne qui croyait m'avoir tout expliqué, et de long en large, en la matière. Je camouflai mon sourire sous l'oreiller, mais mon époux me somma de me lever aussitôt et de me préparer rapidement, car il m'emmenait pour une balade en forêt.

– Je vous ai fait monter un déjeuner par Sophie. Ne me faites pas attendre, Élisabeth, vous savez que je ne suis guère patient.

Je me levai promptement, ramassai ma robe de nuit qui trônait négligemment sur une chaise et couru dans le couloir qui conduisait à ma chambre. Un beau bouquet de marguerites m'attendait sur la grande commode. Chaque jour, Angélique et sa fille faisaient tout ce qui était en leur pouvoir pour égayer mes appartements, selon les ordres de leur maître. Chaque matin, des fleurs de la saison embaumaient l'air de cette magnifique pièce. Je n'avais peut-être reçu aucune fleur durant la *cour* que mon mari m'avait faite avant notre mariage, mais curieusement, à présent que j'étais devenue sa femme, il avait toujours pour moi cette délicate attention.

Je repensai à tout ce que Marie-Anne m'avait raconté à son sujet. Je n'y accordais maintenant aucune importance : il est beaucoup trop fréquent de voir une simple rumeur atteindre des proportions gigantesques en quelques jours. Il suffisait qu'une personne déforme quelque peu une réalité, consciemment ou non, et c'était parti ! À l'orphelinat, un chat de ruelle passant sous les fenêtres tard le soir devenait un monstre bossu, assoiffé de sang et un bruit dans un couloir, la nuit, se changeait en fantôme d'une âme tourmentée hantant les lieux depuis des siècles…

Une seule chose m'ennuyait pourtant… Une chose étrange à laquelle je m'efforçais de ne pas accorder trop d'importance : mon époux disparaissait pendant quelques heures chaque nuit. Je m'éveillais parfois, et j'étais seule. Totalement seule. Une fois, inquiète de le voir parti si longtemps, je m'étais mise à déambuler dans la grande maison, à sa recherche.

Mais je ne l'avais point trouvé. Le manoir était alors plongé dans une obscurité totale et rien ne laissait croire que mon mari eût pu se trouver dans une pièce ou dans l'autre. J'étais remontée à sa chambre, une chandelle à la main, anxieuse de voir se vérifier subitement une des histoires à dormir debout de Marie-Anne. Mais je n'obtins aucune réponse cette nuit-là, car je tâchai bientôt de me rendormir. Lorsque je m'éveillai encore quelque temps plus tard, sa main reposait lourdement sur la mienne. Il semblait dormir du sommeil du juste, ronflant à mes côtés comme s'il ne m'avait jamais quittée pour une si longue balade nocturne.

J'avalai mon déjeuner avec hâte et j'arrangeai mes cheveux en tresses que je retins par de minces rubans de dentelle. J'ouvris mon armoire pour y dénicher une robe plus ordinaire que les autres, lacée sur le devant, parfaite pour une marche en forêt. Le maître avait décidément tout prévu. Elle était cousue de simple coton blanc, à peine agrémentée ici et là de rubans bleu et jaune. Malgré la coupe modeste, elle m'allait aussi bien que l'aurait fait ma plus belle tenue de soirée. Les couturières avaient décidément du mérite. Je m'imaginais fort bien le genre de directives que les pauvres femmes avaient dû recevoir de la bouche de mon époux, car je constatai avec une pointe d'amusement, en enfilant ce nouveau vêtement, qu'une fois encore le décolleté était suffisamment plongeant.

Je lavai rapidement mon visage, ma bouche et mes dents, vérifiai mon allure en passant devant une glace (on n'était jamais trop prudente en matière de beauté…), puis me précipitai au rez-de-chaussée à la rencontre de mon mari. Il m'attendait, les bras croisés sur le torse, adossé à la porte d'entrée. Il m'enveloppa de ses bras puissants et m'embrassa longuement. Ses baisers étaient toujours empreints d'une fougue contenue, comme s'il se retenait de me dévorer vivante. Il me sourit, m'entraîna au-dehors et me fit monter devant lui sur son énorme étalon, que François avait dûment préparé pour notre balade. Les souvenirs d'une nuit me revinrent aussitôt. Il m'avait tenu ainsi une fois, pressée contre lui, pour me raccompagner chez Honoré. Il chuchota à mon oreille :

– Nous chevaucherons un moment. La marche en forêt, parmi les arbres et les hautes herbes, n'est pas faite pour une femme aussi délicate que vous.

Nous nous enfonçâmes dans le bois en empruntant un étroit sentier derrière le manoir que le lourd feuillage de cette fin d'été rendait presque invisible. La pluie de la veille avait transformé la terre en boue : le chemin s'avéra donc une mince ligne de terre vaseuse, entourée de branches que l'on se devait d'écarter au passage. Mon mari protégea mon visage de ces fouets vivants en laissant sa main levée pour parer les coups éventuels. Au bout d'un moment, il fit bifurquer son cheval de côté et le mena prudemment parmi les arbres croissant sur un tapis de feuilles mortes qui s'étaient accumulées là, aurait-on dit, depuis des centaines d'années. Même à cette heure matinale, l'endroit était peu fréquenté par la lumière du soleil, car le feuillage formait un plafond dense et touffu au-dessus de nos têtes. Je me sentais minuscule à circuler ainsi parmi ces colosses vêtus de brun et de vert, le ciel infini caché à ma vue. Je n'avais plus aucune idée de l'endroit où je me trouvais. Dans quelle direction allions-nous ? Le nord ou le sud ? L'est ou l'ouest ? Il semblait si facile de se perdre ici.

Nous chevauchâmes ainsi un bon moment. Je commençais à ressentir les désagréments du voyage dans tous mes membres. Les éternels moustiques, qui semblaient encore une fois être à leur aise sur ma peau, tournoyaient gaiement autour de ma tête et n'hésitaient point à établir leurs assises dans mes cheveux. Je n'osai me plaindre de ma condition, car mon mari ne paraissait pas indisposé outre mesure. Nous continuâmes ainsi jusqu'à une petite rivière. J'entendais son léger et lointain bruissement depuis un bon moment. Au fur et à mesure que nous nous rapprochions, le bruissement devint grondement puis, au dernier tournant, vacarme sans nom.

La rivière cristalline se jetait à toute vitesse dans une chute magnifique où l'eau transparente et glacée serpentait autour et par-dessus les rochers engloutis. Cela me rappela que j'avais extrêmement soif et je n'eus envie que d'y plonger les lèvres. Le soleil, libéré de la cloison des arbres, éclatait en tant d'innombrables paillettes sur les eaux pures et tourbillonnantes qu'il fallait protéger nos yeux sous l'ombre de nos doigts. Des millions d'oiseaux tenaient une conversation assourdissante, à peine tempérée par le tumulte des flots. Hormis quelques magnifiques demoiselles aux ailes papillotantes, les insectes étaient hors de vue. Je me serais crue au paradis! Mon mari m'aida à mettre pied à terre et attacha sa monture à un arbre.

– Cet endroit est incroyable, parvins-je à lui faire comprendre d'une voix forte.

– Je savais que vous sauriez apprécier, mais je veux vous montrer quelque chose d'encore plus étonnant, plus loin, en contrebas. Nous devrons cependant nous y rendre en marchant, car notre monture serait bien embêtée par quelques passages trop étroits.

Il m'entraîna par la main, le long de la berge parsemée de rochers. Il se pencha bientôt, recueillant une plante aux feuilles vert foncé tachetées de points noirs.

– Regardez, Élisabeth, c'est du poivre d'eau. Il n'y en a que sur le bord des rivières ou dans les endroits suffisamment humides. Ses feuilles ont un goût piquant, parfait pour relever certains plats, mais ses graines sont trop fortes pour être consommées.

Mon époux s'avéra un excellent guide, prenant soin de m'indiquer où mettre les pieds, me soulevant dans ses bras pour franchir un ou deux obstacles, tenant toujours fermement ma main dans la sienne. Je n'avais crainte de tomber ni même de trébucher auprès de lui. C'était un homme solide qui avait le pied sûr peu importait l'endroit où il se trouvait. Nous remontâmes la rive pendant quelques minutes. Le vacarme des chutes était déjà loin et seul un doux clapotis parvenait à nos oreilles. La chanson d'Isabeau monta naturellement à mes lèvres :

Isabeau s'y promène, le long de son jardin,
Isabeau s'y promène, le long de son jardin,
Le long de son jardin, sur le bord de l'île,
Le long de son jardin, sur le bord de l'eau,
Sur le bord du ruisseau…

– C'est une bien jolie chanson que vous fredonnez là, madame, me dit mon époux au bout d'un moment. Ma mère la chantait aussi, quand nous étions seuls, elle et moi.

Mon Dieu. Il me parlait de sa mère. Pour la première fois depuis notre mariage, mon mari me parlait de sa famille. Je ne pouvais pas laisser passer une chance qui ne se représenterait peut-être pas avant longtemps…

– Votre mère, elle vous manque ? fut la première question qui me vint à l'esprit.

Il ne me fallait pas précipiter les choses ni devenir indiscrète…

– Bien entendu. Mais quand j'ai décidé de partir, elle l'était elle-même depuis fort longtemps.

– Que voulez-vous dire ?

– Elle est morte bien avant que je ne devienne vraiment un homme…

– Vous m'en voyez désolée.

Mon mari regardait droit devant lui, il s'arrêta de marcher et porta ma main à ses lèvres. Il était ailleurs. Il avait cinq, huit ou douze ans. Et il était avec sa mère. J'enviai, sans les connaître, ses souvenirs.

– Comment était-elle ? me risquais-je doucement.

Il parut sortir de sa torpeur. Il me contempla gravement, réalisant peut-être que je n'avais pas eu la même chance que lui, puis me parla encore, s'efforçant de s'arracher à ses rêves :

– C'était une femme d'un grand orgueil, le teint pâle et belle, issue d'une riche famille bourgeoise de Paris comptant quelques ancêtres arabes. Elle a probablement épousé mon père pour accéder à un meilleur rang : il était comte. Elle était très fière d'être son épouse et me rappelait sans cesse que je pouvais décliner une ascendance lignagère de six générations de noblesse. J'ai grandi parmi les plus grands de l'aristocratie française. Les dîners, réceptions, concerts et bals se succédaient au fil des jours, des semaines et des mois. Pour ma mère, la vie mondaine était la seule existence acceptable et le *paraître* était plus important que tout. Mes parents étaient très considérés en Loire et admirés de tous.

– Vous l'aimiez beaucoup ?

– Malgré les apparences, ma mère était une femme bonne et qui aimait ses enfants. Elle était très pieuse et tentait de respecter à la lettre les commandements de l'Église. Elle avait toujours un jeu à proposer ou une histoire amusante à raconter. Elle a veillé à ce que ma sœur et moi recevions une éducation des plus soignées : grammaire, rhétorique, mathématiques, histoire naturelle, théologie, philosophie... Elle nous a appris elle-même l'arabe, le latin et l'allemand. Je la trouvais merveilleuse. C'est la seule femme, la seule personne jusqu'à ce jour, que j'ai vraiment aimée.

– Vos parents n'avaient que vous d'enfants... je veux dire vous et votre sœur ?

– Oui.

– Et votre père ?

– Je ne sais rien de lui maintenant. Je ne sais même pas s'il vit encore. Quand je suis parti pour la Nouvelle-France, nos relations étaient plutôt… tendues.

– …

– Quelques jours après la mort de ma mère, je suis parti pour l'école militaire. J'y ai appris l'art de la guerre et la discipline. J'ai étudié la géographie, les mathématiques et l'histoire… Il m'a écrit, au début… Mais je ne répondais jamais à ses lettres : je ne les lisais pas d'ailleurs. Alors il a simplement cessé de les envoyer.

– Vous étiez bien jeune à l'époque…

– Oui, mais j'aimais l'armée. J'y étais à ma place. J'ai servi Louis XIV si courageusement que je suis rapidement devenu capitaine de cavalerie. Mes grandes habiletés en équitation m'ont bien servi, mais j'avais, de l'avis de tous, un sens inné, presque un instinct pour le commandement.

Je tentai d'imaginer mon mari en costume de cavalerie, montant son grand étalon noir. Je me le représentai en train de distribuer directives et réprimandes de sa voix forte et grave, malgré son jeune âge. Et je voyais sans mal les pauvres officiers sous ses ordres s'empourprer sous son regard, baisser les yeux et trembler devant lui, dépensant mille courbettes dans l'unique but de lui plaire. La fierté m'envahit : comme j'aurais aimé le voir ainsi !

– Je voulais quitter la France, continua-t-il, pensif. Je n'avais plus rien à y faire. Je souhaitais partir au loin. Voir autre chose. J'ai demandé mon propre fief au roi et il me l'a accordé. Il m'a offert une belle et grande seigneurie en Nouvelle-France : on y avait besoin d'hommes forts pour combattre les Iroquois et pour bâtir le pays. Je suis parti sans l'ombre d'une hésitation. Car je préfère être ici, dans la nature. Au milieu de la forêt sauvage… Et auprès de vous.

Je baissai les yeux avec grâce, sous le compliment, ravie de faire soudainement partie de son bonheur. Peut-être commençait-il à m'apprécier pour autre chose que mes charmes...

– Maintenant je veux vous montrer quelque chose d'exceptionnel, quelque chose que vous n'auriez pu voir dans les vieux pays. Fermez vos yeux et ne lâchez point ma main.

Je me laissai guider parmi les herbes rases. Sous mes pieds alternaient terre, pierre et verdure. Nous avions marché ainsi moins d'une centaine de pas lorsque mon mari me permit enfin de regarder. Devant moi s'étendait un lac, vaste et rond. Il était cerné de toutes parts par des millions d'arbres serrés les uns contre les autres, dont les vertes images se reflétaient sur l'eau immobile comme un immense miroir. Mon époux dirigea mon regard vers son embouchure : des dizaines de billots de bois s'enchevêtraient en une espèce d'îlot insolite. Cette étrange construction semblait retenir l'eau, car celle-ci avait inondé tout un arpent de terre où des arbres se mouraient par noyade. Je me demandai comment cela pouvait bien tenir debout.

– Qu'est-ce que c'est ?

– C'est la hutte d'un castor. Il vit là-dessous, on ne peut voir l'entrée, car elle est sous l'eau. Il n'y a que le toit d'apparent.

– Babette m'a déjà parlé des castors. Mais je ne crois pas qu'elle en ait vu.

– Ce sont de petits animaux aux longues dents. Ils nagent très bien, mais respirent l'air au-dehors. Regardez les gros billots sur la cabane, Élisabeth, ils arrivent à les tailler avec leurs dents. Ils font comme les oiseaux qui construisent leur nid, mais se servent d'arbres au lieu de brindilles.

Je m'imaginais mal comment on pouvait arriver à ronger des arbres aussi gros avec des dents pour seuls outils. Mais puisque mon mari le disait...

– Ils bloquent le passage d'un ruisseau ou d'une rivière avec leur barrage de bois et de boue et submergent une grande partie du terrain aux alentours. Je crois que c'est pour mieux protéger leur cabane et transporter plus facilement les branches dont ils mangent l'écorce. J'aurais espéré pouvoir vous en montrer un aujourd'hui mais, à cette heure, ils doivent tous paresser dans leur abri. Quand j'en attraperai un, je vous le montrerai, ma toute belle, c'est un drôle d'animal.

– En avez-vous déjà attrapé ?

– Bien sûr ! Sa peau se vend très cher, me répondit-il à prime abord. Mais moi, je ne le fais que pour le plaisir de la chasse, ajouta-t-il comme en confidence, confidence bien inutile, car je connaissais maintenant son esprit combatif.

Chapitre VIII

J'entrouvris les yeux, tirée subitement du sommeil par quelque chose d'indéfinissable. Il faisait noir tout autour de moi, mais je vis que j'étais en lieu sûr dans un grand lit douillet. Je repris quelque peu mes esprits, maintenant certaine d'avoir rêvé. Je frottai mes paupières, bâillai sans retenue, puis entrepris de me rendormir. Mais je n'y arrivais pas, en proie à une anxiété grandissante. Quelque chose n'allait pas. Il me fallut quelques secondes pour identifier la cause de mon malaise : j'étais encore seule. La place était vide à mes côtés. Mais encore chaude.

Je tendis l'oreille : un bruit, près de la porte. Quelqu'un sortait en silence. J'entendis des pas furtifs sur le tapis et un glissement indistinct le long d'un mur, puis, plus rien. Immobile sous les couvertures, je déglutis péniblement. Mais qu'est-ce que c'était ?

Ma confusion se dissipa d'un seul coup : je compris que c'était encore mon époux qui sortait pour son habituelle promenade nocturne. Mon cœur s'affola l'espace d'un instant : que faire ? Je ne pouvais me rendormir ainsi ! La curiosité étant ce qu'elle est et, en ce qui me concerne, toujours plus forte que la raison, j'enfilai en hâte ma robe de nuit et m'engouffrai dans le couloir sans prendre la peine de me vêtir plus convenablement. Personne ne me verrait de toute façon. Cette fois, je saurais bien découvrir le secret de mon époux ! Je me félicitai de ma témérité en me coulant en silence le long de l'escalier, en pleine noirceur. Une grande silhouette se profila devant la porte d'entrée. C'était bien lui. Impossible de se méprendre sur l'identité du fuyard. Je vis par les nombreuses fenêtres qu'il se dirigeait d'un pas rapide vers l'écurie. Je sortis à mon tour. Doucement, lentement. La fraîcheur de septembre traversa cruellement la mince cotonnade de ma tenue trop légère, mais je n'avais point le loisir de revenir sur mes pas pour revêtir des habits de promenade. Au-dessus de moi, la lune, lumineuse traîtresse dévoilant ma présence indésirable, fut engloutie, à mon grand soulagement, par quelque nuage. Protégée par les ténèbres, je tendis l'oreille : rien. L'odeur d'écurie, mélange de celles de la paille, du fumier et des animaux, embaumait l'air glacial. Un cheval piaffa. Je tâchai de rester immobile.

Seuls des insectes veilleurs jouant de leurs étranges instruments ailés brisaient le silence de l'espace nocturne. Deux ou trois chauves-souris, dans leur quête inlassable de nourriture, passaient et repassaient en poussant de petits cris aigus au-dessus du manoir. Beaucoup de gens les redoutaient, affirmant qu'elles n'attendaient que le bon moment pour se prendre dans les longues chevelures ou sucer le sang des enfants et des nourrissons endormis. Mais ce soir, ma plus grande frayeur ne venait point des minuscules bestioles qui voltigeaient, toutes ailes déployées, au-dessus de ma tête. Toute mon attention était dirigée vers ma gauche. Vers l'entrée complètement noire de l'écurie.

J'estime être restée ainsi plus d'une dizaine de minutes. Incapable de bouger, engourdie par le froid automnal, indécise quant à la direction à prendre et de plus en plus nerveuse face à l'idée d'être découverte. Mon époux ne semblait pas pressé outre mesure de sortir de sa cachette. Peut-être était-il en train de seller son cheval… Peut-être s'était-il déjà éclipsé par une porte dont je ne connaissais point l'existence… Dont personne n'avait jamais entendu parler…

La réponse ne se fit plus attendre. Dans un fracas soudain et désordonné de sabots, il passa à toute vitesse, juché sur son étalon maudit et si près de moi que je craignis qu'il ne me remarque au dernier instant. Je dissimulai mon visage dans mes mains, comme si cela pouvait m'aider d'une quelconque façon, et retins mon souffle, le corps figé d'appréhension collé contre la pierre froide du manoir. Mais rien ne se produisit. Il était déjà loin et son attention ne semblait être captivée que par quelque point au-devant de lui. Je le regardai s'enfoncer, en faisant ralentir le pas de sa monture, dans le long sentier qui menait au village. Quand il fut hors de ma vue, donc moi hors de la sienne, je quittai ma piètre cachette afin de le suivre avec prudence. Je me mis à marcher doucement au début, puis plus rapidement et finalement à courir. Je ne devais pas le perdre si je voulais savoir ce qu'il fabriquait ainsi, en pleine nuit.

Je pris une grande bouffée d'air frais, m'emplissant les poumons de cet arôme nocturne qui sentait bon la terre à l'état brut. Nulle chance de retrouver pareille pureté à Paris. Je respirai à la fois l'odeur piquante des sapins de la forêt qui m'entouraient et celle des feux de bois qui brûlaient, au loin, dans chacune des habitations de la seigneurie. Les nuits se faisaient de plus en plus fraîches et l'automne, subtilement, pointait déjà le bout de son nez. Les femmes devaient déjà, au village, glisser des morceaux de guenilles dans tous les recoins de leur maison, arrêtant au passage les petits courants d'air sournois. Je frissonnais, guère protégée par ma robe de nuit. Mes pas m'emportèrent de plus en plus profondément au creux du chemin bordé de verdure. L'herbe humide de rosée était douce sous mes pieds nus, mais ne contribuait en rien à me réchauffer, aussi lui préférai-je le sillon de terre battue de la route, nettement plus agréable dans les circonstances. Je tentai d'exclure de mes pensées les cailloux qui se succédaient sous mes pieds et le vent qui s'engouffrait sous mes vêtements, pour tâcher de me concentrer sur la seule chose qui comptait : retrouver mon mari. La nuit et ses bruits étranges accompagnaient chacun de mes pas.

Une idée épouvantable paralysa soudainement mes esprits. Une image aussi dure et poignante qu'une gifle par une journée d'hiver. Une gifle qui glace les sangs, qui fait monter les larmes aux yeux, et la souffrance, et la colère. Cette pensée fut si horrible qu'elle empêcha l'air d'entrer dans mes poumons, l'espace d'un instant. Je tombai à genoux sur la terre solide du chemin, enfonçant dans ma peau tendre des dizaines de cailloux glacés et pointus.

Mon mari avait une amante.

C'était si évident.

Il se rendait chaque soir en quelque coin reculé de la seigneurie pour la retrouver. Il l'aimait… elle. Il ne la trouvait pas seulement désirable et jolie, il l'aimait. Il l'embrassait passionnément, bien plus passionnément que l'on embrasse une épouse. Une maîtresse. Une femme cachée dans l'ombre, l'attendant impatiemment chaque nuit. Une femme belle et amoureuse, répondant à ses moindres désirs… Une putain.

En colère, je fis défiler dans ma tête toutes les candidates possibles. Chacune des filles que je connaissais se vit maudite. Je les détestai toutes d'un même élan de rancœur. Elles étaient jalouses de ma richesse, elles auraient aimé s'approprier la fortune du sieur de La Roche. Qui était-ce ? Charlotte ? Marguerite ? Marie-Françoise ? Babette, celle que je croyais mon amie ? Non. Peut-être Marguerite. Elle seule avait le cœur assez mauvais pour accomplir une telle chose : se donner à un mari et à un amant à la fois. Elle n'était point belle, ni même jolie avec ses gros cernes bruns sous les yeux et son visage allongé, telle une vieille femme fatiguée. Elle avait dit tellement de mal de moi… Mais si c'était Sophie ? La fille des domestiques. Elle était plutôt agréable à regarder avec ses pâles cheveux blonds qu'elle retenait chaque jour d'un ruban noir et ses yeux dorés constamment rivés au plancher. Elle était si timide. Mais pourquoi irait-il la retrouver au village puisqu'elle habitait sous son toit ? Non, ce ne pouvait être elle.

Une nausée soudaine amena son goût âcre sur ma langue et mon sang sembla se jeter en tous sens dans mon crâne bouillant. Je me contraignis à retrouver mon calme. Je ne comprenais pas ce qui m'arrivait, ni pourquoi je ressentais une telle colère. Mon cœur était-il blessé à ce point ?

Les chauves-souris m'avaient suivie et virevoltaient méchamment au-dessus de ma tête, se réjouissant de mon malheur. Je les damnai à leur tour en levant vers elles un visage ravagé par les larmes. Elles se moquèrent de mes menaces silencieuses en lançant dans la nuit leurs petits cris exécrables. Les arbres en profitèrent pour refermer leurs ombres sur moi. Je me rendis compte alors qu'ils pouvaient me murmurer des choses bien pires encore que celles auxquelles je pensais... Car ils me parlèrent des Indiennes. Ces robustes mais splendides Sauvages, qu'on disait sans pudeur, avec leur robe souple bordée de perles d'os, leurs seins nus et leur sourire engageant. J'avais entendu dire que certains hommes couraient souvent retrouver les belles des bois afin d'assouvir leurs plus bas instincts... Qu'il n'y avait qu'un signe à leur adresser pour qu'elles relèvent leurs jupes de peau, qu'elles portaient beaucoup plus courtes que les miennes d'ailleurs.

En cette nuit maudite, je venais de découvrir le mauvais côté du mariage, révoltant et dévastateur.

Pourquoi me faisait-il cela ? Ne m'appréciait-il donc pas ? Même un peu ? J'aurais dû m'y attendre. Quelle idiote je faisais. Il avait pourtant été très clair : il ne m'épousait que pour obtenir un héritier. Qu'est-ce que j'espérais au juste ? Il fallait me contenter de son regard sur moi, de ses mains qui m'en disaient beaucoup plus long sur son désir que je ne pouvais le supporter parfois. Oui, il me désirait. J'en étais persuadée. Mais il pouvait en désirer une autre. Car il ne m'aimerait jamais.

Cela m'était égal. Je ne l'aimerais pas davantage. Je ne l'avais jamais aimé.

Une phrase, que j'avais entendue un jour au tournant d'une rue, à Paris, revint me hanter. Je n'étais alors qu'une enfant et le monde des adultes m'était bien étranger. Une femme en consolait une autre, en pleurs, toutes deux étant assises sous une porte cochère, pauvrement vêtues, comme effondrées devant un malheur... Elle lui avait dit, une main sur l'épaule, tout simplement :

– Sache, ma pauvre amie, que la trahison est chose humaine.

J'avais passé mon chemin.

Il m'avait donc fallu des années, un long voyage en mer et un mariage, pour la comprendre. La trahison était chose humaine. On m'avait épousé, mais on m'avait tout de même trompée. Oui, cela était possible. Les hommes, les femmes faisaient cela. On s'épousait et on se mentait. On se pardonnait et on recommençait. On se faisait des promesses, mais on les oubliait... Oui, ces choses arrivaient...

Je me réveillai de ma torpeur, peu certaine du temps que j'avais perdu à me torturer l'esprit dans les bois, glacée jusqu'aux os et tourmentée de mille et une questions. Assise en plein milieu du chemin, je flairai subitement une présence.

Je retins mon souffle dans un silence parfait.

Car je n'étais plus seule.

Il me sembla sentir rôder quelque chose dans l'obscurité, quelque chose qui ne s'y trouvait pas l'instant d'avant. Quelques bruissements agitèrent les arbres. Je me retranchai prudemment derrière ce que je pus dénicher de plus proche : un minuscule rocher recouvert de mousse verdâtre. Juste à temps : mon mari était de retour, le regard brillant de mille feux dans l'obscurité, ses mains gigantesques tordant les rênes de sa monture et son visage à moitié éclairé par la lune. Je m'adressai à Dieu, pour la seconde fois en si peu de temps, afin qu'il ne me remarque pas. Si ma cachette près du manoir aurait pu être qualifiée de hasardeuse, celle que j'occupais à présent était plutôt ridicule : on devait me voir à des lieues à la ronde, avec ma robe blanche qui se découpait de façon dramatique sur la nuit.

Le ciel, qui tant de fois reste sourd à nos prières, parut encore une fois se mettre de mon côté : après avoir jeté un long regard circulaire aux alentours, un regard lent et calculé, mon époux passa son chemin. Je le vis retourner vers le manoir, puis bifurquer vers l'écurie. Je soupirai de soulagement. Il aurait dû me voir ! Il aurait vraiment dû me voir ! Que s'était-il passé ? La fortune était avec moi ! J'avais été comme invisible à ses yeux !

Une seconde constatation, cette fois beaucoup plus inquiétante que la première, traversa mon esprit déjà meurtri : il monterait me rejoindre dans le lit conjugal dans quelques minutes et je n'y serais pas ! Il arriverait avant moi et verrait que j'étais sortie. Il comprendrait aussitôt que je l'avais suivi. Une terreur panique me força à fuir ma cachette. Je pestai contre ma satanée curiosité qui allait de ce pas me précipiter dans le malheur. Ne m'avait-il pas prévenue de ne point quitter les environs du manoir sans lui ? Ne m'avait-il pas ordonnée par-dessus tout de lui obéir ? J'allais, en une seule nuit, le contrarier pour deux bonnes raisons ! Je doutais fort qu'il saurait faire preuve d'indulgence à mon égard. Qu'allait-il faire de moi ? Je filai à sa suite vers la cour du manoir, en prenant bien soin de dénicher un endroit où me cacher à tous les dix pas. Ici, un arbre, là un bâtiment, plus loin une pile de bois coupé. J'étais à bout de souffle.

Était-il déjà rentré ? Non, j'entendais son pas dans l'écurie. Il me restait un espoir de salut. Je me jetai vers la porte aussi subtilement qu'une personne en pleine panique peut le faire, mais l'ouvris délicatement. Aucun bruit. Puis la refermai derrière moi, avec précaution, silencieusement…

Comme je me précipitais dans l'escalier, la porte d'entrée s'ouvrit à la volée.

– Qui est là ? Qui ose me suivre ? gronda mon époux de sa voix grave qui résonna comme le tonnerre dans le silence de la nuit.

Sa colère semblait atteindre déjà des proportions hors du commun. Je n'eus point le temps (ni même l'envie d'ailleurs) d'apercevoir son visage, mais son ton menaçant me fit comprendre que, pour ma propre sauvegarde, je me devais d'arriver à bon port au plus vite. Avec un peu de chance, il croirait avoir eu affaire à un caprice de son imagination ou, au pire, à l'un des trois domestiques de la maison. Ce n'était pas très charitable de ma part mais, sur le moment, je trouvai nettement réconfortante l'idée qu'un autre puisse être accusé à ma place.

Il s'élança à ma suite dans l'escalier mais, comme la peur donne des ailes au lapin devant le chasseur, j'étais depuis longtemps hors d'atteinte et bien à l'abri dans la chambre. J'eus la présence d'esprit d'essuyer mes pieds avec la serviette blanche qu'Angélique et Sophie laissaient toujours à notre disposition auprès de la cuvette remplie d'eau, mais constatai avec horreur que ma robe de nuit était maculée de poussière brune et de verdure. Dans mon empressement pour me cacher ici et là, je n'avais jamais porté la moindre attention à l'état de ma tenue. Je lançai la serviette souillée de boue sous le lit, roulai en boule ma robe de nuit afin de lui faire subir le même sort et enfouis mon corps transi de froid sous les couvertures. Il ne verrait rien d'étrange à me trouver nue et endormie, car c'était ainsi qu'il m'avait laissée.

Je n'avais jamais remarqué à quel point les réflexes deviennent aiguisés et les gestes, aussi rapides que la pensée en un pareil moment. J'entendis son pas pesant dans le couloir.

Il s'arrêta net devant la porte. En vitesse, je repassai dans ma tête tous les éléments pouvant me trahir. Tout était parfait à part trois choses : mon cœur affolé battait la chamade, ce qui est bien peu ordinaire pour quelqu'un devant dormir paisiblement ; mon corps, surtout mes mains et mes pieds, était glacé et imprégné de l'air frais du dehors (mes joues avaient probablement la couleur des roses au printemps) ; finalement, mes pieds étaient en piteux état. Deux conditions étaient donc essentielles à ma sauvegarde : qu'il ne me touche point et qu'il ne regarde point sous le lit.

Il entra. Dans un silence total. Mais je le savais là. Je lui tournais le dos, immobile. Jamais je n'aurais senti sa présence si j'avais été endormie ou même à peine somnolente. Mon corps était parcouru de faibles tremblements de plus en plus difficiles à contrôler. Je priai fortement pour qu'il ne puisse rien distinguer dans l'obscurité de la nuit. Il s'approcha encore. Je n'avais jamais eu si peur de toute ma vie ! Je m'efforçai de rendre ma respiration aussi calme que possible. Je perçus un léger mouvement à mes pieds, puis le bruit d'une main glissant sournoisement le long des draps : il faisait fort probablement le tour du lit pour mieux me regarder de face. Je regrettai de ne point avoir pensé à relever les couvertures sur ma tête. Mais peut-être que ce geste eût trop bien trahi ma culpabilité. Je savais du moins que mes cheveux retombaient naturellement sur mon front et camouflaient, par le fait même, une partie de mon visage crispé. Tout mon être était tendu. Je le savais, mais n'y pouvais rien. Plus il s'approcherait, plus il serait en mesure de découvrir mon répréhensible secret.

Cette fois, il était près. Trop près. Je sentais son souffle chaud chargé de colère contre mon visage. Il inspira profondément à plusieurs reprises. Pouvait-il sentir ma peur ? Savait-il que je ne dormais pas ? Je crois qu'il resta ainsi un bon moment, à me contempler. Tout était silencieux, hormis le feu dans la cheminée qui crépitait doucement. Je me demandai au bout d'un temps interminable s'il n'était pas effectivement parti. Je crus devenir folle, tellement je luttais contre l'envie d'ouvrir les yeux pour savoir s'il se tenait encore devant moi. Peut-être était-il là, tapi dans le noir, attendant avec patience le geste qui me trahirait…

Non. Il n'obtiendrait rien de moi. Je resterais immobile jusqu'à l'aube, malgré mes cheveux qui chatouillaient désagréablement mon nez, malgré mon bras droit qui s'engourdissait sous le poids de ma tête…

S'il ne m'avait point assaillie de questions, s'il ne m'avait point tirée brusquement du lit, c'est qu'il doutait… Il doutait de son propre jugement, il n'était plus du tout certain que c'était moi qu'il avait entrevue dans l'embrasure de la porte, que c'était moi qui m'étais cachée dans l'ombre pour le suivre, que c'était moi qui avais probablement maculé de boue le tapis de l'escalier. Je l'avais battu à son propre jeu. Mon corps se détendit, un peu avant l'aube, se réchauffa, et je me laissai sombrer dans un sommeil souverain, amenant sur mes lèvres le doux sourire du vainqueur.

À mon grand étonnement, mon mari ne me reparla point de l'incident de cette nuit-là : pas plus le lendemain que les jours qui suivirent. Il n'en discuta pas non plus, à ma connaissance, avec les domestiques. Personne ne fut réprimandé, personne ne sembla soupçonné. Je crus donc qu'il s'imaginait avoir rêvé et qu'il ne considérait plus la possibilité d'avoir été suivi. Je fus plus que satisfaite du dénouement de toute l'histoire et écartai avec soulagement cette horrible nuit de mes pensées. Je conservai cependant des soupçons sur l'existence d'une maîtresse, mais décidai, par prudence, de ne point lui en parler. Je ne savais guère comment engager une discussion sur un sujet aussi délicat. Il me faudrait selon toute vraisemblance m'enquérir de la vérité par des moyens plus sûrs.

Cette semaine-là, je ressentis le besoin pressant de me rendre à l'église pour remercier le Créateur de toutes choses de ma bonne fortune. J'étais persuadée que j'avais bénéficié d'une intervention divine quand, dans mes moments de solitude, je me remémorais les détails de la funeste nuit : car j'étais passée plusieurs fois à un cheveu d'être prise ! Qui pouvait m'avoir ainsi sauvée du courroux de mon mari, sinon la miséricorde de Dieu Lui-même ? Je me rappelais n'avoir manqué aucun service religieux quel qu'il soit durant ma tendre enfance. À l'orphelinat, nous avions droit à une longue messe presque chaque matin et à d'interminables prières tous les soirs. Maintenant, je commençai à ressentir les tourments d'une juste culpabilité par rapport à mon devoir de bonne chrétienne : je n'avais pas encore assisté à l'office du dimanche depuis mon mariage et je présumai que les gens devaient déjà s'en indigner. J'étais femme depuis maintenant six semaines.

– Pourrions-nous nous rendre à l'église dimanche prochain, monsieur ? En avez-vous le temps ? demandai-je innocemment à mon seigneur, un matin où il me parut de bien bonne humeur.

Il avait chevauché son étalon une grande partie de la matinée et était rentré calme et détendu. Son sourire qui se voulait toujours empreint d'un certain mystère m'avait gratifiée de compliments révélateurs sur ma beauté et ses yeux brillaient de malice. Le grand air semblait toujours le rendre étrangement euphorique et allumer dans son regard un intense brasier.

– Auriez-vous quelque chose à confesser ? me fit-il pour toute réponse, remettant les guides de son cheval à François qui n'attendait que cela pour nous laisser seuls.

Celui-ci, qui ne m'adressait jamais la parole plus qu'il ne fallait, s'éloigna de son pas lent et hautain.

Mes joues s'empourprèrent sous l'insinuation de mon époux.

– Que voulez-vous dire ?

Il s'avança vers moi, son ombre dissimulant à ma vue le pâle soleil d'automne. Savait-il, tout compte fait, pour l'autre nuit ? Non. Cela était impossible : il en aurait été tellement furieux que je l'aurais compris bien avant. Mon mari n'était pas homme à s'en laisser imposer sous son propre toit. Il m'aurait très certainement punie d'une quelconque manière. Peu certaine de la crédibilité de mon sourire, je m'efforçai d'offrir à sa vue un regard d'incompréhension paisible. Il me prit les mains et les baisa longuement en me foudroyant de ses yeux moqueurs.

– Mais rien du tout, ma toute belle, rien du tout.

Il me laissa là, au milieu de la cour, humiliée et fortement ébranlée dans mes certitudes. Je lui emboîtai quand même le pas, bien décidée à paraître aussi sereine que possible. Je réfléchis rapidement : si je n'avais point été fautive et si sa question ne m'avait point troublée, mon parti aurait été de continuer une conversation qui se voulait des plus banales. Me retrancher dans un silence coupable ne ferait que confirmer ses doutes. Si doute il y avait. Je le rattrapai :

– Irons-nous, monsieur ?

Il s'arrêta net devant la porte d'entrée et me toisa un instant. Mes joues étaient en feu, mais cela pouvait très bien être dû à l'air frais qui engourdissait même le bout de mon nez, en cette matinée de septembre qui s'achevait. Une nouvelle saison s'amorçait, rehaussant déjà les feuilles des arbres de mille couleurs et les faisant virevolter au gré de la brise caressante et froide.

Le vent du nord jouait dans les boucles sombres de mon époux qui me dévisageait d'un œil inquisiteur. Nous nous tenions debout, l'un devant l'autre. Il ne semblait point pressé d'offrir une quelconque réponse à ma demande. Mais je lui montrai le plus beau de mes sourires, quand tout en moi s'y refusait.

Tant pis après tout s'il connaissait mon secret... Je n'ignorais plus le sien. Il devrait bien, un jour ou l'autre, m'expliquer où il se rendait ainsi, chaque nuit. Je le considérai à mon tour en mettant toute la force que j'avais dans mon seul regard. Une bourrasque subite fit tomber d'un coup le reste des feuilles qui s'accrochaient aux arbres avec désespoir. Elles vinrent tournoyer sous mes jupes, puis, entre les jambes de mon mari, spectatrices insouciantes de notre combat silencieux. Un sourire vint effleurer ses lèvres :

– Je ne vais jamais à l'église. Vous irez avec François puisque vous y tenez tant. Il s'y rend tous les dimanches avec sa femme et sa fille.

Nous rentrâmes ensemble, lui, s'écartant sur mon passage tel le gentilhomme qu'il était, moi, heureuse d'avoir obtenu à l'avance toute une heure de liberté. Je pourrais revoir mes amies, peut-être même leur parler et, par-dessus tout, prier en un endroit sacré. Les prières prononcées à voix basse dans le silence de la nuit me paraissaient bien moins efficaces que celles retentissant devant tous en la maison de Dieu. Il m'entendrait et me verrait. Et je Le supplierais de faire régner Sa loi au sein de mon mariage. Je ne savais guère si ma rivale existait réellement ou si elle n'était que le fruit de mon imagination trop prompte à m'inventer mille tourments, mais je ne voulais point prendre la situation à la légère. En tant que mon époux, le sieur de La Roche me devait au moins fidélité.

Je décidai de désobéir une fois de plus. Dans le seul but de connaître la vérité. La veille de la sortie dominicale, je songeai à écrire un mot à Babette. François serait très certainement avisé de mon interdiction d'adresser la parole à mon amie, aussi n'avais-je certes pas l'intention de le faire ouvertement. Il devrait croire que je m'étais soumise à toutes les interdictions de mon mari, car, je n'en doutais pas une seconde, il lui ferait part sans tarder des moindres écarts de ma conduite. Je me mis à errer dans la maison, histoire de dénicher de quoi écrire. Je n'étais pas encore familière avec chacun des recoins du manoir, mais trouvai rapidement du papier de bonne qualité et un encrier dans le secrétaire du salon de lecture. Je rédigeai le billet rapidement, sur place, de façon à éviter d'être surprise par l'un ou l'autre des domestiques : mon époux était encore sorti à cheval pour la matinée. J'hésitai un peu au départ, peu certaine de l'orthographe de tous les mots : il y avait si longtemps que je n'avais eu à me servir d'une plume ! Je repensai à sœur Marie-Madeleine qui avait eu l'audace de m'apprendre à lire et écrire. Si elle savait aujourd'hui à quoi ses cours clandestins me servaient…

> *Ma très chère Babette,*
> *Je dois te voir dans le plus grand secret. J'ai besoin de ton aide et de ton amitié. Viens me rejoindre demain, au petit matin, dans les bois qui précèdent le manoir. Personne ne doit te voir, ne t'approche pas du chemin. Je saurai bien te trouver.*
>
> *Élisabeth*

Ayant remis le secrétaire en ordre, je regagnai diligemment mes appartements. Je glissai la missive au fond d'un de mes tiroirs et la recouvris de tout ce qui me tomba sous la main : dentelles, rubans, chemises et bas de soie. Personne n'irait chercher par là, d'autant plus que personne ne soupçonnait l'existence de la lettre. Je la reprendrais seulement en temps voulu. Il ne me restait plus qu'à espérer que mon amie savait lire. Il me faudrait, dans le cas contraire, trouver un autre moyen de lui faire connaître mes intentions.

Nous entrâmes à l'église bien avant les autres. L'endroit empreint d'une perpétuelle solennité et d'où émanait une odeur d'encens était pratiquement vide. François avait préparé les attelages plus tôt que d'habitude, bien avant que le bedeau ne fasse tinter les cloches à travers la paroisse, mais surtout bien avant que l'appel de Dieu ne résonne dans le cœur des habitants du village. Je compris immédiatement que mon mari ne devait pas être étranger à ce départ précipité : en échappant à la mêlée, j'évitais de me joindre aux gens. François ne faisait qu'obéir aux ordres une fois de plus. Je me demandai s'il lui arrivait parfois de penser par lui-même. Je décidai que non. Ce scrupuleux et fidèle serviteur me garda auprès de lui tout au long du voyage menant à la chapelle et ne me laissa point la chance de respirer de mon propre chef. Angélique et sa fille Sophie ne m'adressèrent pas la parole, démontrant comme à leur habitude cette attitude polie qui commençait à me déplaire fortement. François m'accompagna jusqu'au banc seigneurial, puis, sa mission accomplie, regagna sa place auprès des siens, plus loin derrière. Je savais bien qu'il garderait un œil sur moi et qu'il reviendrait dûment à mes côtés, sitôt le service terminé.

Je me sentis bien seule assise ainsi tout près de l'autel et cherchai, faute de mieux, le regard de mes gardiens, en vain : ils semblaient déjà tous trois absorbés par quelque prière intime. Je profitai du silence ambiant et de ce moment de solitude forcé pour élaborer mon plan. Je me devais de réfléchir rapidement. La missive clandestine brûlait mon sein, sur lequel je l'avais dissimulée, à l'abri des regards et tout près de mon cœur. Si je n'arrivais pas à passer ce message à mon amie aujourd'hui même, je ne pourrais le lui remettre avant longtemps. J'étais bien consciente que cette sortie relevait de l'exceptionnel et que je ne pourrais bénéficier à chaque semaine du loisir de me rendre en la maison de Dieu. Les cloches retentirent. C'était maintenant ou jamais.

J'en étais à ces réflexions lorsque l'ignoble curé entra dans la chapelle par une petite porte à ma gauche. Il me parut bien étonné de me trouver là, mais son expression de surprise laissa rapidement place à une malveillante satisfaction. En tant qu'épouse du sieur de La Roche, je n'étais visiblement pas la bienvenue. Sa mine malintentionnée mit en branle mon instinct de répartie :

– Comment allez-vous, mon père ? demandai-je en le gratifiant de mon plus radieux sourire.

Ses mâchoires, qui se relâchèrent légèrement sous le coup de l'amicale introduction, mirent une fois de plus sa généreuse dentition en valeur. Son visage exagérément allongé lui donna l'air peu avenant d'un cheval de labour. Il se reprit aussi rapidement que je l'avais fait moi-même :

– Très bien, dame de La Roche. Je vous souhaite un excellent *dimanche* en la *maison de Dieu*.

Le commentaire cordial tenait davantage du reproche que de l'invitation, car mon nouvel ennemi avait manifestement appuyé sur ses derniers mots dans l'intention de me troubler. Probablement fier de lui-même et de sa riposte, il me tourna subitement le dos et marcha d'un pas assuré vers ses ouailles qui s'avançaient déjà dans son territoire, sa soutane noire volant de façon grotesque autour de lui. Décidément, nous ne nous aimions guère et, si je n'y prenais pas garde, cette hostilité muette se transformerait rapidement en guerre ouverte. Tant pis. J'avais de plus importantes préoccupations pour l'instant. Je m'agenouillai humblement pour une courte prière.

– Élisabeth ! Tu es là !

Babette se tenait devant moi, droite comme une tige, hésitant entre me parler plus longuement et regagner sa place auprès de son époux.

– Tu es venue seule ! constata-t-elle en balayant l'assemblée du regard.

Complètement obnubilée par l'idée que François nous observait fort probablement depuis sa place, je l'implorai des yeux afin qu'elle n'insiste pas pour me parler. Elle ne comprit pas mon discret message et m'interrogea à son tour de la même façon. Le serviteur dévoué de mon mari fut à mes côtés en un instant. Je rougis, comme une petite fille prise les bras jusqu'aux coudes dans la boîte à biscuits. La situation était insupportable. Comment faire comprendre à Babette que je n'y étais pour rien ? Je ne voulais pas qu'elle puisse croire que je refusais sa compagnie. Heureusement, elle n'en fit rien. Elle se tourna vers celui qui, n'ayant prononcé aucune parole, la fixait gravement.

– Je vois, fit-elle, pensive.

Elle me sourit le plus gentiment du monde et baisa ma joue, puis toisa mon gardien.

– Vous n'êtes pas très souriant, jeune homme, lui lança-t-elle aussi sérieusement que possible, ce qui était d'autant plus ironique que François avait de loin dépassé la première jeunesse.

– C'est que je ne vois guère ce qui devrait m'amuser, madame, fit-il, pour toute réponse.

Babette me souhaita une bonne journée et me quitta en gloussant, telle une enfant, comme si la situation que nous venions de vivre était la plus distrayante du monde. François avait déjà réintégré sa place auprès de sa famille, avec l'air important de l'homme ayant accompli quelque périlleux exploit. Il aurait au moins, maintenant, le plaisir de raconter quelque chose à son maître.

Les gens entraient les uns à la suite des autres, discutaient à voix basse et s'asseyaient après la génuflexion d'usage sur leur banc habituel respectif. Chacun, chacune avait revêtu ses plus beaux atours. Les hommes portaient les cheveux bien plats, leur chapeau à la main, les femmes un chignon respectable. Je ne savais pas où Babette et Antoine étaient installés et je ne les cherchai point du regard. À quoi bon le faire puisque, de toute façon, je ne pouvais même pas leur adresser un seul signe de la main sans me compromettre.

Je me souvins subitement de la missive!

Comment avais-je pu laisser passer une telle occasion? Mon amie ne s'approcherait probablement plus de moi de la journée, avec François dans mon sillage! Quelle piètre rusée je faisais! Il m'aurait fallu conserver la lettre dans mon gant ou même dans ma main: il aurait été facile de la lui glisser avant que ce valet maudit n'apparaisse à mes côtés. Mes poings se crispèrent de déception. J'étais à la fois en colère contre François qui remplissait trop bien son rôle de geôlier et contre moi-même qui n'avais pas eu la présence d'esprit de saisir la chance qui s'était offerte à moi. Je ne reverrais pas Babette aujourd'hui. Ni même demain. Quand alors?

Il me fallait modérer mes emportements. La détresse m'empêchait maintenant de réfléchir. Je tentai de me calmer en inspirant profondément et en en appelant à la toute-puissance divine. Peu importait la situation, parler à Dieu m'était toujours d'un grand secours. Je participerais ardemment au service religieux de ce beau dimanche et Il entendrait ma prière. Il ne me laisserait pas tomber puisqu'Il ne l'avait jamais fait. Enfin presque jamais... Quand Il jugeait mes requêtes raisonnables, du moins. Je fermai les yeux et cela me fit du bien. Les psaumes et les hymnes chantés me redonnèrent le courage et la force nécessaires devant la possibilité d'un échec: si je ne pouvais revoir Babette de la journée, c'était que Dieu en avait décidé ainsi. Et il en serait alors ainsi.

Si le sermon prononcé ce matin-là par le curé ne m'incita pas à reconsidérer mes sentiments à son égard, il me permit du moins de penser à autre chose. Je dirais même que ses remontrances m'amusèrent beaucoup. Mais cela n'était certes pas dans les intentions de l'homme que j'avais vu monter en chaire, tel un terrible dictateur. Il voulait, de façon trop évidente, m'humilier aux yeux de tous : son homélie portait purement et simplement sur l'obligation formelle pour tout bon chrétien de fréquenter l'église à tous les dimanches.

J'écoutai attentivement son discours, du début à la fin, sans broncher, sans le quitter une seule seconde des yeux. Je le savais complètement furieux de mon apparente désinvolture, car plus il parlait, plus il s'emportait : les gens qui s'absentaient de la messe dominicale ne devenaient rien de moins que des démons infâmes, frayant avec les incubes et les succubes, et bien d'autres créatures infernales. Les paroissiens l'écoutaient avec crainte, buvant chacune de ses paroles comme l'on boit à une source par une journée de canicule, et lui, heureux de susciter une telle admiration, leur servait ce discours dépourvu de sens avec sa bienveillante supériorité. Comme je méprisais cet homme... et de plus en plus. Il me rappelait certaines bonnes sœurs que j'avais connues, avec leurs sempiternelles exhortations à la perfection des actes et des pensées.

Étais-je la seule personne au monde à me rendre compte de la fausseté de ces hommes et de ces femmes de religion ? Pourquoi les gens leur prêtaient-ils autant de vertu, de mérite et de valeur ? Pourquoi ne voyait-on pas à quel point tout cela n'était que mascarade et poudre aux yeux, une façon d'user facilement de la crédulité de tout un chacun ? J'avais trop longtemps vécu parmi les sœurs pour ignorer qu'aucune ne pouvait prétendre à la sainteté. Pas même sœur Marie-Madeleine qui était pourtant d'une gentillesse à toute épreuve. Contraindre les autres à la sainteté était une chose, s'y astreindre soi-même en était une autre. Moi, je ne croyais qu'en

Dieu… Et peu m'importait l'individu se targuant de Le représenter. Ma relation avec Celui-ci n'avait rien à voir avec les êtres humains. Après mon examen des visages béats de mes compatriotes, je sus bien vite que ce n'était pas en Nouvelle-France que je trouverais des opinions semblables aux miennes. Personne ici n'avait dans l'idée de se dresser contre l'honorable curé… de le contredire ou même de lui déplaire… Personne… Sauf mon mari, bien entendu.

François se retrouva à mes côtés, sitôt le service terminé. Il me fit passer devant lui et nous quittâmes l'obscurité de l'église pour émerger en plein soleil, sur le perron bondé de monde. Chacun, chacune discutait de tout et de rien en retardant le plus possible le moment de retourner chez soi. Je vis Marie-Anne, Honoré et les enfants un peu plus loin en contrebas qui m'envoyaient tous de grands signes de la main. Je me tournai vers mon valet:

– Puis-je? lui demandai-je en exagérant mon sourire.

Je voulais lui montrer à quel point la situation devenait ridicule: je n'étais plus une enfant et n'avais guère besoin d'un chaperon aussi encombrant.

– Vous n'avez pas à solliciter ma permission pour quoi que ce soit, madame, riposta-t-il hypocritement avant de s'incliner avec respect.

– J'avais cru comprendre le contraire.

Bon. Au moins, ce n'était pas la paroisse entière qui m'était interdite. Je quittai le perron et m'avançai vers les Leclerc en cherchant discrètement Babette du regard. Elle discutait avec Marguerite, hors d'atteinte et me tournant le dos. Je serrai convulsivement la minuscule lettre dans ma main droite, espérant à tout hasard que mon amie puisse s'approcher de moi avant son départ… Je pensai un instant à remettre la missive à Marie-Anne, mais retins mon élan. Il me fallait être excessivement prudente. Les intermédiaires, même les plus dévoués, seraient peut-être tentés par les ragots.

Sache, ma pauvre amie, que la trahison est chose humaine, me rappelai-je de nouveau.

Marie-Anne et Honoré, manifestement contents de me revoir après plusieurs semaines, m'embrassèrent chaleureusement.

– Comment vas-tu, ma chérie? me demanda Marie-Anne.

– Très bien, et vous deux? Et les enfants?

– Oh! Rien n'a changé depuis que tu es partie. À part Toussaint qui ne cesse de demander de tes nouvelles et pourquoi tu ne viens plus à la maison.

Connaissant Marie-Anne, je savais que la remarque ne se voulait guère une critique, mais je me sentis tout de même un peu honteuse de ne jamais être retournée voir la famille qui m'avait si chaleureusement accueillie à mon arrivée. Elle comprit à mon regard embarrassé que je n'y étais pour rien. Les enfants qui s'amusaient plus loin vinrent nous rejoindre en courant et se jetèrent tous à la fois dans mes bras.

– Élisabeth! crièrent-ils en chœur.

Je les embrassai à tour de rôle, heureuse de les revoir. Toussaint, qui arrivait toujours bon dernier à la course, eut droit à un plus gros baiser: je m'étais grandement ennuyée de ce petit bonhomme toujours joyeux.

– Élisabeth, tu ne viens plus à la maison maintenant! s'écria-t-il, les yeux lourds de reproche, après un câlin en bonne et due forme.

Il m'était impossible de laisser ce pauvre petit sans explication aucune. Je me retournai donc pour savoir où se trouvait François et je le vis qui m'observait à distance, sa femme et sa fille auprès de lui. Assurément, ils ne pouvaient m'entendre. Je me penchai vers mon minuscule interlocuteur et me fis un devoir de lui faire comprendre la situation. Je savais que Marie-Anne et Honoré écoutaient avec attention, aussi pris-je le temps de bien choisir mes mots:

– Écoute, mon poussin, je suis mariée maintenant et une bonne épouse reste auprès de son mari… La plupart du temps.

Il réfléchit à mes propos, puis constata d'une voix calme :

– Tu es punie ?

– Non ! Je ne suis pas punie, Toussaint, simplement je dois rester à la maison.

– C'est ton mari, hein ? C'est lui qui t'empêche de sortir de chez toi ? Moi, quand je suis puni, ajouta-t-il pour appuyer ses propos, maman m'oblige à rester à la maison.

Je ne m'attendais pas à une telle franchise ni à de telles déductions. Je me redressai, mal à l'aise, ne sachant plus que dire. Honoré intervint aussitôt :

– Toussaint, quand on épouse quelqu'un, il faut parfois faire des compromis.

– C'est quoi, un compromis ?

– Quand tu prêtes un jouet à Louise, et que tu n'en as pas du tout envie, tu fais un compromis, lui expliqua-t-il.

– Ah bon ! fit-il en se tournant vers moi. Alors, tu es obligée de faire des choses qui te déplaisent. Je comprends. Moi, ça me déplaît de prêter mes jouets.

Ce n'était pas tout à fait ce que j'aurais voulu entendre. Je dus me rendre à l'évidence que certaines choses me contrariaient effectivement, mais que je m'y étais soumise malgré tout. J'aurais aimé, parfois, rendre visite à mes deux seules amies… Mais mon mari m'avait bien avisée que je ne pourrais aller bien loin sans lui ou son trouble-fête de valet. J'étais pourtant la seule responsable de ce qui m'arrivait : je n'avais pas choisi mon époux pour sa tolérance.

Il était temps pour moi de rentrer. François s'était rapproché sournoisement et je constatai, soudain remplie d'espoir, que Babette se trouvait tout près de notre calèche. C'était ma dernière chance. Une chance inespérée et un favorable signe de Dieu. J'embrassai les Leclerc en leur faisant la promesse d'une visite dès que celle-ci serait possible. Marie-Anne m'assura qu'elle ne serait point inquiète si je tardais à venir... La porte serait toujours ouverte. Je les quittai, ce jour-là, avec l'impression étrange qu'ils faisaient déjà partie d'une autre époque de ma vie.

Chapitre IX

J'avais réussi ! J'avais réussi à remettre la lettre à mon amie juste au moment où je passais près d'elle pour aller rejoindre François. Il avait été distrait par un des habitants du village qui s'était approché de lui pour lui parler. Il ne m'avait quittée des yeux qu'une seule seconde. Une toute petite seconde. Le temps de poser poliment son regard sur l'homme qui s'adressait inopinément à lui. Je n'avais bénéficié que d'un temps infime, mais j'avais saisi la chance qui s'était ainsi offerte à moi. François n'avait rien vu, Angélique et Sophie non plus. C'était tout ce que j'avais demandé à Dieu et Il me l'avait accordé. Je Le remerciai sur le chemin du retour dans une longue et fervente prière silencieuse.

Babette était restée impassible quand je lui avais remis la lettre sans même la regarder en face. Elle ne m'avait trahie ni d'un mot ni même d'un regard interrogateur. J'avais avancé ma main, elle avait tendu la sienne tout naturellement. Mes pas ne s'étaient pas arrêtés pour si peu, ma tête ne s'était point détournée de mon chemin. La sienne non plus. Exactement comme si nous avions convenu de tout cela d'avance… Comme si notre plan avait été longuement mûri, depuis longtemps préparé. Tout avait été parfait…

Enfin presque… puisqu'il y avait Marguerite.

Elle discutait toujours avec Babette au moment où j'étais passée. Elle se trouvait très près d'elle. Trop près. Je n'avais pas eu le temps de remarquer où elle dirigeait son regard quand j'avais avancé ma main, mais j'étais certaine qu'elle n'était point encline à négliger quelque matière à commérage. Et puis elle m'avait regardée, juste un instant. Avais-je imaginé l'éclat moqueur dans ses yeux plissés ? Allait-elle en faire toute une histoire ? Mon amie saurait-elle la distraire de la question en lui racontant quelque judicieux mensonge ? Je n'en savais rien pour le moment et je ne pourrais le savoir avant longtemps. Il me fallait attendre et faire preuve de patience. Jusqu'au lendemain matin. Si Babette venait, bien entendu. Mais j'en étais convaincue : si elle avait la possibilité de comprendre mon message, elle ne me laisserait pas tomber.

Ce soir-là, au souper, mon mari me demanda comment s'était passée ma matinée à l'église. J'étais persuadée qu'il savait déjà beaucoup de choses sur le sujet qu'il jugeait bon d'aborder, mais je ne lui répondis pas de mauvaise grâce. Nous étions seuls, comme à notre habitude. Les visages qui entouraient la table consistaient encore et toujours en sinistres personnages représentés dans de belles peintures françaises... Des peintures aux couleurs effacées par le temps, aux encadrements en bois doré. D'un côté, deux hommes prenant la pose, de l'autre, une femme aux traits sévères semblant les dévisager. Peut-être avaient-ils fait partie de la famille de mon époux, jadis. Étais-je en présence de son arrière-grand-mère, d'un grand-oncle ou d'un ancêtre important ? Un des hommes était jeune et portait la moustache, l'autre beaucoup plus vieux lui ressemblait en tous points. Ils avaient les cheveux aussi noirs que mon mari et le même type de mâchoire forte et carrée. Peut-être était-ce le même homme à deux époques différentes de sa vie ? Mais c'était la femme, surtout, qui attirait l'attention : elle n'était ni belle ni vilaine, mais on sentait en la regardant un indicible malaise. Son sourire était celui d'une personne méchante et son chignon sévère ne faisait qu'ajouter à l'effet d'ensemble. Elle était vêtue de noir, comme en deuil, et dans ses yeux brillait une joie mauvaise. Le maître de l'œuvre, curieusement, avait peint son visage incliné d'un côté et légèrement dans l'ombre. Comme s'il n'avait pas voulu que l'on puisse la reconnaître. Ses traits, même indistincts, me semblèrent bien durs pour être ceux d'une dame, comme si un homme avait eu l'étrange idée de revêtir une robe pour mieux confondre les gens. Seuls les yeux ressortaient de ce singulier visage. Des yeux difficiles à contempler.

Le soleil couchant dardait ses derniers rayons à travers la pièce où les chandelles brûlaient déjà sur chacune des tables vernies, des riches tablettes ouvragées ou étagères. La poussière, invisible dans la nuit, dansait mollement en passant au sein de cette lumière pâlissante. Au-dehors, les chauves-souris mettaient encore et toujours un peu de vie dans l'immobilité du crépuscule, valsant les unes auprès des autres, sans jamais se rencontrer vraiment, agiles et silencieuses.

– Je vous remercie de m'avoir permis d'assister à la messe, tout s'est bien passé.

Mon mari prit le temps de considérer ma réponse.

– Le curé aurait fait, paraît-il, un sermon remarquable, affirma-t-il enfin.

Je le regardai, abasourdie, peu certaine du sérieux de ses propos. François lui avait vraiment tout rapporté! C'était ridicule! Il fronça les sourcils, mais son œil brillait d'un éclat malicieux. Devant mon silence, il ajouta d'une façon brutale:

– Cet homme est allé beaucoup trop loin, cette fois.

– Ne soyez point inquiet, m'empressai-je de dire pour apaiser une colère que je sentais imminente, le curé peut discourir autant qu'il le désire, nos affaires ne le regardent en rien.

– C'est aussi ce que je lui ai obligeamment rappelé ce midi, lâcha-t-il avant de dévorer un morceau de pain beurré.

J'en restai bouche bée. Il était donc allé voir le curé? Après la messe?

– Comment… ?

Il arracha un second morceau de pain avec ses dents.

– Cela fait des mois que ce misérable me fait des offres ridicules pour s'approprier mon manoir. Je ne lui ai guère fait part de mon désagrément à ce sujet. Mais quand on tente d'humilier ma femme, c'est autre chose. Et personne ne se permet de me contrarier, Élisabeth, personne. Cela ne se reproduira plus, soyez-en assurée.

Je n'en doutai point.

Je m'éveillai à l'aube avec la sensation d'avoir oublié quelque chose d'important. Mes pensées, encore encombrées de rêves, m'empêchèrent d'abord de réfléchir correctement. Comme à son habitude, mon mari était levé depuis longtemps, pour faire sa promenade coutumière ou pour effectuer quelque ouvrage connu de lui seul. Je me rappelai alors que je devais rencontrer Babette à l'orée du bois. Je me forçai à sortir du lit chaud et douillet de mon époux et fis rapidement ma toilette. Je m'étais donné tellement de mal pour obtenir ce rendez-vous, il ne me fallait pas le manquer! Sans attendre l'arrivée d'Angélique, j'écartai moi-même les rideaux de velours rouge et le pâle soleil des derniers jours de septembre jaillit à l'intérieur de la chambre pour me secourir dans mon réveil. Le miroir me renvoya l'image d'une jeune femme encore endormie: un peu d'eau froide au visage et il n'y paraîtrait plus. J'enfilai rapidement une robe de paysanne que j'ajustai maladroitement moi-même, faute de mieux: je n'avais guère le temps de quérir Angélique ou Sophie.

Je m'éclipsai dans la cour au bout de quelques minutes, après que j'eus prétendu, devant ma bonne qui voulait me nourrir à tout prix, avoir besoin d'un peu d'air frais. J'appris alors de sa bouche que le maître venait tout juste de partir pour sa promenade quotidienne en forêt. C'était un matin d'automne revigorant et ensoleillé : suffisamment froid pour que mon haleine laisse de blanches traînées dans l'air limpide, mais assez lumineux pour me faire sourire. J'étais confiante : Babette saurait m'aider.

Je me dirigeai nonchalamment vers notre point de rencontre en évitant de paraître empressée : quelqu'un pouvait très bien m'observer en ce moment. À cette heure matinale, François serait sans doute en train de s'affairer quelque part à couper du bois pour l'hiver ou à réparer ici une toiture, là un instrument de ferme. Je pris donc le temps de m'asseoir sur une souche plusieurs minutes, de flâner un bon moment à la lisière de la forêt, de cueillir un brin d'herbe ou deux, comme il m'arrivait souvent de le faire. Si le vieux valet me voyait, ce dont je ne doutais point, il ne soupçonnerait en aucun cas une rencontre clandestine avec qui que ce soit. Ici, personne ne venait jamais de toute façon. Mes pas, qui étaient à dessein paresseux, me menaient en toute sérénité, doucement mais sûrement, vers ma destination ultime. Je tendais l'oreille au moindre bruit, redoutant d'entendre le martèlement des sabots de l'étalon de mon époux. Je m'engageai dans le sentier étroit, puis me retournai : je ne voyais plus ni le manoir ni la vaste cour qui l'entourait.

Je marchai alors d'un bon pas. Tout autour de moi, la forêt embaumait l'air de ses délicieux effluves piquants. Babette ne se fit guère attendre : elle était cachée derrière un immense arbre, au détour du chemin, mais je ne la vis point avant qu'elle ne daigne se montrer à moi.

– Élisabeth ! Je suis là ! chuchota-t-elle à mon intention.

Elle sortit du bois, les cheveux entremêlés de fragments de feuilles mortes, et l'ourlet de sa robe, lui arrivant pourtant à mi-mollet, était maculé de terre sèche.

Je m'esclaffai devant son apparence peu avenante :

– Tu sais, tu n'étais pas obligée de ramper.

Elle s'amusa à son tour :

– Je n'ai pas rampé, je suis tombée deux fois en essayant de me cacher. Les gros sabots de bois ne sont pas faits pour les promenades en forêt, mais bien pour le travail au champ et les balades sur terrain plat. Veux-tu bien me dire ce qui se passe ici ? Pourquoi tant de mystères ?

Je l'entraînai rapidement sur le chemin tout en prenant soin de retirer une à une les miettes de feuilles orangées qui s'accrochaient à elle, minuscules morceaux de nature passant presque inaperçus dans sa chevelure de feu. Nous trouvâmes un rocher contre lequel nous appuyer, un peu à l'écart de la route, pour parer à toute éventualité.

– Je n'ai pas le loisir de m'attarder ici très longtemps, Babette, si François ne me voit plus dans la cour du manoir, il pourrait très bien partir à ma recherche. Et puis je crois que mon mari est à cheval, il pourrait passer par ici d'un moment à l'autre.

– Je t'écoute, Élisabeth, qu'y a-t-il ?

Je me lançai :

– Voilà. Mon époux sort toutes les nuits et je ne sais pas pourquoi il part ainsi ni où il se rend. Je n'en ai pas la moindre idée.

Elle m'écouta attentivement sans dire un mot. Je poursuivis, encouragée par son silence :

– Je l'ai suivi, une nuit, et j'ai bien failli me faire prendre.

Babette parut complètement horrifiée à cette seule idée et se signa en murmurant ses remerciements à Dieu. Ses manières affolées me firent sourire. Je continuai :

– Je n'ai pas envie de recommencer, mais je veux absolument connaître son secret.

– J'espère bien que tu ne comptes pas recommencer, doux Jésus ! As-tu pu découvrir quelque chose au moins ?

– Non. Tout ce que je sais, c'est qu'il monte son cheval et qu'il emprunte le sentier du village, celui où nous nous trouvons présentement. Mais peut-être emprunte-t-il parfois un autre chemin. Je n'en sais rien.

Babette resta muette un moment. Elle me semblait réfléchir au problème très sérieusement. Je ne pus lui cacher mes craintes plus longtemps :

– Oh, Babette ! Je crois qu'il va rejoindre une femme au village, peut-être même une Sauvagesse dans les bois ! Pourquoi sortirait-il ainsi si ce n'est pour en retrouver une autre ?

J'étais au bord des larmes, mais je ne voulais pas retourner au manoir dans cet état : on s'interrogerait très certainement. Mon amie me parla doucement :

– Et qui voudrais-tu qu'il aille voir au village ? Toutes les femmes en âge de se marier le sont déjà. Dis-moi quel homme laisserait son épouse sortir ainsi au beau milieu de la nuit ? Et si celle-ci le faisait sans l'en aviser… Quelqu'un la verrait éventuellement, son propre mari s'en rendrait compte un jour à tout le moins.

– Peut-être.

– Sais-tu ce que les autorités font d'une femme adultère en Nouvelle-France ? C'est un crime très grave et beaucoup de peine pour celle qui le commet : elle serait aussitôt emmenée à Québec et enfermée dans un couvent pour au moins deux ans. Et fouettée par-dessus le marché ! Ensuite, si son époux refusait de lui pardonner, on lui raserait la tête et on la garderait enfermée toute sa vie, en prison. Qui voudrait ça ? Qui s'exposerait à un tel danger, surtout dans un si petit village ? Les commères sont efficaces ici. L'adultère est le plus grave de tous les péchés.

Je n'avais jamais pensé à tout cela. Dans mon désespoir, je n'avais pas pris en considération la difficulté d'une telle aventure pour les femmes françaises.

– Je sais qu'il y a un village huron à quelques heures de marche vers le nord. C'est une Sauvagesse alors, avançai-je prudemment.

– Peut-être, mais tu n'en sais rien.

– C'est justement ce qu'il me faut savoir! affirmai-je avec un emportement soudain. Je ne peux pas rester plus longtemps avec mes doutes, c'est insupportable! Babette, tu dois m'aider!

– Je serais heureuse de résoudre ce mystère pour toi, mais comment pourrais-je m'y prendre? Je me vois mal suivre ton mari dans la nuit comme une voleuse. Antoine ne serait pas d'accord et franchement, Élisabeth, je n'aimerais pas devoir affronter sa colère.

Elle ne put retenir un frisson.

– Ton époux serait vraiment contrarié?

Elle fit claquer sa langue et me dévisagea, un vague sourire aux lèvres.

– Non, je parle du tien: je n'aimerais pas devoir affronter la colère du tien.

Elle ajouta en riant:

– Antoine est plutôt du genre accommodant, si tu vois ce que je veux dire. Néanmoins, je sais qu'il ne serait pas d'accord. Il aurait bien trop peur pour moi. Mais tu sais, Élisabeth, voilà que tu m'étonnes beaucoup...

– Je t'étonne?

– Ton emportement me surprend autrement dit. Qu'est-ce qui te rend si malheureuse? Aimerais-tu donc ton mari? Tu me disais il n'y a pas si longtemps...

– Non! Je ne l'aime pas! Je ne l'aimerai jamais! Mais je ne tolère pas... que l'on se joue de moi de cette façon! Il me doit respect puisqu'il m'a épousée!

– Puisque tu le dis. Je vais voir ce que je peux faire. Je ne sortirai pas pour tenter délibérément de tomber nez à nez avec ton époux, mais je peux toujours essayer d'en savoir davantage auprès des gens du village. Sans qu'il n'y paraisse. Certaines histoires circulent déjà à son sujet. Je crois que Marie-Anne t'en a glissé un mot, avant ton mariage...

– Oui. Elle m'a déjà raconté que les gens le voyaient rôder tard dans la nuit. Je n'avais pas accordé la moindre importance à ces rumeurs, mais à présent, c'est différent puisque je l'ai vu de mes propres yeux. Si tu peux m'apporter la plus petite information, je t'en serais éternellement reconnaissante. Et je t'interdis de m'épargner, je veux tout savoir, même le pire !

– Bon ! enchaîna-t-elle en se retournant vers moi d'un bloc. Maintenant dis-moi pourquoi tu n'as plus la permission de me voir...

J'étais si malheureuse de devoir lui expliquer toute l'histoire. Je remontai au jour où mon époux avait surpris notre conversation dans le jardin. Elle m'écouta jusqu'au bout et m'assura de l'insignifiance de la chose :

– Allons, Élisabeth. Ce n'est pas si grave. S'il fallait faire tout ce que nos maris nous imposent de faire...

Son commentaire me fit sourire : comme elle avait raison ! Elle embrassa le paysage du regard, puis continua sur le même ton :

– Nous pourrons nous rencontrer en secret... Je serais trop triste de ne plus te voir. C'est un bon endroit ici, qu'en dis-tu ? Ce sera notre coin à nous, c'est agréable, tout vert, et à l'abri des regards indiscrets. La nature a même pensé à notre confort en mettant à notre disposition un beau rocher bien froid pour nous asseoir.

– C'est effectivement parfait, répondis-je, mais nous ne devons pas nous rencontrer trop souvent, ni le même jour de chaque semaine. Notre secret serait vite découvert. Le maître a des yeux partout : ses serviteurs lui sont extrêmement fidèles.

– Mais je serais *complètement* fidèle si je travaillais pour cet homme ! lança Babette avec conviction.

– Comment pourrons-nous déterminer le moment de ces rencontres ? demandai-je à mon amie.

– Un jour à la fois, tout simplement. À chaque rendez-vous, nous déciderons de la date du suivant. Je te reverrai dans un mois afin d'avoir le temps d'enquêter sur les déplacements de ton mari. Mais ce ne sera pas facile : les gens du village ne parlent jamais haut et fort du sieur Rémy de La Roche, m'informa-t-elle. Le dernier samedi d'octobre, est-ce que cela te convient ?

– Oui. Nous nous verrons ce jour-là. Ici, dans les bois, à l'aube. Et si tu vois que je tarde trop… ne m'attends pas. C'est que je n'aurai pu venir.

– Et on se verrait alors le samedi suivant.

– Oui, le samedi suivant. En novembre. Mais dis-moi… Quand je t'ai remis la lettre, devant l'église, est-ce que Marguerite l'a remarquée ?

– Ma foi, je ne sais pas. Elle ne m'a rien dit. J'imagine fort bien qu'elle m'aurait questionnée si elle s'était doutée de quelque chose. Tu la connais.

– Pas aussi bien que toi, Babette, mais je suppose que tu as raison.

– J'ai raison. Mais la prochaine fois que tu écris un billet à mon intention, Élisabeth, choisis des mots plus simples…

– Tu as eu de la difficulté ?

– Oui. Je peux lire et peut-être un peu écrire, mais pas aussi bien que toi, il me semble. Il m'a fallu relire plusieurs fois pour comprendre ce que tu voulais.

– À part Marguerite, penses-tu que quelqu'un d'autre m'aurait vue te remettre la lettre ?

– Non, je ne crois pas. Tu as fait si vite. Et puis nous ne nous sommes même pas regardées.

– C'est vrai, tu as raison. Mon mari n'a aucune chance d'apprendre quoi que ce soit alors. Tant mieux ! Tu sais, Babette, moi non plus je n'aimerais pas devoir affronter sa colère.

Nous gardâmes le silence, le temps d'un soupir.

– Tu dois t'ennuyer ici, non?

– J'ai toujours aimé être seule, mais maintenant que je le suis vraiment, je suis lasse de ne rien faire de toute la journée, d'errer dans cette grande maison. Angélique s'occupe de tout. Je n'ai qu'à approuver les menus qu'elle me propose. J'en viens presque à regretter le perpétuel ouvrage de chaque jour qui doit être le vôtre. Je me suis même mise à la broderie. Et je n'ai jamais vraiment aimé la broderie! Je n'ai pas encore osé demander la permission d'emprunter un livre de la bibliothèque, mon époux m'a déjà fait clairement comprendre que les femmes ne sont pas appréciées pour leurs paroles mais bien pour leur beauté! Je ne sais pas ce qu'il pensera du fait que je sache lire.

– Il en sera contrarié, c'est certain.

– Nous avons même reçu un billet du gouverneur nous invitant à Québec pour un souper et un bal, mais il a refusé. Tous les gentilshommes et seigneurs ont été invités avec leur épouse. Mon mari n'est pas très sociable. Je suis mariée depuis bientôt deux mois et je ne suis jamais allée à Québec! Je ne peux même pas me rendre seule au village!

– Pauvre Élisabeth! Comment peux-tu vivre ainsi?

– Et que ferais-tu à ma place?

La réponse fut immédiate:

– Rien, probablement rien.

Je me tournai résolument vers mon amie. Je voulais qu'elle comprenne.

– Babette… Je veux que tu saches que je suis satisfaite de mon sort. Cela peut paraître incompréhensible aux yeux des autres, mais c'est comme ça. Peu importe ce qu'il fait ou ce qu'il est ou ce qu'il me donne. Avec lui, rien n'est doux, rien n'est tendre. Mais il me protège. Nous avons été honnêtes l'un envers l'autre dès le départ: j'ai tout ce que je désire, et je lui donnerai un fils.

– Alors c'est que vous êtes peut-être faits pour vivre ensemble, lança-t-elle en riant.

Je m'éveillai au beau milieu de la nuit suivante avec une envie pressante d'uriner. J'avais abusé d'un bon vin français durant le dîner et les trois coupes que mon mari avait remplies à mon intention ne demandaient plus maintenant qu'à me tourmenter de la sorte. J'écartai lentement les couvertures pour ne pas déranger son repos et me dirigeai d'un pas chancelant vers l'endroit où je savais se trouver le pot de chambre. Les appartements de mon époux, où le feu se mourait dans l'âtre depuis longtemps, étaient froids et plongés dans une obscurité presque totale. Je me soulageai, pris quelques lampées d'eau dans mon gobelet de la veille et jetai deux grosses bûches sur les braises. Inutile de compter sur Angélique avant le lever du soleil.

Je me recouchai au bout d'une minute ou deux, complètement éveillée. Comme en plein jour. Ce n'était pas la première fois qu'une telle chose se produisait et je décidai de réciter quelques prières en attendant que le sommeil s'empare de moi à nouveau. C'était le meilleur remède à l'insomnie que je connaissais. Je cherchai à tâtons le chapelet de bois que je laissais tous les soirs sous le matelas et l'emprisonnai fermement dans ma main, de façon à éviter le bruit des grains qui s'entrechoqueraient inévitablement. En jetant un œil au foyer, je constatai avec agacement que le feu s'était éteint pour de bon. Il m'aurait fallu remuer les braises avant d'y ajouter du bois…

Il se leva. Subitement et sans que je m'y attende. M'interrompant bien involontairement au beau milieu d'une prière. Mon mari semblait être passé de la torpeur d'un sommeil profond à la lucidité de l'éveil en moins d'une seconde. Mon esprit, qui commençait tranquillement mais sûrement à s'embrumer, fut aussitôt à l'affût. Il se tenait debout au milieu de la chambre, me montrant son dos dans le noir. Il se tourna lentement vers moi, vérifiant probablement l'état de mon sommeil. Je ne voyais point briller ses yeux dans l'obscurité : il ne pouvait donc voir que les miens n'étaient qu'à demi clos. Il se précipita à la fenêtre, faisant voler les rideaux dans un bruissement étouffé, revint brusquement sur ses pas, s'habilla et sortit. Encore une fois.

Je restai immobile un instant, puis me levai à mon tour. Je ne voulais pas prendre le risque de suivre encore mon époux, mais je voulais au moins savoir quelle direction il prendrait. Monterait-il son cheval ? Je réfléchis rapidement. La chambre de mon mari ne donnait pas sur l'écurie, mais la mienne, oui. Je filai vers la porte qui reliait nos deux appartements et en empoignai le bouton à deux mains pour le tourner. Rien ne se produisit. Je le tournai énergiquement dans l'autre sens… Rien non plus.

La porte était fermée à clé.

Je me hâtai vers la porte principale, celle que mon époux venait à peine de franchir, tout en abandonnant mes pensées à une étrange certitude : elle ne s'ouvrirait pas davantage. Mes pressentiments ne furent point déçus : celle-là était également verrouillée. J'étais prisonnière. Il avait délibérément fermé à clé les portes derrière lui. Cela ne pouvait signifier qu'une seule chose : il savait que je l'avais suivi ! Il l'avait toujours su !

Je restai quelques secondes debout dans l'obscurité, la main crispée sur le bouton de la porte, frustrée dans mon élan et incapable de réfléchir plus avant. Faute de mieux, je me précipitai, confiante, vers une des fenêtres de ma prison pour tenter d'apercevoir quelque chose au-dehors. Je l'ouvris à la volée sans prendre garde à la fraîcheur nocturne. Évidemment, l'écurie se trouvant de l'autre côté du manoir, il ne me fut pas permis de voir quoi que ce fût d'intéressant, ni même d'entendre quelque chose pouvant être relié à la douteuse escapade de mon mari. Déçue et furieuse, je retournai me coucher en prenant bien soin de refermer la fenêtre qui laissait passer l'air glacial de la nuit. Au moins, il ne pourrait savoir d'aucune façon que je m'étais intéressée une seconde fois à sa maudite promenade!

J'aurais dû m'en tenir là. J'aurais dû reprendre le fil de mes prières et tenter de m'endormir bien au chaud sous les couvertures, dans l'obscurité, en bonne épouse sage et obéissante. Mais je ne le fis point... Car il me fallait absolument savoir où mon époux se rendait ainsi chaque nuit. Je ne pouvais me résoudre à rester dans le mystère. La tranquillité de mon esprit en dépendait. Je devais savoir s'il y avait ou non une autre femme. Et ce n'était pas une petite serrure de rien du tout qui m'empêcherait de le savoir, car je pouvais très bien la forcer avec une épingle.

Je l'avais déjà fait à l'orphelinat. Une des filles, Thérèse, avait été enfermée pour deux jours et deux nuits, sans nourriture et sans lumière, par les *bonnes* sœurs, dans une des nombreuses pièces de l'étage souterrain. Elle avait été punie pour avoir tenté de chaparder un lampion à l'église. Elle devait passer deux jours dans une noirceur totale à prier pour racheter ses fautes. Je m'étais introduite dans les dédales du couvent en pleine nuit et avais réussi à lui apporter une partie de mon repas que j'avais conservée sous mon tablier: un morceau de pain et un bout de fromage. Je ne savais pas pourquoi j'avais aidé cette fille que je connaissais à peine. Peut-être parce qu'elle était la seule à ne pas s'être encore moquée de moi... Ou peut-être parce que je l'avais entendue pleurer...

J'avais pu ouvrir une porte fermée à clé. Je l'avais fait deux fois, deux nuits consécutives. Je pouvais encore le faire.

Je me levai d'un seul mouvement pour allumer une bougie. Il me fallait faire vite. Les pièces du mobilier, éclairées par cette lumière blafarde, projetèrent sur les murs leurs ombres inquiétantes. Je me dirigeai vers l'un des meubles et en ouvris sans bruit le premier tiroir dans l'espoir d'y trouver quelque chose pouvant m'aider dans ma folle tentative. Le vin de la veille et mon angoisse grandissante rendaient mes gestes incertains. Je me sentais telle une enfant se gavant de friandises en cachette, se sachant en train de commettre une bêtise.

À mon grand désespoir, je ne trouvai ni épingle, ni dague, ni autre objet pointu dans le premier tiroir. Je m'attaquai sans tarder au second… Pour n'y trouver que la même chose : des vêtements d'homme. Je m'agenouillai pour fouiller le troisième quand un bruit se fit entendre derrière moi. Comme un craquement des lattes du plancher, à peine perceptible. Je me relevai précipitamment sans même me retourner.

Deux yeux froids m'observaient, menaçants, dans la glace devant moi, m'interdisant silencieusement le moindre mouvement.

J'étais clouée sur place, le visage figé dans une expression d'effroi, les mains levées devant cette apparition irréelle, comme pour parer un coup qui ne vint jamais. Et plus j'essayais de vaincre cette paralysie, plus je m'enlisais dans une immobilité alarmante. J'avais la désagréable certitude de me trouver au mauvais endroit, au mauvais moment, et d'avoir peut-être vu des choses que je ne devais pas voir. Sans que je puisse expliquer comment, je réussis à me tourner vers lui. Sa voix grave me parvint comme dans un rêve :

– Que cherchez-vous, Élisabeth, au fond de ces tiroirs, au beau milieu de la nuit ?

Je ne fournis pas d'explication, car il connaissait fort bien la réponse. Il savait que j'avais tenté de le suivre, il savait que je l'avais déjà fait.

Il fit un pas vers moi, puis un autre. Sa silhouette et son visage m'apparurent en entier dans la lumière. Il s'empara du bougeoir que j'avais toujours à la main et me fixa durement... me défiant de dire quoi que ce soit. Nos regards se croisèrent dans un combat silencieux que je savais perdu d'avance. Comment avait-il pu se trouver dans la chambre sans que je le sache ? Comment avait-il pu se jouer de moi à ce point ?...

Il avança encore, me forçant à reculer... lentement. Je me retrouvai bientôt coincée contre le mur, les mains immobilisées au-dessus de la tête, les jambes bloquées sous les siennes et mes yeux dans ses yeux. Il m'écarta les cuisses de son genou et, doucement, me parla :

– Vous ne me suivrez pas une seconde fois, Élisabeth. La nuit est pleine de dangers, pleine de dangers !

Chapitre x

Novembre arriva bientôt et avec lui une humidité sournoise et une fraîcheur comme je n'en avais jamais connues. Les gens rentrèrent le bétail dans les granges ou les étables afin qu'il puisse s'y tenir chaud. La saison morte arrivait et chacun pensait déjà au travail qu'il aurait maintenant le temps d'accomplir. Il y avait pour les hommes l'abattage des arbres, l'approvisionnement en bois de chauffage, la fabrication de meubles, d'ustensiles et d'outils, ainsi que la chasse et la trappe. Les femmes occuperaient les longues heures hivernales au ménage quotidien, à la préparation des repas, mais aussi à la fabrication de vêtements pour toute la famille avec la laine des moutons, la toile de lin ou la fourrure.

Malgré un second rendez-vous secret, Babette ne m'avait rien apporté de nouveau sur les allées et venues de mon époux. Les gens de la seigneurie n'étaient point bavards en ce qui concernait leur maître. Soit n'avaient-ils rien à en dire, soit préféraient-ils ne rien en dire. J'estimais cette seconde option plus vraisemblable que la première. Allait-il vraiment rejoindre une autre femme ? Il me semblait tellement fou de moi que cette seule idée me paraissait de plus en plus absurde. Chaque seconde de ma vie était destinée à sentir ses yeux derrière moi, brûlant ma nuque, épiant mes moindres gestes et mes pensées les plus intimes. Je savais que je pouvais trouver la paix dans ce regard. Mais je savais aussi que je pouvais y rencontrer tous les tourments d'une passion cruelle.

Pouvait-il ressentir autant de désir pour moi mais en aimer une autre? Il prenait mon corps sans aucune retenue, tous les soirs, mais continuait de sortir, toutes les nuits. Sans jamais faillir à cette étrange habitude. Jamais.

Et moi? Pourquoi me préoccuper d'un mari qui m'importait si peu? Je n'avais pas épousé un homme mais une fortune. Je n'avais pas besoin d'amour et n'en avais jamais eu besoin. Je ne pouvais pas aimer mon mari, c'était impossible…

Un matin où je devais rencontrer une fois de plus Babette au bord du chemin, les choses faillirent mal tourner. Sophie vint me signifier dès mon réveil que son maître me réclamait auprès de lui, au salon de lecture. Je descendis de bien mauvaise grâce: je craignais qu'un trop grand retard ne fasse fuir mon amie. Mais j'étais tout de même curieuse de connaître l'objet de cette convocation.

Mon époux était assis à son bureau, plongé dans la consultation de quelque document officiel, les sourcils froncés par un effort de concentration, ne semblant pas d'abord se soucier de ma présence. À mon grand désagrément, il me fallut attendre bien sagement, debout devant lui, qu'il en ait terminé. Je pensais à ma complice qui m'attendait probablement depuis un bon moment et je dansais malgré moi sur un pied et sur l'autre. Au bout d'un temps interminable, il daigna enfin lever la tête pour m'ordonner d'approcher. Fidèle à ses usages, il me prit dans ses bras en se dispensant de tout préliminaire courtois:

– Madame, voilà maintenant plus de trois mois que je vous ai pris pour femme et je constate que vous ne m'avez point encore annoncé la venue d'un héritier.

Je restai un instant interdite.

– C'est que... Non, je ne crois pas porter d'enfant, monsieur. En fait... Je l'ignore.

Il se renfrogna un moment. Je tentai de lui faire oublier une question aussi futile : il était impossible d'avoir prise sur la nature...

– Laissons à Dieu le soin de décider...

– Ne me parlez pas de Lui, gronda-t-il, agacé. Dieu ne pose jamais le pied chez moi, Élisabeth ! Et s'Il le faisait, je Le ferais éconduire par François !

Il s'amusa fort bien de sa riposte et me dévisagea de ses yeux moqueurs, cherchant l'indignation dans les miens. Il ne fut point déçu : je me signai, avec force mouvements, complètement outragée devant l'énormité des blasphèmes que je venais d'entendre. Refuser d'aller à l'église était une chose, parler de jeter Dieu dehors en était une autre ! Il resserra son étreinte.

– Monsieur ! Je vous en supplie ! Ne parlez plus ainsi, car je ne pourrai pas le supporter ! m'exclamai-je en me signant une autre fois afin qu'il saisisse bien la gravité de ses paroles.

Il me toisa de plus belle, cette fois rayonnant de joie, visiblement satisfait de mon emportement.

– Élisabeth... Quand avez-vous vu Dieu pour la dernière fois ? me demanda-t-il soudainement avec plus de sérieux.

– Que voulez-vous dire ?

– Quand a-t-il fait quelque chose pour vous ?

– ...

– Quand a-t-il répondu à vos prières ?

– ...

Je ne discutai point. Non parce que je n'avais rien à dire, mais parce que je voyais déjà poindre dans les paroles de mon mari son impétuosité habituelle.

– Sachez que je me suis toujours débrouillé sans Lui et que ce n'est pas dans la Supplication, mais bien dans le Combat que l'on trouve le véritable réconfort. Je ne suis pas un faible. Je suis un homme de guerre. Je n'ai pas besoin de Dieu. Je combattrais jusqu'à la mort pour vous, Élisabeth, je ferais tout pour vous... Et moi seul répondrai à vos prières.

Je couvris mes épaules d'un châle de grosse laine et sortis rapidement du manoir, indifférente à François qui m'observait du haut d'une fenêtre. Les paroles que je venais d'entendre faisaient battre mon cœur d'une étrange façon. Avais-je bien entendu ? Était-ce possible ? Avait-il dit qu'il serait le seul à répondre à mes prières ? Qu'il ferait tout pour moi ? Jusqu'à la mort ? Babette était à demi étendue sur notre rocher où elle devait se trouver depuis un bon moment. J'étais soulagée de voir qu'elle avait eu la gentillesse de m'attendre. Elle m'accueillit de son sourire familier en se mettant debout :

– Bonjour, blondinette ! Est-ce que c'est le méchant ogre qui t'a retardée ce matin ?

Le soleil brillait faiblement derrière de gros nuages de pluie et les arbres de la forêt geignaient sous le vent froid d'automne. J'eus une brève pensée pour Honoré qui m'avait déjà fait remarquer que les sapins exposés aux grands vents penchaient souvent vers l'est. Mais je n'eus ni le temps ni l'envie de vérifier ses dires.

– Bonjour, Babette. Il n'est pas si méchant, alors arrête de me taquiner. Dis-moi plutôt pourquoi tu n'es pas cachée... N'importe qui aurait pu te voir là, à m'attendre !

– Mais j'étais très bien cachée, protesta-t-elle. Seulement, après une bonne heure assise dans les feuilles humides, on a envie de se dégourdir un peu.

– Bon, ça va puisque personne ne t'a vue. Dis-moi plutôt si tu as pu trouver quelque chose d'intéressant cette fois.

– Te voilà bien émue, ce matin! Et avec le rouge aux joues, à ce que je vois! Assieds-toi au moins un instant. Voilà un siège des plus douillets qui n'attend que toi, ajouta-t-elle en désignant de la main le gros rocher sur lequel elle avait pris place.

– C'est que je n'ai pas beaucoup de temps... François était déjà à son poste quand je suis sortie et je crains qu'il ne me suive pour savoir où je vais si tôt, expliquai-je en m'assoyant, imitée par mon amie.

– Alors je te raconte immédiatement ce que j'ai entendu...

– Tu as entendu quelque chose? m'écriai-je, inquiète. Est-ce grave?

– Cela dépend de ce que tu considères comme étant grave, ma chérie, mais je te rassure tout de suite, aucune Sauvagesse en vue!

Je soupirai d'aise, heureuse d'apprendre une bonne nouvelle. J'attendais toujours avec espoir les rencontres avec Babette, mais les redoutais également de crainte qu'elle ne confirme un jour les soupçons que j'entretenais à l'égard de mon mari.

– Allez, dis-moi tout! lui ordonnai-je, impatiente.

– Bien. Ce que j'ai pu apprendre c'est qu'il se promène au village.

– Et puis?

– La nuit.

– ...

– Sur son cheval.

– C'est tout?

– Oui.

– Tu aurais pu faire mieux, Babette! Je savais déjà qu'il sortait la nuit. C'est justement ce qui m'inquiète!

– Ah non! Tu savais peut-être qu'il sortait la nuit, mais tu ne savais pas *où* il se rendait ainsi. Moi, je te dis qu'il se promène au village, mais aussi dans les bois environnants. C'est déjà ça, non ?

– J'aimerais surtout savoir *pourquoi* ! répondis-je enfin, quelque peu irritée d'imaginer mon époux chevauchant sans but aucun, au beau milieu de la nuit.

– Je n'ai pas fini, continua-t-elle sur le ton de la confidence, certaine d'avoir encore une fois toute mon attention. On dit qu'il se promène sur son cheval, tout à fait seul, tout à fait silencieux. Il passe à travers bois, puis autour de chacune des habitations de sa seigneurie en regardant en tous sens… comme s'il cherchait quelque chose. Certaines gens l'observent discrètement, cachées derrière leur fenêtre. Mais la plupart préfèrent ne pas le regarder, car on dit que si l'on croise ses yeux au beau milieu de la nuit on tombe aussitôt en démence !

– Tout cela est ridicule. Tomber en démence : il ne faudrait tout de même pas exagérer.

– Les gens parlent aussi de son goût pour la pluie, la nuit et les orages… Ils ne font pas que se méfier de lui, Élisabeth, ils en ont réellement peur.

– Je n'aime pas ton histoire. Crois-tu vraiment qu'il fasse ces choses-là ? Je veux dire regarder partout, chercher quelque chose ? C'est un peu étrange.

– C'est ma belle-mère qui l'a dit, ajouta-t-elle comme preuve irréfutable de ce qu'elle avançait, elle l'a vu de ses propres yeux, et souvent ! Mais ce n'est pas tout : lorsqu'il a terminé le tour complet du village, il repart comme un forcené, lançant son cheval au galop, se dirigeant tout droit vers le manoir. Et puis il recommence la même chose la nuit suivante, la nuit d'après et la nuit d'après…

Nous nous tûmes un court instant. Peut-être pour savourer l'un des rares moments que nous passions ensemble, peut-être pour réfléchir tranquillement chacune de notre côté. Ces histoires n'avaient aucun sens, aucune explication logique. Je soupirai, découragée devant les agissements si singuliers de celui qui partageait ma vie.

Au moins, je n'avais plus à me tourmenter quant à sa fidélité. Cette constatation me fit sourire et je réalisai que Babette venait de me soulager d'un lourd fardeau. Je n'aurais jamais dû douter de la loyauté de mon époux.

Je chassai les dernières craintes de mon esprit, comme de vilaines mouches. L'homme que j'avais épousé ne m'avait pas trahie, voilà tout ce qui comptait. S'il appréciait les balades nocturnes, que pouvais-je y faire ? Les gens le trouvaient étrange ? Soit. Il l'était probablement d'ailleurs. Il y avait des choses dans la vie sur lesquelles il était préférable de ne point réfléchir. J'adressai intérieurement une courte prière de remerciement à Dieu, puis décidai qu'il était temps de rentrer. Je me levai d'un bond en époussetant ma robe.

– Merci pour tout, Babette. Merci de m'avoir rendu un si grand service. Je crois que je m'en faisais pour rien. Je ne suis plus du tout inquiète à présent.

– Ah non ?

– Quoi ? Le devrais-je ?

Je me moquai du visage déconcerté de mon amie qui se redressa à son tour.

– Non. Je suppose que non, Élisabeth.

Elle parut réfléchir, puis affirma soudain :

– Je n'aimerais tout de même pas savoir que mon mari erre dans les bois, la nuit.

– Pourquoi ? Il ne va pas à la rencontre d'une autre femme, c'est ce qui compte. Le reste… ça le regarde ! Il peut bien aller où bon lui semble. Peut-être veut-il jeter un coup d'œil aux alentours pour s'assurer que tous ses gens sont bien, qu'ils sont tous en sécurité…

– En pleine nuit ?

– Oui ! Pourquoi pas, si ça lui plaît ?

Babette paraissait hésiter. Elle évitait délibérément de me regarder en face. Je la devinai aussitôt :

– D'accord. Qu'as-tu d'autre à me dire ?

– Mais rien du tout !

– Babette !

– Bon, puisque tu insistes, je ne t'ai pas tout dit, fit-elle en soupirant. Moi aussi, je l'ai vu. Je l'ai vu sur son cheval, au beau milieu de la nuit, en train de rôder près des maisons.

– Et alors ?

J'avais maintenant très envie de partir pour éviter d'en entendre davantage. En ce qui me concernait, le problème était réglé et je me sentais *heureuse* et *soulagée* ! Ne le comprenait-elle donc pas ? Je savais tout ce qu'il y avait à savoir et pour moi, c'était suffisant !

Elle décida tout de même de gâcher ma journée :

– Ma chérie, commença-t-elle, en s'emparant de mes mains, je l'ai observé moi-même il y a deux nuits… Et il cherche *vraiment* quelque chose. Il ne fait pas une simple promenade d'agrément. Il regarde partout autour de lui… Et il cherche. Quoi que tu en penses, Élisabeth, ce n'est pas du tout rassurant d'en être témoin. Crois-moi !

CHAPITRE XI

La première vraie tempête hivernale s'abattit trois jours plus tard, coupant la Nouvelle-France du reste du monde et le manoir du reste du village. Il se mit à neiger doucement, un matin de novembre, et cela continua ainsi toute la journée, puis toute la nuit suivante. On avait peine à voir par les fenêtres tant le rideau de flocons était épais. À Paris, la neige était rare et, une fois tombée, elle fondait aussitôt, piétinée par les chevaux et les gens qui allaient d'un pas pressé dans les rues remplies d'immondices.

Je me couchai le soir de la tourmente aussi excitée qu'une petite fille, n'en pouvant plus d'attendre jusqu'à l'aurore pour enfin tirer les rideaux. Bien à l'abri sous les couvertures et auprès de mon mari, je restai éveillée jusque très tard dans la nuit à regarder mourir le feu dans l'âtre. Je me gardais bien de jeter le moindre regard au-dehors, me contentant d'écouter le vent et la neige qui fouettaient les fenêtres, préservant la blanche surprise pour le petit matin. Lorsque je m'éveillai finalement avec un rayon de soleil sur le nez, je n'y tins plus et courus voir le résultat de l'œuvre du bon Dieu : tout était blanc ! Les arbres, le jardin, l'étable, le manoir, tout ! C'était magnifique, grandiose, époustouflant ! Le soleil baignant de lumière toute cette splendeur m'obligea à fermer les yeux pour un instant. Angélique, mon déjeuner à la main, soupira discrètement devant mon trop grand enthousiasme. Elle ne partageait visiblement pas ma joie. Et avec raison : je ne mesurais en aucun cas à quel point cette tempête marquait le début d'une bien longue et pénible saison.

– Regardez comme c'est beau, Angélique, toute cette neige ! Je n'ai jamais rien vu d'aussi merveilleux ! On pourrait presque y voir passer des anges !

– Oui, madame. Mais peut-être que madame s'en sera lassée bien avant l'arrivée du printemps.

Elle ne pouvait formuler plus juste prédiction.

Je vis François passer dans la cour, emmitouflé comme un ours, comme si la nature lui avait enfin donné la permission de sortir son capot de poil et ses vêtements chauds. Je m'amusai de son allure : il n'avait pas l'air content de devoir dégager un chemin jusqu'aux latrines. Il empoigna une grande pelle de fer, plus grande que celle utilisée pour nettoyer les cendres des cheminées, avec un long manche de bois. Puis je vis le maître rejoindre le valet afin de l'assister dans sa lourde besogne. Celui-là, malgré son rang, aimait toujours prendre part aux plus durs labeurs. Il portait de grosses bottes faites de peau de chevreuil et rembourrées de laine, de larges jambières à la façon des Sauvages, avec un rabat extérieur empêchant la neige de pénétrer, un manteau de castor, des gants et un chapeau de martre couvrant bien ses oreilles. La fourrure de martre était reconnue pour être imperméable.

De novembre à avril, la forêt prenait des allures de contes de fées, et ce, peu importait où l'on posait les yeux. Les petits lacs et les ruisseaux gelaient et se couvraient d'une fine couche de neige. Des lièvres tout blancs, des écureuils gris et des renards roux au ventre immaculé s'y camouflaient. Mais la nature pouvait aussi devenir très dangereuse : il fallait sans cesse prendre garde où l'on posait le pied, car on pouvait facilement s'y enliser jusqu'à la taille. Il fallait de plus garder un œil au ciel, car les arbres, armés de verglas, pouvaient à tout instant lâcher sur le sol une pluie des plus meurtrières.

Cependant, en faisant preuve de prudence, les promenades à pied ou en carriole étaient fort agréables par temps doux. Mon époux m'emmenait quelquefois pour de longues balades. Il m'avait pourvue d'épaisses fourrures et me sommait d'enfiler trois jupes les unes par-dessus les autres sous un capot de laine. Je possédais aussi de grosses pelisses et un bonnet de poil pour les sorties en traîneau. En hiver, la règle était somme toute assez simple en Nouvelle-France : plus on se couvrait, mieux on se portait !

D'autres jours, le froid devenait si vif qu'il devenait insensé de quitter la douceur du foyer. Le vent se mettait parfois à souffler, coupant le visage de ses doigts cruels et faisant couler les larmes qui gelaient aussitôt sur les joues engourdies. Dès que le temps se radoucissait, les nuages revenaient couvrir le ciel, encore et encore, pour mieux faire tomber sur les toits et sur la nature de nouvelles bordées de neige.

Un après-midi de décembre où j'étais grandement occupée à dégivrer les vitres de ma chambre avec mon haleine et mes doigts, Angélique vint me chercher. Il faisait trop froid pour sortir et je venais tout juste de faire la sieste. Elle me signifia, avec son air inexpressif familier, qu'un visiteur m'avait demandée et qu'elle l'avait déjà introduit au salon auprès du maître. Trop heureuse de laisser enfin tomber ma tâche assurément sans intérêt, je descendis rapidement : qui pouvait bien souhaiter me rencontrer ? Il y avait déjà plusieurs semaines que je n'avais vu personne du village et il me tardait d'en avoir quelques nouvelles ! Nous sortions déjà si peu par beau temps, l'hiver faisait de moi une recluse, et même si la solitude ne me faisait habituellement pas peur, j'en étais presque venue à la redouter.

Le sourire que j'avais sur les lèvres s'évanouit pourtant à la vue du spectacle offert à mes yeux dès mon entrée au salon :

Honoré était debout devant mon mari et ils se regardaient tous deux, graves et silencieux. Ils se tournèrent à peine vers moi quand je m'avançai et Honoré ne me salua pas gaiement comme à l'ordinaire. Selon toute vraisemblance, il se passait quelque chose de grave et mon cœur, déjà prompt à la panique, s'affola.

– Honoré ?

Mon époux me fit signe de me taire, puis m'entraîna vers l'un des canapés de la grande pièce. Honoré prit place devant nous, les yeux gonflés par les larmes. Il ne me regardait pas et fixait un point connu de lui seul sur le mur d'en face. Le feu dans l'âtre crépitait, répandant une douce chaleur, et notre triste visiteur s'y dirigea subitement, les mains tendues vers la lumière. Personne ne disait mot. Mon mari pressait ma main dans la sienne et mon inquiétude allait grandissant. Était-il arrivé quelque chose à Marie-Anne ? Aux enfants ? Que se passait-il ? Pourquoi tout le monde gardait-il le silence ? J'interrogeai discrètement mon époux du regard, mais pour seule réponse il me désigna Honoré du menton : c'était à lui de parler. Celui-ci s'éclaircit la gorge, au bout d'une interminable minute. Il garda le dos tourné, son visage éclairé par les flammes et sa voix douce s'éleva comme un murmure :

– Toussaint a voulu m'aider à fendre le bois et il s'est blessé à la jambe avec la hache. J'étais tout près de lui et je n'ai rien vu. Il s'est mis à pleurer. Puis à crier. Il n'a pas été facile d'arrêter le sang... Il y en avait partout. Sur ses culottes, sur la neige. Sur ses petites bottes. Je l'ai pris dans mes bras et j'ai couru vers la maison. Marie-Anne a garrotté la jambe avec une guenille et nous pensions avoir eu plus de peur que de mal... Parce que le sang ne coulait plus. Et elle a bien lavé sa jambe. Et a changé son pansement plusieurs fois par jour. Pour que ça reste propre.

– ...

– Mais voilà qu'il y a quelques jours, la plaie s'est infectée. Et c'est de pire en pire. Nous craignons que la gangrène ne s'installe.

Honoré s'arrêta soudain, en proie à d'irrépressibles pleurs. Ses épaules affaissées par le malheur sautaient maladroitement au rythme de ses sanglots.

– Il a maintenant une fièvre terrible qui retombe à peine au lever du jour, et il semble souffrir beaucoup. Sa jambe est noire... en si peu de jours, elle est devenue complètement noire!

Mon mari tenait toujours ma main et je m'accrochai tout à coup à la sienne, désespérément. Honoré se tourna enfin vers moi, le cœur en miettes. Il me regarda droit dans les yeux en inspirant fortement: il avait un message à me livrer.

– On peut s'attendre au pire. Nous prions beaucoup, mais Toussaint n'a pas la force d'un homme. Il est dans un état épouvantable. Ce n'est vraiment pas beau à voir. Hier, il a demandé à te voir, Élisabeth.

Je me levai d'un bond et nous partîmes sur-le-champ.

Mon époux resta silencieux tout au long du chemin qui nous menait chez les Leclerc. Il se contenta de diriger la carriole, attelée de sa belle jument, en suivant le traîneau d'Honoré. Les gens sortaient des maisons pour nous regarder passer, indiscrets et curieux comme de vilains charognards attirés par le malheur. Mon cœur était chaviré et je n'avais guère envie de saluer quiconque nous envoyait la main. Je me contentais d'observer la nature, froide et sans vie, serrant contre moi ma longue pelisse de fourrure, et d'écouter le bruissement des patins sur la neige qui craquait à leur passage. Nous arrivâmes en peu de temps et mon mari m'aida à descendre. Sans m'adresser la parole, il m'enlaça par la taille l'espace d'un instant, et plongea son regard dans le mien, me signifiant par là qu'il me soutiendrait dans cette épreuve. Ne m'avait-il pas dit que lui seul ferait tout pour moi ?... Que lui seul répondrait à mes prières ?... Je compris que je me devais d'être forte. Pour Marie-Anne. Et pour Toussaint. Je me retournai un moment pour regarder la forêt, les champs et le fleuve. La nuit qui arrivait toujours trop tôt durant l'hiver commençait déjà à recouvrir le village de ses ténèbres. Puis je poussai la porte de la petite maison en secouant mes bottes recouvertes de neige.

Marie-Anne m'accueillit les yeux pleins de larmes et la poitrine gonflée d'un chagrin trop longtemps contenu. Même ses gestes, lents et sans entrain, étaient empreints d'une tristesse indéfinissable. Toussaint n'était qu'un enfant, son enfant. Elle me débarrassa de ma lourde pelisse et de mon bonnet. Sans porter plus d'attention à nos maris qui me suivaient, elle s'accrocha à mon bras en me guidant vers sa chambre.

– C'est arrivé vendredi passé, chuchota-t-elle d'une voix chevrotante. Il semblait s'être remis mais, il y a deux jours, j'ai remarqué de grandes taches noires sur sa jambe. Et du pus sur sa plaie. Beaucoup de pus. Jaune. Et il est repris d'une fièvre ardente dès que la nuit tombe. Il délire aussi. Il dit des choses...

– ...

– Je ne sais absolument pas quoi faire, Élisabeth ! Et je n'ai rien pour soulager sa douleur ! Qu'est-ce que j'ai bien pu faire à Dieu pour que mon enfant souffre de la sorte ?

Elle s'arrêta, fronça les sourcils, pensive, comme pour réfléchir à ce qu'elle venait de dire.

– Mais il ne sent plus rien maintenant. Il n'a plus mal. Il va certainement perdre sa jambe et il n'y a même pas de rabouteur au village. Tout le monde connaît le vieux bonhomme Boucher qui court les bois... Mais cela fait des mois que personne ne l'a vu. Lui aurait pu arrêter le sang et empêcher la plaie de s'infecter.

– Il n'y a vraiment personne qui sache quoi faire ?

– La veuve Petit est venue, mais elle avoue ne rien connaître aux maladies. Elle n'est pas sage-femme depuis assez longtemps pour savoir soigner les infections, qu'elle a dit. Elle m'a suggéré des remèdes de Sauvages, mais cela n'a rien donné. Elle m'a dit de remplir sa chambre de vapeur d'eau ! Peux-tu imaginer ça ? De la vapeur d'eau ! Comme on n'avait pas d'autres solutions, on a fait rougir des pierres et on a jeté de l'eau dessus. Je pense plutôt que c'était incommodant pour Toussaint. Mais il paraît que les Sauvages font ça avec leurs malades…

– C'est étrange…

– Et puis elle a aussi parlé d'un arbre qui fait supposément des merveilles pour faire tomber la fièvre, mais personne ne sait à quoi il ressemble. Même pas elle ! Alors on a fait bouillir de l'écorce de n'importe quoi… Ce qu'elle a ramené ici.

Elle se remit à pleurer, rougissant de plus belle ses yeux enflés par le malheur.

– Je ne sais plus quoi faire, Élisabeth ! J'ai mis des compresses d'eau chaude sur sa jambe et je l'ai nettoyée comme il le fallait. Plusieurs fois ! Mais ça s'est passé si vite ! La jambe a viré au noir en une seule nuit ! Connais-tu un remède, toi qui as vécu chez les sœurs ? Peut-être as-tu une idée de ce qu'il faut faire…

Je secouai tristement la tête et elle se détourna de moi, déçue. Je me sentais si impuissante devant son malheur. J'aurais aimé pouvoir l'aider, pouvoir lui dire que j'avais avec moi la potion qu'elle espérait tant. Je jetai un regard à mon mari qui semblait n'avoir perdu aucun mot de notre conversation. Je le vis sortir de la maison d'un pas décidé. Marie-Anne pleurait, sans bruit. Honoré s'éclipsa à son tour, nous laissant seules et malheureuses.

– J'aurais dû me rendre à la chapelle de Sainte-Anne-de-Beaupré, affirma-t-elle soudain entre deux sanglots, depuis qu'on y a exposé une image de la sainte, il y a cinq ou six ans, beaucoup de gens ont été guéris. Des aveugles ont recouvré la vue ! Des paralytiques se sont mis à marcher ! Mais j'avais peur que le voyage ne soit trop difficile pour Toussaint. Comme je le regrette ! Je ne veux pas perdre mon enfant… Je ne veux pas perdre mon bébé… Dieu ne peut pas me le prendre si jeune ! Il ne le peut pas ! Une mère ne devrait jamais enterrer son fils !

Un air tiède et lourd m'oppressa le cœur dès que je poussai la porte de la chambre. L'odeur de la chair pourrie empestait la pièce. Parce que c'était ça, la gangrène : la peau mourait, morceau par morceau… lambeau par lambeau. Je m'avançai. Une toute petite forme semblait camouflée dans le lit, blottie sous les couvertures. Un enfant malade entouré de laines et d'oreillers.

– Élisabeth ! fit faiblement Toussaint en me voyant.

Je m'assieds près de lui, doucement, en prenant soin de ne déranger ni ses couvertures ni son sourire. Je ne voulais pas pleurer devant lui.

– Bonjour, bonhomme.

Il souleva avec peine son petit corps maigre. J'arrangeai les oreillers de manière à soutenir sa tête. Sa jambe restait invisible, mais je devinai les bandages qui l'entouraient au renflement qu'ils occasionnaient sous les draps.

– Tu vois, je dors dans le lit de maman parce que je suis malade ! Papa m'a promis de m'emmener voir Québec quand je serai guéri, m'annonça-t-il fièrement.

Il était beaucoup trop pâle pour mon goût et de larges cernes bleutés creusaient ses yeux malades.

– Tu as de la chance. Je n'y suis jamais allée.

– Ah non ? fit-il, inquiet.

Puis, semblant se désintéresser subitement du sujet, Toussaint se laissa retomber parmi les couvertures. Il dirigea son regard vers la fenêtre, oubliant ma présence pour quelques minutes. J'attendis patiemment et en silence, le cœur gros, qu'il me parle encore. Il ferma les yeux, puis les rouvrit en tournant de nouveau la tête vers moi.

– Élisabeth! fit-il, heureux, en me voyant pour la seconde fois.

Il toucha mon visage de sa main bouillante et me raconta cette fois que son frère et ses sœurs étaient allés dormir chez les voisins.

– Pourquoi sont-ils partis? demanda Toussaint.

– Parce que ta maman veut que tu te reposes et, pour cela, la maison doit être calme et paisible.

– Ah bon.

– …

– Je suis content que tu sois venue, Élisabeth. Ton mari a voulu?

– Oui, et il est venu aussi, il est dans la pièce d'à côté avec ton papa.

– Ah oui?

– Bien sûr.

– Il ne vient jamais d'habitude.

– Je sais.

– Il t'a laissée venir parce qu'il sait que tu m'aimes?

– Oui, c'est pour cela.

– Vous avez fait un compromis?

– Non… Pas cette fois…

– Moi aussi, je t'aime Élisabeth.

Je regardais ce petit bout d'homme qui fermait ses yeux alourdis par la fièvre, si fragile et si mignon. Si blond et si beau. Sans le savoir, sans le vouloir, il me faisait tellement de peine…

Il m'aimait et m'avait demandée à son chevet, moi qui l'avais si peu connu, moi qui lui avais accordé si peu de temps. Moi qui lui avais seulement adressé un sourire ici et là, raconté une histoire ou deux. Mais il m'aimait. Comme seul un enfant sait aimer : sans condition, sans réserve. J'avais dormi sous son toit, j'avais fait partie de sa vie durant quelques jours, alors il m'aimait.

Et avait demandé à me voir…

Je retins mes larmes en prenant sa main dans la mienne. Pour la refroidir un peu. Je ne pouvais plus bouger ni penser. Parce que j'avais mal. Je ne pouvais que le contempler, dans son malheur…

Si, ce jour-là, Dieu m'avait demandé de prendre sa souffrance sur moi, je l'aurais prise. J'aurais tout supporté à sa place. J'aurais donné ma jambe… ou les deux. J'aurais donné ma vie pour ce garçon qui semblait courir au pays des rêves, seul avec sa douleur, enseveli sous les couvertures.

De mauvais souvenirs, des souvenirs qui font mal, se mirent à torturer mon cœur…

J'étais seule dans mon lit, à l'orphelinat. Il faisait froid et le feu du poêle était depuis longtemps éteint. Il faisait noir et j'avais faim. Je venais d'être punie pour être sortie en cachette pendant la messe du matin. Je n'avais pourtant mis le pied dehors qu'un instant, pour voir tomber la neige si belle et si blanche, mais les autres filles m'avaient trahie en rapportant ma conduite.

Elles mangeaient maintenant leur repas du soir en riant et en faisant des blagues. Peut-être même en parlant de moi. En riant de moi. En s'amusant d'avoir provoqué ma punition, en s'amusant de mon malheur… Oui. C'était sans doute ce qu'elles faisaient. Et je les détestai pour ça.

J'étais seule dans mon lit, à l'orphelinat. Je n'avais pas de maman. Ma mère m'avait donnée. À n'importe qui. Elle s'était débarrassée de moi et m'avait mise ici, avec toutes les autres. On ne m'avait jamais expliqué ce que je faisais ici, mais il n'y avait qu'une seule raison possible : *ma maman ne m'aimait pas et elle n'avait pas voulu de moi.*

Du haut de mes six ans, j'avais pris une décision. Une grave décision : je n'aimerais plus jamais personne. Je n'aurais plus jamais d'amie. Plus jamais. À quoi bon aimer quand on n'avait rien en retour ? Mon cœur resterait vide. Toute ma vie. Je m'étais endormie, longtemps après que les autres filles furent revenues, en me répétant cette phrase à l'infini, me laissant bercer par elle, comme une certitude, comme une promesse, comme un baume sur mon âme meurtrie : *je n'aimerai plus jamais personne, je n'ai pas besoin d'amour*. Je n'avais pas de maman… pas d'amie. Il faisait si noir dans mon lit, à l'orphelinat.

Cette nuit-là, j'avais fait un terrible cauchemar. Pour la première fois.

Revenue de mes souvenirs, la tête emplie d'idées noires et le cœur au bord des lèvres, je constatai que Toussaint dormait déjà d'un sommeil agité. Ses yeux roulaient en tous sens sous ses paupières et sa bouche laissait échapper des mots ou des phrases vides de sens. Il appela sa mère, puis retomba sur ses oreillers de plumes. Je l'embrassai tendrement. Mes lèvres me parurent bien glaciales sur son front brûlant. Je refermai sans bruit la porte derrière moi.

– Comment va-t-il ? me demanda Marie-Anne en levant vers moi son visage ravagé de chagrin.

Elle était assise à côté d'Honoré, et mon époux restait debout dans un coin de la pièce.

– Il s'est endormi, lui fis-je pour toute réponse, en m'assoyant à mon tour auprès d'elle.

– J'ai envoyé mon valet à Québec, affirma soudainement mon époux, qui s'avança vers nous. Il y a deux médecins là-bas. Des chirurgiens. Je lui ai ordonné d'en ramener un au plus vite. Il sera de retour au plus tard demain, en fin de journée, car il voyagera de nuit sans s'arrêter. Le temps est plutôt clément ce soir et François est un homme de confiance, il reviendra vite. Nous avons de bons chevaux, endurants comme il ne s'en trouve plus.

Honoré et Marie-Anne se levèrent d'un seul mouvement, surpris de cette sollicitude inattendue de la part de leur maître, mais surtout inquiets : ils n'avaient aucunement les moyens de payer les services d'un médecin. Mon mari leur somma de se rasseoir.

– Vous n'aurez rien à débourser, soyez sans crainte. Et je ne veux plus en entendre parler. Nous reviendrons demain, ma femme et moi.

Nous partîmes alors, laissant la famille Leclerc seule avec leur fils malade et leur nouvel espoir. Sur le chemin du retour, je remerciai mon mari de sa générosité, mais il me répondit qu'il aurait envoyé quérir le médecin bien plus rapidement s'il avait su avant aujourd'hui ce qui s'était passé. Les chances de sauver le petit auraient été meilleures.

Les chances de le sauver…

– On ne laisse pas souffrir un enfant, dit-il. Et je n'aime pas vous voir malheureuse…

Mon mari ne se préoccupait pas seulement de mon bonheur, mais du sort d'un enfant qu'il ne connaissait pas. Je m'en voulus alors énormément d'avoir pu prêter l'oreille aux racontars que l'on colportait si facilement sur lui. Je jetai un regard de biais à mon époux, à son visage si dur concentré sur la route. Et peut-être que, ce jour-là, je commençai à le voir autrement. Je supposai d'ailleurs que Marie-Anne et Honoré en faisaient autant.

François arriva le lendemain en fin d'après-midi, accompagné d'un gros monsieur équipé d'une lourde mallette. Malgré le froid qui régnait sur toute la région, le médecin à l'abdomen proéminent transpirait abondamment et s'essuyait le front avec son mouchoir brodé, à toutes les deux minutes. Il n'avait pas l'air vraiment au comble du bonheur d'avoir été traîné jusque dans ce village reculé de Nouvelle-France, mais s'abstenait de le laisser paraître devant mon mari qui lui signifia d'un regard impératif qu'il était plus que temps d'aller voir le petit malade. Le médecin, qui pourtant n'avait jamais fait la connaissance du redoutable sieur de La Roche, obtempéra sans demander son reste.

Il s'enferma avec Toussaint, nous laissant tous dans l'angoisse de l'autre côté du mur, chez les Leclerc. Nous n'entendions ni bruits ni chuchotements. Faute de mieux, Marie-Anne et moi fîmes agenouiller les enfants, qui revenaient tout juste de chez les voisins, afin que nous puissions réciter ensemble quelques prières appropriées aux circonstances. Les hommes attendaient au-dehors.

Après plus d'une heure, le médecin ressortit de la chambre l'air mal en point, le visage rougeoyant, enfila son manteau tout en essuyant de nouveau son front dégarni. Il ne nous regarda pas, prit son chapeau, soupira fortement, puis referma doucement la porte derrière lui pour aller s'entretenir avec Honoré et mon mari à l'extérieur. Marie-Anne, qui n'avait perdu de vue aucun de ses gestes découragés, se remit à réciter le Notre Père d'une nouvelle ardeur, à voix haute.

Louise éclata en sanglots.

Jean et Louis se regardèrent, inquiets.

Marie-Anne continua de prier, sans relâche. Nous continuâmes tous de prier. Personne ne put dormir cette nuit-là, ni même les enfants. Marie-Anne refusa de les laisser quitter une seconde fois la maison. Ils devaient rester eux aussi auprès de leur frère.

Le médecin pratiqua des saignées, des purgations, observa avec soin les urines et les selles du petit malade, appliqua des compresses d'eau tiède, puis d'eau froide, examina plusieurs fois la plaie qui s'étendait maintenant bien au-delà de la jambe. Il ne servait plus à rien de la couper. Il administra à Toussaint quelques gorgées d'un sirop à l'odeur âcre préparé par un apothicaire de sa connaissance, breuvage épais à base d'opium, en affirmant gravement qu'il pouvait au moins soulager sa douleur.

Au moins, avait-il dit.

Soit les soins étaient inappropriés, soit il était trop tard pour chasser le mal. L'enfant pâlissait à vue d'œil et la fièvre montait. Elle creusait ses yeux, blanchissait sa peau jusqu'à la transparence, mais laissait sur ses joues de trompeuses couleurs donnant l'illusion de vie.

Marie-Anne veillait son fils avec dévouement.

– Maman, quand est-ce que je vais guérir ?

– Bientôt, mon trésor, dès que tu auras repris des forces.

– Je suis fatigué, maman.

– Dors, mon poussin.

– Je ne sens plus ma jambe au moins.

– Je sais. Repose-toi maintenant.

– C'est bien qu'elle ne me fasse plus mal, hein, maman ?

– Oui, c'est bien.

– C'est tant mieux !

– Ferme tes petits yeux.

– Est-ce que je vais mourir comme grand-maman ?

– …

– Maman ?

– Non, mon trésor, bien sûr que non.

– C'est sûr, les enfants ne meurent pas.

– …

– Ce sont les vieux qui meurent.

– …

– Hein, maman ?

– Dors maintenant.

– …

– Maman est ici, avec toi.

– Pourquoi tu pleures ?

– …

– Maman ?

– Je ne pleure pas, mon trésor, ferme tes yeux. Maman est avec toi.

Après une autre de nos visites, mon mari fit monter dans sa carriole une épouse bien malheureuse, en larmes. Toussaint dormait d'un sommeil faussement paisible, sans cesse entrecoupé de périodes de délire. Il semblait désormais ne plus avoir conscience de rien. Ou presque. Non seulement sa jambe, mais une grande partie de son torse étaient noires. La gangrène s'était installée, envers et contre tous. Et pour de bon. Le médecin était parti. Il s'était excusé auprès d'Honoré de n'avoir rien pu faire.

– Il est presque impossible de soigner les malades ici ! lança soudainement mon époux, furieux, coupant court à mes pensées. Il n'y a que cinq médecins dans toute la colonie ! Les gens ne peuvent même pas les payer de toute façon ! Ils n'acceptent pas tous des poules, des œufs ou du pain ! ajouta-t-il, ironique.

– Vous avez fait tout ce qui était en votre pouvoir…

– Ah ! Si j'avais su avant ! pesta-t-il entre ses dents, abattant de toutes ses forces son poing sur sa cuisse. Dites-moi donc où était votre Dieu, Élisabeth, aujourd'hui… dites-moi où il était ! J'ai guerroyé trop longtemps, madame, j'ai vu trop d'enfants mourir pour croire encore en Sa bonté !

Lorsque j'éclatai encore une fois en sanglots, il me prit dans ses bras, laissant le soin à la jument de nous ramener à la maison.

Une fois déshabillée et bien installée sous les couvertures, mon mari me fit monter par Sophie du bon vin chaud assaisonné de miel et d'un soupçon de cannelle. La générosité avec laquelle il me le fit boire me fit sombrer dans une douce ivresse, engourdissant rapidement mes mots, mes pensées, le bout de mes doigts et ma détresse. Il me força à prendre quelques gorgées d'une seconde coupe. La fatigue et la peine vinrent à bout de mes forces. Il resta assis à mes côtés un moment, attentif à mes moindres mouvements, mes moindres désirs, puis, quand il fut certain de mon sommeil, s'allongea à son tour, une main sur mon cœur et une autre enroulée de façon protectrice autour de ma robe de nuit.

Je rêvai d'un amour infini : d'un amour véritable… J'avais vu Marie-Anne couchée à la gauche de son fils et Honoré à sa droite. À partir de maintenant, aucun des deux ne le quitterait. Toussaint avait une maman et un papa qui l'aimaient tendrement.

CHAPITRE XII

Toussaint était parti le lendemain matin, au lever du jour, un rayon de soleil sur le nez, la bouche entrouverte et les sourcils froncés dans une attitude indignée, comme s'il protestait une dernière fois contre la mort qui avait voulu l'enlever si jeune. Nous arrivâmes quelques minutes trop tard et trouvâmes Marie-Anne complètement effondrée, étendue auprès du corps de son fils. Les draps entremêlés autour d'eux auraient pu laisser croire qu'ils venaient tout juste de s'y amuser ensemble. Mon mari jeta un œil dans la chambre, puis ressortit aussitôt à la recherche d'Honoré qui, selon les enfants, demeurait introuvable. Je restai seule devant mon amie qui pleurait. Elle ne me voyait pas. Elle ne voyait plus rien. Son fils était mort.

Je m'avançai vers elle, puis m'assieds au pied du lit, silencieuse. Le bruit de ses sanglots résonnait douloureusement dans la pièce inondée de soleil. Une détresse commença à se rouler lentement en boule dans ma gorge et dans mon ventre, cuisante et sans merci. Mon amie était anéantie par la souffrance et un flot de paroles réconfortantes se présenta à mon esprit, mais je les refoulai aussitôt avec honte : que dire à une mère à qui on vient d'enlever son enfant ?

Je n'avais pas encore remarqué le curé, debout dans un coin de la chambre, les yeux mi-clos et la tête baissée, dans une attitude de recueillement, ne semblant voir personne lui non plus. Il avait déjà, quelques heures plus tôt, prononcé les paroles du dernier sacrement : la bénédiction des mourants, et oint d'huile bénite le front et les mains de l'enfant à l'agonie, mais il avait désiré soutenir la famille jusqu'à la fin… Maintenant il s'avança, dans son sombre vêtement liturgique, pour bénir son jeune paroissien une dernière fois. Il ferma les yeux de Toussaint avec une délicatesse dont je ne l'aurais jamais cru capable. Il traça le signe de croix sur le front, laissa planer sa main quelques instants au-dessus de la tête de Marie-Anne, puis, étrangement, au-dessus de la mienne. Il ne me regarda pas et je ne le regardai pas davantage. Il sortit, se faisant discret, respectueux de notre chagrin et du silence d'un petit enfant.

Nous restâmes longtemps sans parler ni nous regarder. Marie-Anne pleurait bruyamment, son fils dans les bras, et moi, sans bruit, assise au pied du lit.

Les gens ont besoin de drames dans leur vie. C'est indéniable. Personne n'ira l'avouer, mais cela rend le quotidien plus intéressant, plus vivant peut-être. Et quand il ne se passe rien durant trop longtemps, on se rappelle avec des airs faussement peinés les catastrophes du passé : tel malheureux s'était noyé sous la glace une année où le redoux avait tout fait fondre pendant la nuit, tel autre avait vu sa maison ou sa récolte détruite par les flammes à cause d'une chandelle qu'il avait oublié de souffler…

La mort d'un enfant, le malheur d'une bonne famille était un événement auquel chacun voulait prendre part. Durant presque une semaine, on viendrait prendre des nouvelles, apporter de quoi manger, plaindre la pauvre mère et offrir son aide. La triste histoire servirait de prétexte aux conversations de toutes sortes et alimenterait les commérages durant de longues années et les mornes soirées d'hiver. Elle traverserait peut-être même les générations, de plus en plus tragique chaque fois. Tous connaîtraient alors quelqu'un qui était là, qui avait tout vu ou qui avait parlé au petit juste avant sa mort, chacun raconterait à qui voudrait l'entendre qu'il était parti les yeux ouverts ou bien fermés... Et comme le voulait la coutume, il fallait bien que Marie-Anne ouvre sa porte ce matin-là...

Il fut convenu de ne laisser Toussaint exposé qu'une seule journée, car la gangrène n'avait pas fait preuve de modération avec sa victime : l'odeur était déjà à la limite du supportable. Les gens du village auraient le temps de venir rendre un dernier hommage au défunt avant la nuit.

Toute la maisonnée se mit à l'ouvrage. Dans un pays où il fallait se battre chaque jour pour survivre, il n'y avait point de temps pour le chagrin : Honoré sortit et construisit un petit cercueil de belles planches qu'il avait d'abord destinées à la fabrication d'une nouvelle table de cuisine, Marie-Anne se mit en devoir de préparer son fils. Elle alla, comme un fantôme aux yeux remplis de larmes, donner ses instructions à tout un chacun. Louis et Jean durent ramasser de la neige qu'ils firent bouillir dans un grand coquemar de cuivre. Emmitouflée dans ses grosses fourrures, Louise courut chez une voisine emprunter un joli coussin de dentelle blanche. Le labeur s'avérait toujours un excellent moyen d'occuper les mains et les esprits. Nous lavâmes Toussaint, l'habillâmes et le parâmes convenablement. Avec beaucoup d'amour. Je n'avais jamais touché le corps d'un défunt et je n'avais pas encore l'impression de le faire tant cet enfant me paraissait vivant, lui si beau les yeux fermés et le visage reposé, comme en plein sommeil...

– Nous devrons garder Toussaint quelque part, fit remarquer Marie-Anne comme pour elle-même. Il est impensable de creuser la terre à cette époque de l'année.

– Que comptez-vous faire ? lui demandai-je doucement.

– Je n'y ai pas pensé… Nous devrons trouver un endroit à l'abri des bêtes sauvages… Jusqu'au dégel.

Nous déposâmes le cercueil sur la table de cuisine. À côté de la bière à peine un peu trop grande pour celui qui l'occupait, Honoré installa un prie-Dieu que sa femme recouvrit d'une large pièce de vieille dentelle jaunie par le temps, faute de mieux. Elle plaça un coussin sous la tête de son enfant et embrassa ses yeux. Elle entremêla un joli chapelet de bois autour de ses doigts et se remit à pleurer.

Mon mari était debout près du feu, silencieux et immobile. Il n'avait pas bougé depuis que le cercueil avait été amené à la maison, ayant assisté Honoré dans sa pénible tâche. Ce dernier était assis à la fenêtre, le regard perdu dans le paysage de neige. Les enfants, qui n'osaient guère parler ni à leur mère ni à leur père, restaient bien sages et muets chacun dans leur coin. Le soleil qui se couchait déjà s'étirait paresseusement sur le plancher de la cuisine.

Quand tout fut prêt, Marie-Anne s'agenouilla auprès de son enfant, les paupières lourdes, la main posée sur son petit cœur sans vie, les yeux rivés aux siens… Les siens qui ne s'ouvriraient plus. Elle porta une des mains déjà raide à ses lèvres, tentant de la réchauffer par son souffle, comme elle avait dû le faire tant de fois quand il revenait de courir au-dehors, les joues rougies par le froid et le regard joyeux. Des rangées et des rangées de bougies, que l'on se devait pourtant de ménager, brillaient tristement autour de lui. Le vent furieux de décembre s'engouffra dans la cheminée, éteignant au passage deux d'entre elles qu'on avait placées malencontreusement sur son chemin.

– Je t'aime tant, mon chéri, je t'aime tant ! Maman est là, maman est avec toi…

Honoré se leva, indécis quant à l'attitude à prendre à l'égard de sa femme qui s'infligeait pareille torture.

Mon époux l'arrêta, d'un imperceptible geste :

– Laisse-la, Honoré, laisse-la avec son enfant.

Les gens du village se mirent à entrer, un par un ou deux par deux, puis à ressortir. De la même manière.

Nous partîmes à l'apparition des étoiles dans le ciel, une fois les visiteurs disparus, laissant la famille éplorée se reposer et pleurer son mort en paix. Dès que le cheval se mit en marche, des larmes vinrent inonder mes yeux, puis mes sanglots, brisant le silence de la nuit, devinrent incontrôlables. Mon mari menait la carriole d'une main sûre, laissant l'autre errer autour de ma taille. Je cachai mon visage dans le creux de son épaule. Il ne me parla pas, respectueux de mon affliction. Je me demandai, en levant la tête vers le ciel qui menaçait d'envoyer une nouvelle bordée de neige, où Toussaint irait bien attendre le printemps.

Mon mari me souleva dans ses bras pour m'amener à ma chambre, renvoya Angélique qui s'apprêtait à m'assister dans ma toilette de nuit et me dévêtit sans dire un mot. De désagréables élancements meurtrissaient ma nuque et mes tempes. Je me glissai avec gratitude sous les couvertures qu'il remonta jusqu'à mon nez: je me sentais si lasse... Et si malheureuse.

– Je serai juste à côté, me signifia-t-il de sa voix grave.

Il baisa chacune de mes paupières brûlantes de peine, puis sortit, sans autre parole... Car il savait bien que les plus grands chagrins se vivent seul avec soi-même.

Cette nuit-là, je priai pour Toussaint. Et pour sa famille. Et je lui parlai. À lui. Pour lui raconter ma douleur et celle des siens.

Il m'entendrait, assurément... Car il jouait maintenant avec les anges.

Chapitre XIII

Noël arriva, puis les fêtes du jour de l'An avec leurs interminables invitations de bon voisinage. La tristesse avait fait place à la résignation dans mon cœur, puis à la quiétude. Toussaint ne souffrait plus où il était et puisque Dieu avait décidé de le rappeler à Lui, c'est qu'Il avait sûrement ses raisons. À ma grande satisfaction, nous assistâmes à la messe de minuit et je pus admirer l'enfant jésus taillé dans la cire, que le curé avait fait placer au fond d'une jolie crèche. Les chants traditionnels entonnés par le chœur des paroissiens me firent le plus grand bien. Je commençais à me sentir de plus en plus chez moi au manoir, aussi me permis-je de déposer ici et là quelques branches de sapin et d'épinette afin de donner aux pièces une odeur de fête.

En ce temps béni où la coutume voulait que tous se rendissent visite pour se souhaiter la bonne année, tout maître de maison, quel qu'il fût, se faisait un devoir de bien remplir sa table de victuailles, de sucreries et de gâteaux et d'ouvrir généreusement sa porte à quiconque venait lui adresser ses vœux.

Les gens passèrent donc, de maison en maison, prendre leur juste part de friandises, de bière du pays et de bons vins de fruits et offrir leurs vœux pour le Nouvel An. Durant au moins trois jours, mon mari et moi, fait digne de mention, reçûmes autant que nous effectuâmes de sorties. Malgré son peu d'empressement habituel à l'égard des mondanités, mon époux effectua ces visites, probablement dans le seul but de me plaire, après que je l'en eus prié. Mais il supporta bien difficilement que l'on tente de m'embrasser, selon la tradition, dans chacune des maisons. En effet, durant les premiers jours de la nouvelle année, les hommes se donnaient le droit, d'un commun accord, d'embrasser les femmes et les filles sur les joues. Mais je ne fus guère sollicitée de toute façon, et les quelques téméraires qui osèrent s'aventurer vers moi ne le firent qu'en s'étant d'abord assurés que le maître avait le dos tourné !

Les gens avaient oublié Toussaint, mais pas son histoire. On souhaita bien du bonheur à la famille Leclerc qui se remettait lentement de sa peine. Marie-Anne avait beaucoup maigri et semblait avoir perdu de son bel entrain d'autrefois. Il y avait à peine trois semaines que son fils s'était éteint et sa petite présence se faisait encore sentir dans la maison : ici sa couverture favorite, là ses chemises qu'il fallait ranger et conserver pour les enfants à venir... J'étreignis bien maladroitement mon amie lorsqu'elle se présenta au manoir avec Honoré et le reste de la famille. J'attribuai le peu de chaleur avec laquelle elle répondit à mon étreinte à son chagrin toujours présent. Car lorsqu'on a le cœur meurtri, il faut sans cesse être sur ses gardes : la moindre caresse peut faire ressurgir les larmes. N'ayant jamais réellement connu les douceurs de l'amitié, je me savais fort peu habile dans les paroles de réconfort. Aussi, me contentai-je de répéter ce que tout le monde se souhaitait :

– Mes vœux pour la nouvelle année, Marie-Anne. Que l'année 1667 soit celle de ton bonheur.

Elle me sourit tristement.

– Oh tu sais, mon bonheur... Il est quelque part au ciel maintenant. Laisse-moi plutôt te souhaiter la même chose, et pour chaque jour de ta vie. Mais je crois que tu as déjà tout ce qu'il te faut pour être heureuse.

Elle posa une main sur mon ventre.

– Et peut-être un fils... Qui sait?

Je rougis aussitôt du souhait qu'elle venait de formuler à mon égard et eus une brève pensée pour le petit Toussaint.

– Tu sais, Élisabeth, les enfants amènent beaucoup de joies, mais aussi beaucoup d'inquiétudes. On n'y peut rien pourtant, car c'est Dieu qui donne et qui reprend. Il m'a donné quatre beaux enfants, mais en a rappelé un à Lui. J'ai toujours eu des accouchements faciles et mes petits sont forts et en santé. Qu'est-ce qu'une mère peut demander de mieux?

– Je suis sûre que Toussaint est bien maintenant.

Les yeux de Marie-Anne se voilèrent.

– Tu n'as jamais si bien dit, Élisabeth. Il est avec notre Seigneur et il ne souffrira plus jamais. Et comme l'a dit Job: *Yahvé avait donné, Yahvé a repris: que le nom de Yahvé soit béni.*

La fête des Rois arriva, et nous n'eûmes ni gâteau ni galette. Mon mari avait enduré suffisamment de fêtes religieuses pour un temps et il ne désirait point subir de nouveaux assauts conviviaux au manoir. Il m'affirma que si je le désirais vraiment, nous pourrions commander à Angélique un gâteau pour deux contenant et la fève et le pois, mais la perspective de savoir d'avance qui seraient couronnés n'était guère amusant. Cependant, cela m'importait peu, car le retour à la solitude me convenait parfaitement. Il me tardait de reprendre mes promenades autour du manoir que je faisais avec grand plaisir malgré le froid. Je me sentais toujours revigorée après une longue balade au grand air, même s'il ne m'était jamais permis de m'aventurer aussi loin que je le désirais.

Quand le mauvais temps me confinait à la maison, je brodais près du feu, activité à laquelle je m'habituais peu à peu, ou faisais la lecture, bien calée sur un confortable canapé, mon mari m'ayant autorisée à puiser comme bon me semblait dans les rayons de sa bibliothèque.

– Puis-je prendre un livre ? lui avais-je demandé courageusement un jour où il en lisait un lui-même.

– Bien entendu, si cela vous fait plaisir, avait-il répondu simplement sans lever le nez de son ouvrage. Les religieuses vous ont appris à lire ?

– Une seule plutôt, Sœur Marie-Madeleine.

J'avais donc pris un livre au hasard, puis un second... puis un troisième. Je les avais tous replacés pour en choisir un quatrième et un cinquième, en posant à l'occasion quelques regards discrets sur mon époux, afin d'étudier le niveau de son mécontentement. Il n'avait point bougé de son siège et n'avait pas passé une seule remarque désobligeante sur mon petit jeu. J'en avais donc conclu qu'il n'y aurait pas de restriction dans le choix des ouvrages. Il se leva même pour me proposer certains auteurs qui firent effectivement mon bonheur. Je tirai du rayon un livre rédigé en une langue inconnue.

– C'est de l'allemand, expliqua-t-il devant ma mine intriguée. C'était le livre favori de ma sœur. Elle ne s'en séparait jamais.

– Je ne peux lire que le français.

– Je préfère ma propre langue aussi. À vrai dire, j'ai toujours détesté ce que ma sœur aimait... et c'était sensiblement la même chose pour elle.

– Pourquoi ?

– Je ne l'ai jamais aimée. Et elle me le rendait bien. Nous nous sommes chamaillés, et parfois bien cruellement, durant toute notre enfance. C'était une fillette détestable et une enfant gâtée qui ne s'est guère améliorée en grandissant. Notre père lui a présenté au moins une dizaine de beaux partis, probablement dans le but moins honorable de se débarrasser d'elle. Mais elle n'avait pas d'effort à faire pour s'attirer leur antipathie, c'était dans sa nature...

– Elle ne voulait donc point de mari ?

Il éclata d'un rire étrange.

– Personne n'aurait pu contraindre ma sœur et elle avait décidé qu'aucun homme ne mènerait sa vie. Quand elle avait une idée en tête…

– Pourquoi parlez-vous d'elle au passé ?

– Parce que cette femme fait partie du passé, pour moi. Sachez que vous devriez vous en estimer fort heureuse.

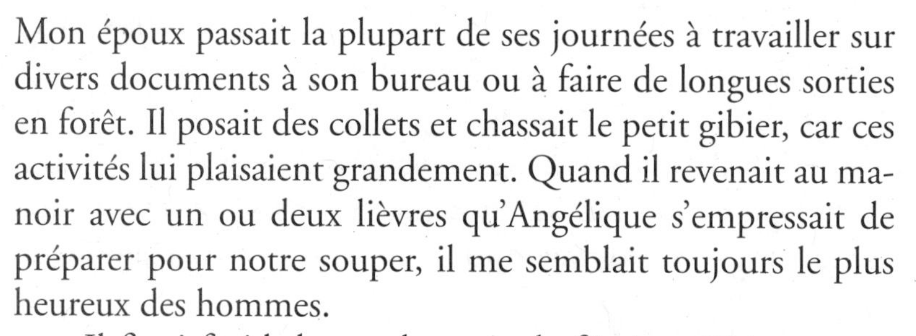

Mon époux passait la plupart de ses journées à travailler sur divers documents à son bureau ou à faire de longues sorties en forêt. Il posait des collets et chassait le petit gibier, car ces activités lui plaisaient grandement. Quand il revenait au manoir avec un ou deux lièvres qu'Angélique s'empressait de préparer pour notre souper, il me semblait toujours le plus heureux des hommes.

Il fit si froid durant le mois de février 1667 que personne ne voulut mettre le nez dehors sans y être obligé par quelques tâches urgentes. Babette et moi décidâmes d'interrompre nos rencontres secrètes pour quelques semaines, jusqu'à ce que le temps redevienne plus clément. Même nos chevaux qui supportaient régulièrement les pires intempéries inspiraient la pitié de tous avec leur barbe de frimas et leurs naseaux glacés. Ce mois me parut affreusement long et ennuyant, aussi pris-je l'habitude de visiter les cuisines pour regarder Angélique et Sophie préparer les repas. Elles me laissèrent d'abord aller et venir sans un mot, mais s'indignèrent franchement lorsque je décidai de leur apporter mon aide : elles ne comprenaient pas que leur maîtresse puisse être d'humeur à effectuer un quelconque ouvrage domestique :

– Allons, madame ! Ce n'est pas sérieux ! me signifia la cuisinière, le jour où j'avais enfin retroussé mes manches, vous allez abîmer vos belles mains à pétrir la pâte comme ça! Que dirait le maître s'il apprenait qu'on a fait travailler sa femme?

– Mais que puis-je faire d'autre dans cette grande maison, Angélique? Mon mari lui-même n'hésite pas à faire sa part, pour le travail d'homme. Je l'ai vu engranger des récoltes, entasser des provisions dans la cave et couper du bois de chauffage. Je ne fais que suivre son exemple.

– Vous pourriez faire un peu de lecture... ou terminer votre ouvrage...

– Je ne fais que cela, Angélique, lire et broder! Et j'ai très envie de cuisiner.

Les deux femmes s'accommodèrent donc peu à peu de la présence de leur maîtresse dans les cuisines et, au bout de quelques jours, ne levèrent plus les yeux au ciel à mon approche. Angélique laissa presque tomber son perpétuel air sévère et je puis commencer à la voir différemment: elle cessa, en l'absence de mon époux du moins, de me témoigner cette froideur polie caractéristique des domestiques envers leurs patrons. Elle continuait de m'appeler madame, mais riait spontanément de mes plaisanteries... Sauf si elles concernaient le maître, bien entendu. Fidèle à elle-même, Sophie restait timide et peu loquace, même quand je revêtais un tablier sur ma robe de paysanne et que mes mains étaient poudrées de belle farine blanche.

Angélique m'apportait parfois quelques nouvelles du village. Elle me raconta qu'Honoré, tout à son chagrin, s'était enfoncé dans les bois pour la trappe et qu'il ne reviendrait pas avant le mois de mars vendre ses peaux de castor au poste de traite de Lachine, près de Ville-Marie. Je pensai à la pauvre Marie-Anne qui le guetterait, tout l'hiver, assise à sa fenêtre à repriser les bas et chemises des enfants, seule et triste. Antoine, quant à lui, fauchait les arbres qui encombraient encore son lot, empressé de satisfaire sa chère épouse qui ne demandait pas mieux que de pouvoir s'y établir définitivement. Le travail de défrichage était en suspens, car on ne pourrait arracher les souches de la terre gelée avant le printemps. Leur maison n'avait pu être terminée avant l'hiver et ils avaient dû se résoudre à passer encore quelques mois chez les Martel. Elle m'annonça aussi, pour mon plus grand bonheur, que Babette était grosse de quatre mois et qu'elle accoucherait probablement durant l'été.

Je m'ennuyais grandement de mon amie. Nos rendez-vous clandestins étaient devenus pour moi le seul moyen de briser ma solitude. J'avais déjà eu besoin d'être totalement seule, mais maintenant je me rendais compte que j'avais aussi besoin de Babette.

C'est un lundi que je le trouvai.

J'avais dû passer devant, des milliers de fois, sans le voir.

Le coffre.

L'hiver avait perdu pour moi une grande partie de son charme et il me tardait de voir enfin arriver le beau temps. Les jours frileux devenaient des semaines glaciales, puis des mois franchement hostiles. Ce jour-là, j'errais paresseusement dans la maison, faute de mieux, car je n'avais rien à faire d'intéressant. Angélique m'avait chassée gentiment de la cuisine, prétextant que j'y passais désormais trop de temps pour une maîtresse de maison. Il me restait presque une heure à perdre avant le repas du soir et mon époux était occupé par un de ses censitaires venu le solliciter pour une entrevue. Une certaine querelle avec un voisin à propos de la séparation des lots avait créé entre eux un différend impossible à résoudre et il demandait à son seigneur de trancher. Je compris à la conversation qui avait eu lieu derrière la porte du salon de lecture que le pauvre homme ne trouverait pas un allié chez mon mari. Celui-ci l'avait écouté se plaindre, à peine l'espace de quelques secondes, puis l'avait vite rappelé à l'ordre.

Beaucoup de pièces à l'étage étaient inutilisées et remplies de vieux meubles, de beaux miroirs sur pied et de toutes sortes de trésors cachés faisant partie du patrimoine familial de mon mari. J'aimais me contempler en entier dans ces grandes glaces qui reflétaient mon image de la tête aux genoux. J'avais toujours supposé que tout cela faisait partie du patrimoine familial de mon mari. Le tout était disposé sans ordre aucun, comme si on avait entassé tout ce fatras au gré des espaces libres, au milieu d'une tempête.

Mais une chambre faisait exception à tout cela. Une grande chambre aux tons de jaune, de bleu et d'or, aux meubles de bois riches et travaillés et aux tentures d'un tissu luxueux. J'aimais y entrer, uniquement parce que je la trouvais jolie. Je n'avais jamais demandé à mon mari la raison qui faisait que ces lieux étaient à ce point parés, car j'avais toujours supposé qu'ils serviraient à recevoir des invités. Des gens qui viendraient de loin, par affaires. Un quelconque notable de Québec, le gouverneur et sa femme, l'intendant Talon peut-être... Ces hommes avaient à voyager, on devait pouvoir les accueillir à tout moment.

C'était une chambre réservée à cet effet... J'en étais certaine...

Jusqu'à ce que je jette un œil sous le lit.

Par curiosité...

Parce que je n'avais rien à faire...

Parce que je m'ennuyais.

Je me penchai donc, un bougeoir à la main (en cette morne saison, il faisait noir depuis longtemps), avec peu d'espoir de trouver quelque chose mais...

Il y avait un coffre.

Là, sous le lit.

J'avais approché la bougie, pour mieux voir : il était fait de beau bois sculpté et était retenu par une sangle de cuir aux gravures ressemblant à de belles broderies françaises. C'était une malle de voyage, bien plus grosse que celle que j'avais reçue pour ma propre traversée.

Un coffre de femme.

Je m'étais relevée rapidement, choquée par les images dérangeantes qui traversèrent alors mon esprit torturé. Ce n'était pas possible. Il y avait un coffre de femme caché sous un lit, dans le manoir de mon mari. Parce que c'était bien de cela qu'il s'agissait : une dissimulation, une ruse, un secret ! On l'avait délibérément soustrait aux regards ! Et pas à n'importe lequel : au MIEN ! Toutes mes anciennes craintes, que j'avais si négligemment balayées, revinrent en force. Il y avait donc une femme après tout ! Et une femme de la haute société, à en juger par la qualité de l'objet trouvé ! Je m'étais assise sur le lit en proie à une angoisse indéfinissable. Qui pouvait laisser ainsi ses effets chez mon époux ? Et pourquoi son coffre se trouvait-il ici, si elle-même ne s'y trouvait pas ?

Il me fallait absolument y jeter un œil. Peut-être appartenait-il à un homme, même si deux rubans de velours rose en agrémentaient le pourtour, tressés à même le cuir de l'attache… Je me penchai de nouveau, déposai mon bougeoir au sol, puis attrapai le coffre par la boucle de sa sangle. Je le tirai péniblement vers moi… Il était vraiment très lourd. Un léger nuage de poussière vint aussitôt danser dans la faible lumière provenant de ma bougie. Parfait. Au moins ce n'était pas d'hier qu'on l'avait placé là. Je défis rapidement la bande qui le maintenait bien fermé en prenant garde de ne pas l'ouvrir complètement : je devais pouvoir replacer le tout sans perdre de temps lorsque Sophie ou Angélique monteraient à l'étage et se mettraient à ma recherche pour le souper. J'y plongeai la main et en tirai aussitôt une première chose : un magnifique petit miroir à main taillé dans un matériau que je ne connaissais pas. Cela avait la dureté du bois… non, c'était beaucoup plus robuste… mais la blancheur de la neige. Et puis c'était vraiment très doux, si lisse au toucher, sans aucune imperfection. De minuscules représentations d'animaux et de fleurs étaient sculptées sur son cadre. Je fronçai les sourcils : je n'identifiais point les animaux que je voyais. Je mis le miroir de côté, agacée, afin de continuer mes recherches. Je dénichai une parfumeuse de cristal habilement ciselée que j'examinai attentivement à la lueur de la bougie. Une odeur agréable d'essences florales diverses s'en dégageait, peut-être de la violette : qu'on ne vienne point me dire que je n'avais pas affaire à une femme maintenant ! Je déposai la parfumeuse sur le lit, à côté du miroir, cette fois franchement de mauvaise humeur.

– Je sais bien qu'une épouse doit apprendre à souffrir les défauts de son mari, mais tout de même !

Le son de ma voix résonna de façon étrange dans le clair-obscur de la chambre. Je bouillais littéralement de rage : mon époux avait très certainement reçu une dame chez lui. J'en avais la preuve. Avait-il eu une liaison avant nos épousailles ? La reverrait-il bientôt ? Où pouvait-elle bien se cacher puisque ses effets étaient encore ici, au manoir ? De quel droit se permettait-elle de les y laisser, après tout ?

Je plongeai une troisième fois la main dans la malle en me donnant cette fois pour but d'attraper du tissu : je pourrais en découvrir davantage sur cette femme en examinant une de ses robes. Était-elle mince ou bien portante ? Austère ou frivole ? Je tirai délicatement à moi un bout d'étoffe qui me semblait avoir l'épaisseur de la laine tissée serrée, mais la qualité que l'on reconnaît uniquement à la douceur. Une robe de couleur sombre et sans apparat prit forme sous mes yeux maintenant habitués à la pénombre ambiante. Je me relevai pour mieux la détailler de haut en bas. La propriétaire devait être grande et bien charpentée. Il aurait fallu raccourcir la robe d'une bonne longueur et en refaire toutes les coutures pour qu'elle m'aille. Je la jetai dédaigneusement sur le lit : cette tenue manquait de dentelles et l'encolure montait beaucoup trop haut ! La femme qui devait la porter était soit très pudique, soit très laide. Ou même très vieille. Je retrouvai un peu ma bonne humeur à la pensée de mon mari courtisant une vieille bigote et je dus me retenir pour ne pas en rire tout haut.

Le parquet craqua, au loin. Quelqu'un montait à l'étage. Je reconnus le pas feutré de Sophie dans l'escalier. Elle venait probablement m'aviser que le repas du soir était servi. Elle frappait déjà à la porte de mes appartements à l'autre bout du couloir.

– Madame ?

Je pliai rapidement la robe et la remis à sa place avec la parfumeuse et le miroir. Il me fallait sortir d'ici au plus vite. Je reviendrais dès qu'il ferait jour afin de terminer ce que j'avais commencé : examiner le contenu de ce maudit coffre, pièce par pièce, afin d'avoir davantage d'informations sur la mégère à qui il appartenait. Je ramassai mon bougeoir dont la flamme menaçait déjà de s'éteindre et sortis de la chambre juste à temps : Sophie redescendait pour aviser son maître que je n'étais pas dans mes appartements.

– Sophie !

– Madame ? Vous êtes là… j'avais cru que vous étiez sortie, me dit-elle en remontant de quelques marches.

– Vous savez fort bien que je ne sors jamais la nuit. Le maître me refuse ce plaisir. J'admirais plutôt le ciel de la fenêtre d'une des pièces du fond. C'est la pleine lune, je crois.

Son joli visage s'illumina.

– C'est vrai ! Je l'ai vue aussi. Elle est vraiment très belle, en effet, dit-elle avant de se rappeler l'objet de sa visite, puis d'ajouter avec sérieux : le maître désire que vous vous prépariez, car le repas sera servi sous peu.

– Merci, Sophie, j'arrive tout de suite.

Mais d'abord, il me fallait passer un instant devant le miroir de ma chambre : si j'avais une rivale, autant ne rien laisser au hasard. Je défis le ruban qui retenait mes cheveux et les brossai de façon à les laisser retomber librement sur mes épaules. Comme mon époux les aimait. Puis je descendis. Il m'attendait debout, vêtu de noir comme à son habitude, un pied posé sur le rebord d'une fenêtre. Des dizaines de chandelles éclairaient la pièce de leur lumière tamisée, donnant vie aux ombres de la nuit. Deux volailles bien grasses entourées de carottes et de choux patientaient au milieu de la table. Tandis qu'Angélique commençait le service, je m'avançai vers mon mari en appliquant sur mon visage un sourire agréable. J'avais très probablement les joues brûlantes d'indignation, mais je ne voulais point qu'il perce à jour mes sentiments.

– Bonsoir, Élisabeth, vous avez été bien longue à descendre, me signifia-t-il comme un reproche.

Je me forçai à lever vers lui des yeux sereins :

– J'observais la lune par une des fenêtres de l'étage et je n'ai point entendu Sophie qui m'appelait.

Il écrasa ma main dans la sienne en la baisant longuement.

– Elle est effectivement *magnifique* ce soir ! commenta-t-il en me détaillant de la tête aux pieds.

En femme habituée aux louanges muettes de la part des hommes, je savais bien que le compliment ne s'adressait pas qu'à l'astre céleste. J'avais revêtu pour la soirée une élégante robe de velours vert d'eau ornée de fines lanières de dentelle crème à l'encolure et je savais que le mariage de ces couleurs faisait un agréable contraste avec la dorure de mes cheveux. Sa vieille maîtresse pouvait toujours courir ! Il m'accompagna jusqu'à mon siège et m'aida à m'y installer confortablement.

– Je constate cependant que vos yeux brillent d'un bien étrange éclat, ajouta-t-il, pensif. Et vous êtes pâle…

– …

– Seriez-vous souffrante ?

– Non, je me sens très bien, merci, lui répondis-je, soulignant mes paroles d'un second sourire et détachant une délicate tranche de viande braisée avec ma fourchette.

– Alors n'observez pas la *lune* trop souvent, cela semble vous troubler excessivement…

Que voulait-il dire par là ?

Mon mari s'assit à son tour à la table.

Je tâchai de conserver son innocence à mon visage impassible, mais mon cœur s'affolait déjà. Comment pouvait-il savoir ce que j'avais fait là-haut ? Je ne pouvais donc rien cacher à cet homme ? Avait-il réellement appuyé sur le mot *lune* ?

– Je ne suis point troublée, monsieur, vous vous imaginez des choses.

– Dans ce cas, c'est que vous aurez certainement une forte fièvre, ma toute belle. Vous me paraissez bien mal en point et je constate que vous êtes maintenant d'une pâleur inquiétante. Ne mangez pas avec trop d'empressement et montez vous coucher dès que ce repas sera terminé.

Je ne pus laisser passer une si belle occasion de le piquer au vif :

– Dois-je comprendre que vous m'offrez un soir de congé ?

– Un soir de quoi ?

– De congé. Pour la conception d'un héritier. C'est pour cela, uniquement, que vous m'avez épousée, il me semble.

Il fronça ses épais sourcils, ne releva pas ma remarque sarcastique, puis se tourna vers la bonne qui se signait d'un air outré.

– Angélique, veuillez préparer un bouillon chaud généreusement arrosé de vin rouge à madame et apprêtez sa couche rapidement, elle montera dans un instant. Remplissez aussi de bonnes braises ardentes la bassinoire de son lit afin qu'elle n'ait pas froid. Je constate de par son humeur massacrante qu'elle ne se sent pas bien.

– Tout de suite, monsieur.

Je décidai de ne point relever le malentendu concernant mon apparente maladie, trop contente de quitter la table pour pouvoir bouder en paix. De toute façon, j'avais effectivement le cœur au bord des lèvres et la vue de mon assiette bien remplie ne faisait que me donner la nausée. Je tâchai d'ignorer les regards insistants de mon époux. Croyait-il vraiment que je sois souffrante ou faisait-il toute cette histoire pour me mettre en défaut ? Savait-il que j'avais trouvé le coffre ? Il valait mieux prendre mon parti de sa méprise. Je levai vers lui des yeux faussement fiévreux.

J'observai distraitement les sombres portraits qui ornaient les murs de la pièce. Les étranges personnages semblèrent me juger, m'accusant en silence de ma tromperie. Ils paraissaient tous trois tournés résolument vers moi, comme le font souvent les visages en peinture, me scrutant effrontément de leurs yeux durs et mauvais. Mais c'était surtout la femme qui me troublait avec son chignon sévère, son sourire hostile et sa robe noire de veuve…

Je sursautai !

La robe !

La robe noire !

La femme du tableau portait la robe que j'avais trouvée dans le coffre ! J'en étais certaine ! Du coup, ma main heurta accidentellement couteau et fourchette qui tombèrent par terre dans un fracas, très inapproprié j'en conviens, d'ustensiles s'entrechoquant.

Mon mari se leva d'un bond et fut auprès de moi en un éclair :

– Mais qu'avez-vous ? Élisabeth ! Vous êtes toute blanche ! Angélique ! Sophie ! Ma femme va s'évanouir !

Et c'est réellement ce que je fis, car à ma grande surprise… je fus effectivement très malade.

Je m'éveillai au petit matin avec un vague souvenir de ce qui s'était passé la veille. J'avais tout simplement perdu conscience. Mon mari avait donc eu raison de s'inquiéter de mon état. Pourtant, je ne me savais pas si mal en point. Hormis quelques nausées passagères, je me sentais en pleine forme. Mais je doutais évidemment que l'on puisse prévoir longtemps d'avance un évanouissement.

Sophie sommeillait, assise sur une chaise au pied de mon lit. Je tournai la tête vers la fenêtre, tentant d'apercevoir le jour qui filtrait au travers des rideaux mal fermés : le temps au-dehors me sembla gris et terne. Je rejetai les couvertures et tentai péniblement de me lever. Mon corps était encore lourd de sommeil et de nouvelles nausées amenèrent un goût âcre dans ma gorge. Ma gardienne se leva d'un bond.

– Madame ! Vous devez rester couchée. Le maître a donné des ordres à ce sujet, me signifia-t-elle, visiblement plus préoccupée par le risque de représailles que par l'état véritable de ma santé.

– Qu'est-ce qui s'est passé, Sophie ? Ai-je dormi toute la nuit ?

– C'est le maître qui vous a veillée. Il nous a interdit l'entrée de vos appartements. Je ne suis ici que depuis peu puisqu'il m'a demandé de rester auprès de vous un instant. Hier, nous vous avons ranimée avec peine avec un soupçon d'eau de senteur, mais vous vous êtes endormie presque aussitôt.

La porte de la chambre s'ouvrit à la volée. Mon époux semblait si soucieux de s'enquérir de mon bien-être qu'il en oublia Sophie. Celle-ci attendait patiemment qu'on la congédie, debout au pied du lit. Il s'agenouilla auprès de moi. L'inquiétude creusait de larges sillons sur son front.

– J'ai envoyé François chercher le médecin à Québec. Il sera de retour demain au petit matin ou même cette nuit s'il peut faire vite. Comment vous sentez-vous ?

Flattée au plus haut point de la sollicitude de mon mari, dont je bénéficiais pour la première fois de ma vie, je décidai de jouer mon rôle de malade à la perfection. J'étais à peine honteuse de l'effet que je produisais sur lui.

– Je ne sais pas, répondis-je d'une toute petite voix volontairement chevrotante. Je ne comprends pas ce qui m'arrive...

– Allons, soyez sage et reposez-vous. Fermez ces beaux grands yeux et tâchez de rester au lit. Il vous est dorénavant interdit de vous lever sans ma permission. Je ne sortirai point du manoir aujourd'hui et Sophie viendra me faire un rapport détaillé de votre état, à toutes les heures.

Mon époux baisa mes yeux, mon front et mes doigts, puis me laissa seule avec la domestique, satisfait de me savoir hors de danger. Sortirait-il quand même cette nuit ? me demandai-je, boudeuse, sans oser poser la question de vive voix.

Il m'était impossible de me rendormir, car je ne pouvais chasser de mon esprit le singulier visage de la femme du tableau. Pourquoi mon mari avait-il en sa possession cette malle de voyage et cette peinture d'elle ? Pouvait-il si effrontément étaler aux yeux de tous, dans sa propre maison, une représentation de sa maîtresse, devant son épouse légitime et sous le regard de Dieu ? Qui était-elle donc ? Et surtout, qui était-elle pour mon époux ? Comment pourrais-je le savoir ? Est-ce elle qu'il allait rencontrer toutes les nuits ? Était-ce possible ?

Pouvait-elle être de la famille de mon mari ? Une cousine ou une tante ? Non, cela était peu probable. Pourquoi alors camoufler avec autant de prudence un bagage lui appartenant ?

On ne cache pas les effets d'une mère... ni ceux d'une sœur. On cache ceux d'une putain ! On cache ce qui doit l'être !

Il me tardait de retourner dans la chambre jaune, de fouiller convenablement les entrailles de ce maudit coffre et d'examiner enfin la robe noire à la lumière du jour. Était-ce vraiment la même que celle du tableau ? Je l'avais cru... mais j'avais pu me tromper. Je me retournai d'un geste brusque. Je devais cesser de me torturer de la sorte, car il me serait difficile d'obtenir réponse à mes questions avant longtemps.

J'entendis Sophie soupirer discrètement et je la toisai de mes yeux les plus mauvais. Mais elle ne le remarqua point, grandement occupée qu'elle était par la contemplation minutieuse du plancher. Si cela l'ennuyait de rester à mon chevet, qu'elle s'en aille ! Je n'avais pas besoin d'une statue au pied de mon lit. Je préférais rester seule de toute façon, sous mes couvertures avec mes tourments. Car je ne pouvais parler à personne ici...

Babette me manquait terriblement.

Chapitre XIV

Le médecin n'arriva ni pendant la nuit suivante ni au petit matin, comme mon mari me l'avait promis. Celui-ci marchait donc de long en large dans mes appartements, depuis bien avant midi, tentant de dissimuler son mécontentement derrière un visage qui se voulait impassible. Ses mâchoires se resserraient convulsivement chaque fois qu'il jetait un regard par la fenêtre, comme si sa colère pouvait faire apparaître subitement François et son précieux invité au détour du chemin. Sous une apparente placidité, je devinais ses sentiments et, prudente, je préférai ne point lui faire remarquer que ses sourcils le trahissaient toujours de façon bien évidente. Plus la journée avançait et plus il devenait fou de rage. J'étais bien heureuse de n'être point l'objet de son insatisfaction.

Ses yeux lancèrent littéralement des éclairs quand le soleil se coucha de nouveau.

François arriva en pleine nuit, pendant mon sommeil, et le médecin ne fut pas autorisé à faire quoi que ce fût avant de m'avoir examinée. Mon époux entra en coup de vent dans ma chambre, un chandelier à trois branches à la main, en poussant l'homme devant lui sans ménagement. C'était le même que j'avais vu chez les Leclerc. Cela me parut de bien mauvais augure, d'autant plus que je m'éveillai en sursaut.

– Allons, ma chérie, n'ayez pas peur, ordonna mon époux, ignorant que le mal était déjà fait, voici le médecin, M. Paquet, il va vous examiner.

Angélique entra, l'instant d'allumer quelques chandelles, et ressortit aussitôt. Le médecin, quant à lui, prit le temps de s'éponger le front avant de s'asseoir confortablement sur la chaise que mon mari lui désignait du doigt : le voyage en traîneau depuis Québec l'avait probablement épuisé et je me doutais bien qu'il aurait besoin d'une bonne nuit de sommeil avant longtemps. Sans avoir conscience de mettre mon époux complètement hors de lui, il se fit un devoir de sortir feuilles, encrier et plume de sa grosse mallette et de les aligner sans se presser sur une table basse afin de noter avec soin ses observations. Mon mari, debout derrière lui, les bras croisés sur la poitrine, le toisait d'un air qui lui aurait certes fait accélérer l'allure s'il s'était retourné… Ce qu'il ne fit malheureusement pas. Le premier le laissa donc s'installer tranquillement sans mot dire et j'admirai alors avec respect l'ampleur de son sang-froid, lui qui depuis déjà quelques minutes se retenait visiblement d'étrangler l'homme devant lui. Quand tout fut enfin prêt, il sortit.

– Je resterai derrière la porte, me signifia-t-il bien inutilement.

Mes yeux ne vous quitteront plus jamais…

M. Paquet approcha sa chaise de mon lit et me sourit gentiment. Je lui fis remarquer qu'à cette heure il serait davantage à son aise la tête sur un oreiller, mais il s'empressa de faire taire mes inquiétudes.

– Ne vous en faites pas, madame, j'ai l'habitude du manque de sommeil et des nuits blanches passées à veiller les malades. Voyons plutôt pourquoi votre valet m'a mené jusqu'ici avec tant de diligence. Plus vite votre époux sera rassuré, plus vite je pourrai me reposer.

– Effectivement.

– Voilà. Monsieur votre mari me semble très inquiet de votre état… Il vous faut donc me raconter en menus détails ce que vous ressentez. Il m'a parlé d'un évanouissement.

– Oui. J'ai perdu conscience à table, il y a deux jours. Mais je vous assure que je me sentais très bien juste l'instant d'avant.

– Hum, hum !...

– Et depuis, je suis prise de faiblesses dès que je sors du lit. Mais sans gravité.

– Ensuite ?

– Ensuite ?... Il m'arrive d'avoir des nausées. Très légères.

– Ah !

Il prenait consciencieusement en note tout ce que je lui disais en épongeant son front chaque fois qu'il trempait la plume dans l'encrier.

– Et vos nausées, madame, elles arrivent avant ou après avoir mangé ?

– Avant. Après aussi.

– Hum, hum !...

– ...

– Tendez votre main gauche, je vous prie. Je vais vérifier la circulation de votre sang.

Il me tint doucement le poignet en se concentrant pendant deux bonnes minutes. Je me demandais comment il pouvait vérifier l'état de mon sang de cette façon. Mais il recommença la même chose de l'autre côté.

– Cela n'est certes pas un problème sanguin, conclut-il. Mais dites-moi, madame, lorsque vous vous êtes évanouie... était-ce à la suite d'une vive émotion ? Un sentiment soudain ?

Je rougis et détournai maladroitement le regard, peu désireuse de répondre à sa question. Il se pencha alors vers moi, l'air sérieux, et chuchota afin que personne ne nous entende :

– Vous savez que vous pouvez tout me dire. Je ne dévoile jamais ce que mes patients me révèlent... Je suis comme un bon curé à la confesse, car rien de ce qui sera dit ici ne sortira de ma bouche... Même sous la torture !

Sa promesse m'arracha un léger sourire. Je ne savais trop si je pouvais lui faire confiance, mais décidai tout de même d'obtempérer… Puisque cela lui paraissait si important.

– Oui, j'ai été quelque peu émue… Juste avant de m'évanouir. Mais je ne souhaite pas vous en donner les raisons !

– Cela tombe bien puisque je ne souhaite point les entendre, fit-il, rieur, en reprenant sa plume.

– …

– Et juste avant de vous évanouir, avez-vous remarqué quelque chose de particulier, comme de petites taches de lumière dansant sous vos yeux ?

– Oui ! C'est exactement ce que j'ai vu !

Je fus étonnée de constater à quel point ce médecin était savant. Comment pouvait-il connaître ainsi les détails de ce que j'avais pu voir ?

– Et ces taches, dites-moi… étaient-elles blanches ou noires ?

– Est-ce important ?

– Puisque je vous le demande, madame. Cela est même d'un très grand intérêt.

– Alors… Je crois qu'elles étaient blanches. Mais je n'en suis pas certaine.

– Hum !… Hum !… Confusion…

– Que dites-vous ?

– Rien, je prends des notes. Mangez-vous suffisamment ?

– Bien entendu.

– Vous me paraissez bien menue…

– Je mange quand j'ai faim et je cesse quand je suis rassasiée, lui répondis-je, légèrement offusquée, il me semble même avoir un peu engraissé ces derniers temps !

Je ne désirais pas me faire réprimander comme une petite fille qui n'a pas terminé son assiette. Il ne releva pas mon ton ironique.

– Mangez-vous de façon variée ? Je veux dire de la viande, des légumes et du pain ?

– Oui.

– Buvez-vous du lait ?

– Oui.

– Portiez-vous un corset le soir où vous vous êtes trouvée mal ?

– Bien sûr que oui ! répondis-je, indignée. Je ne soupe pas en robe de nuit !

Je commençais à trouver les questions de ce médecin franchement embarrassantes et il me tardait qu'il achève son interrogatoire pour me laisser dormir. J'avais peut-être trop bien joué mon rôle de malade et maintenant tout ce remue-ménage m'importunait grandement. Malgré quelques malaises passagers, je n'étais point souffrante.

L'homme se tut, l'instant de coucher mes paroles sur papier, puis se mit à ricaner tout bas :

– Bon ! Il est vrai que vous êtes peut-être un peu pâle à la lueur des chandelles, mais selon la description que m'avait faite votre mari je prévoyais soigner la Dame blanche en personne !

Cette fois, il rit franchement de sa plaisanterie (que je ne comprenais pas d'ailleurs) et il essuya de plus belle son front moite de sueur. Le maître ouvrit brusquement la porte :

– Pourquoi riez-vous ? lança-t-il, sur le point de laisser libre cours à sa colère, car l'inquiétude le rendait de mauvaise humeur.

– Pour rien, monsieur, pour rien, nous avons presque terminé.

Mon époux referma la porte aussi peu délicatement qu'il l'avait ouverte et le médecin se tourna vers moi, avec plus sérieux.

– Qui est la Dame blanche ? lui demandai-je, intriguée.

– Vous ne connaissez pas cette histoire ? dit-il, étonné.

– Non, je ne la connais pas.

– C'est bien étrange puisque vous vivez au manoir.

– Je ne suis ici que depuis peu, monsieur.

– Alors je vais vous la raconter, car elle mérite qu'on la connaisse, surtout s'il vous prend l'envie de sortir la nuit.

– Je ne sors pas la nuit, mon mari ne souhaite pas que je m'attarde au-dehors après le coucher du soleil.

– Et avec raison ! fit-il, l'air sévère, avant de poser sa plume près de l'encrier et de se caler confortablement sur sa chaise. On dit qu'une dame habillée de blanc, morte dans d'étranges circonstances, hante les bois de votre village depuis quelques années. C'est une légende somme toute assez étrange. Elle aurait été tuée par on ne sait qui pour une raison inconnue et elle erre, ainsi, à la recherche de son meurtrier… Pour se venger. On l'appelle la Dame blanche parce que, lorsqu'on l'aperçoit, elle nous apparaît un peu comme une lumière blafarde se dissimulant parmi les arbres de la forêt. Une lumière vacillante qui avance très lentement…

J'eus peine à réprimer un frisson à la pensée que j'aurais très bien pu la rencontrer, moi qui étais sortie en pleine nuit à la recherche de mon époux. J'étais encore une fois la toute dernière à connaître les histoires du village. Si j'avais su qu'un fantôme avait été aperçu dans les environs, je serais restée sans aucun doute bien sagement blottie sous les couvertures ! Je n'avais jamais vu de revenant et m'en portais fort bien.

– C'est à peu près tout ce que je connais de cette légende, mais assurément les gens de la seigneurie pourraient mieux vous la raconter… On aurait souvent vu la Dame blanche marcher au village et autour du presbytère.

Le médecin continua son interrogatoire sans se soucier du fait que j'avais maintenant remonté les couvertures jusque sous mon nez.

– Une dernière question, madame. Je suis bien désolé de devoir vous la poser, car elle est de nature plus personnelle, mais en tant que médecin il est de mon devoir de le faire…

Il inspira profondément.

– Je vous écoute.

– Quand, pour la dernière fois, avez-vous eu à utiliser des guenilles ?

Cette fois, je fus totalement horrifiée ! En quoi cela pouvait-il l'aider à me guérir d'une maladie qui, de toute façon, était fort probablement inexistante ?

– Monsieur ! Dois-je vraiment répondre à cela ? Vous me mettez extrêmement mal à l'aise et je ne crois pas que mon mari puisse accepter que je parle aussi librement de mon intimité !

– Vous le devez, malheureusement. Je ne pose que les questions qui me sont utiles pour effectuer un juste diagnostic. Quand avez-vous été indisposée pour la dernière fois ? Quand avez-vous eu vos saignements de femme ?

Je tentai d'y réfléchir bien malgré moi, furieuse. Je ne me souvenais plus… Mais il me semblait que cela faisait déjà un bon moment… Ce n'était pas une chose que je remarquais délibérément. Je devais lui donner une réponse :

– Il y a longtemps. Je ne me souviens pas de cela comme d'un grand événement, monsieur, ajoutai-je, hautaine.

Il se leva alors, visiblement heureux de ce qu'il avait à m'annoncer :

– Alors, madame, trêve de rêveries et d'histoires de fantôme : vous n'êtes pas malade, mais bien seulement un peu fatiguée. Vous avez besoin de beaucoup de repos et il vous est désormais interdit de porter un corset. Du moins jusqu'à la venue du bébé, vraisemblablement à la fin du printemps.

Il se recula légèrement, penchant la tête et plissant les yeux, attendant avec un large sourire satisfait de connaître ma réaction.

Quoi ? Je serais bientôt mère ? Comme mon amie Babette ! J'allais avoir un enfant ? Un enfant de mon mari, qui lui ressemblerait et me ressemblerait ? Je rejetai violemment les couvertures qui entravaient mes mouvements et m'agenouillai d'un seul trait dans le lit. Comment serait-il ? Je posai une main sur mon ventre en imaginant le petit être vivant qui s'y trouvait déjà : il ne devait pas être bien gras ! Pendant que le médecin se dirigeait d'un pas pressé vers la porte de la chambre afin d'annoncer la bonne nouvelle à mon époux, je ne pouvais que penser à ce petit qui grandissait en moi. Oh ! comme je l'aimerais ! Comme je l'aimais déjà ! Je serais une bonne mère, affectueuse et attentionnée... Je refuserais de prendre une nourrice, je l'allaiterais moi-même au sein, en le berçant tendrement...

Mon mari s'avança dans la chambre. Lorsqu'il se pencha vers moi, il souriait de toutes ses dents.

– Dieu, Élisabeth ! Vous me donnerez un fils !

Le peu de mots qu'il prononça était chargé d'une si vive émotion que je n'en demandai pas davantage. Il me souleva brusquement et me tint fortement dans ses bras, un long moment, son visage tout près du mien. Je sentis son souffle chaud sur ma peau et vis briller dans ses yeux toutes les flammes d'un grand bonheur.

Je décidai qu'en une pareille heure je pouvais me permettre de le taquiner :

– Vous m'avez déjà dit que vous ne croyiez pas en Dieu, monsieur, et je viens tout juste de vous entendre invoquer Son nom !

– Ah non ! Je n'ai pas dit ça ! me corrigea-t-il sévèrement, je crois en Lui autant que je crois en Satan ! J'ai seulement dit qu'Il n'était point le bienvenu sous mon toit !

Avant que le médecin ne se retire pour un repos bien mérité, je lui fis promettre de prendre le temps, le lendemain, de m'expliquer pourquoi il me savait grosse, moi qui n'avais jusque-là rien soupçonné. Il s'y engagea bien volontiers, satisfait d'avance de pouvoir étaler à qui le demandait ses connaissances médicales.

Mon mari souffla lui-même les bougies sans prendre la peine de se servir de l'éteignoir (qu'il n'utilisait jamais d'ailleurs) et m'embrassa une dernière fois avant de sortir. Je fermai les yeux pour ce qu'il me restait de nuit, seule dans le noir, étourdie de ravissement. Le feu crépitait encore dans l'âtre, mais le soleil se lèverait bientôt sur un bonheur nouveau. Le maudit coffre de la chambre jaune se trouvait alors bien loin de mes pensées.

Je me pelotonnai sous les couvertures en pensant à mon bébé… notre bébé, qui ne devait pas être plus gros que le bout de mon doigt… ou même de mon ongle! Je songeai avec délice à cet enfant qui serait si beau, si fort et si parfait…

Mais tout juste avant que je ne sombre dans une douce torpeur, remplie de promesses, une ombre vint ternir mon euphorie. Une ombre infime mais suffisamment dérangeante pour me faire froncer les sourcils, dans mon demi-sommeil. Car je pensai à la Dame blanche qui errait la nuit… Et à mon époux, qui, étrangement, faisait la même chose… Et je me demandai s'ils s'étaient déjà rencontrés tous les deux, au tournant d'un sentier, éclairés par la lune et entourés de ténèbres. Qui aurait peur de qui alors?

Un sourire se dessina sur mes lèvres quand je me répondis que ce serait elle… Elle qui s'effacerait humblement sur son passage.

Je m'éveillai un peu plus tard dans la matinée, aussi épuisée que la veille au soir, mais bien trop heureuse pour rester au lit: il me fallait voir des gens pour leur annoncer la bonne nouvelle. Je me lavai les mains, le cou et le visage et m'habillai d'une simple robe de paysanne en prenant soin de ne point revêtir de corset. Je brossai mes cheveux et les tressai rapidement avant de me précipiter dans les escaliers. En palpant mon ventre des deux mains, je fus déçue de ne pas y trouver plus de rondeurs que la veille. Je croisai d'abord François qui montait, les bras chargés de grosses bûches de bois. Il s'arrêta à ma hauteur et s'inclina très bas en me saluant:

– Je vous souhaite le bonjour, madame. Veuillez accepter mes plus sincères hommages ainsi que ceux de ma famille, car nous venons tout juste d'apprendre l'heureux événement. Nous nous réjouissons déjà de la venue d'un héritier pour le maître, ajouta-t-il, le visage impassible.

C'était la première fois qu'il s'adressait à moi à l'aide de phrases contenant plus de trois mots, aussi me fallut-il quelques secondes, la surprise passée, pour assimiler son mauvais texte appris par cœur. Du haut de mon nouveau statut de mère, je me permis de lui répondre en affichant un air important:

– Je vous remercie, François.

Son attitude soudainement cordiale ne m'encouragea guère cependant à entretenir une conversation avec lui. Je me souvenais encore avec rancune qu'il rapportait tous mes faits et gestes à mon époux et décidai qu'il était plus que temps que je m'impose davantage à lui en qualité de maîtresse de maison. Je lui tournai froidement le dos et nous poursuivîmes chacun notre chemin, lui avec son chargement de bois, moi avec mon air condescendant. Je me dirigeai vers les cuisines, cette fois armée d'un sourire beaucoup plus sincère, afin de retrouver Angélique et Sophie qui firent, par bonheur, un accueil plus spontané à mon nouvel état:

– Madame! Comme je suis heureuse pour vous! me signifia Angélique en me prenant sans gêne aucune dans ses bras, puis en posant une main bien grasse sur mon ventre plat.

Sophie souriait aussi de toutes ses dents, visiblement ravie pour moi, mais plus discrète, les deux bras plongés jusqu'aux coudes dans la grande buée qui se formait autour des dizaines de plats qu'elle frottait, puis rangeait sur un égouttoir de bois.

– Je suis tout simplement enchantée de ce qui m'arrive, affirmai-je alors. Le médecin me l'a annoncé cette nuit même. Comme ça ! Et moi qui ne pouvais absolument rien savoir : je n'ai pas encore le moindrement épaissi de la taille.

Angélique jeta un regard étonné à sa fille et elles se mirent toutes deux à glousser doucement. Comme je ne saisissais pas ce qui les amusait tant, la première me confia, l'œil pétillant :

– Mais nous nous attendions à cette nouvelle depuis déjà un certain temps, Sophie et moi.

– Ah oui ? Comme c'est étrange. Pourquoi vous y attendiez-vous ?

Angélique me dévisagea drôlement, l'espace d'un instant, le menton tremblant à force de réprimer un rire, puis elle s'esclaffa pour de bon. Cette fois, je fus contrariée de ne rien entendre à leur petit jeu et je le lui fis savoir bien avant qu'elle ne le remarque elle-même :

– Vous moquez-vous de moi, Angélique ?

– Bien sûr que non, madame ! Je ne me le permettrais jamais ! reprit-elle avec plus de sérieux. C'est que voyez-vous... je n'avais pas eu à frotter vos guenilles depuis un certain temps.

– Et alors ? demandai-je, furieuse.

C'était la seconde fois que quelqu'un faisait pareil rapprochement et je me sentais idiote de ne rien y comprendre. Je croisai les bras sur ma poitrine, offusquée de plus belle, attendant les explications auxquelles j'estimais avoir droit.

Angélique parut cette fois déployer des efforts incommensurables afin de contenir un nouvel éclat de rire. Je ne bronchai pas. Elle prit quelques secondes pour se ressaisir, ce qu'elle parvint à faire non sans mal, puis se mit en devoir de me raconter en long et en large ce que je voulais savoir.

– Je suis bien désolée, je ne me moque pas de vous, madame. Je ne pensais plus au fait que vous aviez été élevée par les religieuses... Cela explique... Enfin, venez vous asseoir. Il est tout à fait normal que vous ne sachiez pas... Enfin... Venez, venez et asseyez-vous. Sophie ! Prépare quelque chose à madame : elle doit mourir de faim puisqu'elle s'est levée si tard.

Nous nous assîmes toutes deux à la table de cuisine et Sophie déposa devant moi pain beurré, confitures et graisse de rôti. Elle s'éclipsa aussitôt, prétextant quelques tâches à effectuer à l'étage, mais je savais que c'était plutôt la discrétion qui l'empêchait d'assister à notre conversation. Cette fille était comme une souris : elle allait et venait dans la maison sans que l'on sache qu'elle s'y trouvait. On reconnaissait sa présence à un pot soudainement rempli de fleurs fraîches, à un lit impeccablement refait, à une table débarrassée de sa couche de poussière. Je lui sus gré de sa délicatesse même si je me doutais bien que sa mère allait fort probablement lui rapporter notre entretien en détails.

Angélique me laissa avaler tranquillement quelques bouchées, gagnant ainsi un peu de temps, puis commença son exposé aussi franchement que le ferait une mère pour son enfant :

– Voilà. Quand un homme et une femme s'épousent, c'est tout d'abord pour avoir des enfants.

– Je le sais fort bien.

– Ensuite, quand ils consomment le mariage... L'homme et la femme, je veux dire... C'est aussi dans le but d'avoir des enfants...

– Ce n'est pas uniquement pour cela...

– Mais certainement !

– Ce n'est pas ce que votre maître m'a appris.

Angélique fit claquer sa langue, fronça les sourcils et se mit à secouer la tête si énergiquement que je crus qu'elle allait en perdre son bonnet :

– Doux Jésus ! Je ne veux pas savoir ce qu'il vous a dit !

Cette fois, c'est moi qui pus m'amuser de sa mine déconfite :

– Il m'a dit qu'un homme et une femme…

– Ah NON ! Je ne veux rien entendre !

– … peuvent aussi avoir du *plaisir* ensemble.

– Doux Jésus ! Doux Jésus !

Elle se signa si rapidement que j'eus peine à suivre ses gestes des yeux. Je calai mon dos contre la petite chaise de bois sur laquelle j'étais assise, scandaleusement satisfaite de l'avoir au moins un peu épouvantée, elle qui avait osé s'amuser à mes dépens la minute d'avant.

– Qu'est-ce qui ne va pas ? lui demandai-je en riant.

– Ce qui ne va pas ? Mais madame, Dieu permet le mariage entre un homme et une femme seulement afin qu'ils puissent concevoir ! Le mariage rend l'acte de la chair… acceptable puisque nécessaire. Mais l'acte en soi reste une chose mauvaise de par sa nature même. Mais par-dessus tout, par-dessus tout… Une femme ne devrait jamais éprouver de plaisir pendant… LA CHOSE ! C'est inconcevable !

– Mon époux ne me déplaît point, pourtant.

– C'est un péché ! Le Péché de la Chair !

Elle s'était levée, un doigt s'agitant sous mon nez. Si je n'avais pas été sa maîtresse, j'aurais pu penser qu'elle me faisait la morale. De grandes plaques rouges avaient envahi ses joues grasses, son front, et même ses oreilles. Je remarquai qu'elles contrastaient de façon bien peu jolie avec sa peau blanche et sans rides. Parce que les grosses femmes, même vieilles, n'ont presque jamais de rides, c'est en tout cas ce que j'avais cru remarquer.

Je me rembrunis et croisai de nouveau les bras sur ma poitrine. Je savais bien ce que disait l'Église à propos du mariage, mais était-ce une faute si grave que d'éprouver du plaisir charnel ? Quand je retrouvais mon mari, à la nuit tombée, je n'aspirais jamais à autre chose qu'à me blottir avec délice dans ses bras. Je n'allais pas le rejoindre dans le but unique de concevoir un enfant. Peut-être alors valait-il mieux que je me confesse ? Je repoussai toutes ces pensées avec agacement.

– Mais peu m'importe le péché, Angélique, laissons à Dieu le soin de juger de ma faute, expliquez-moi plutôt pourquoi vous me saviez grosse.

Elle replaça ses énormes fesses sur sa chaise et ferma les yeux un moment. Peut-être pour retrouver son calme, peut-être pour réfléchir à la question. Elle commença :

– C'est très simple, madame : lorsqu'une femme saigne, c'est qu'elle n'aura pas d'enfant. Lorsqu'une femme ne saigne plus pendant quelques mois, il y a de fortes chances pour qu'elle soit grosse. Parce que lorsque l'on porte un enfant, on ne saigne plus.

– Pourquoi ?

– Parce que le sang emporterait le bébé avec lui en coulant… hors du corps de la mère. Alors Dieu, dans Son infinie sagesse, empêche la femme de saigner quand la vie grandit en elle, afin qu'elle y reste. Quand une femme perd son enfant avant son temps, elle saigne beaucoup ! Et elle a des douleurs atroces au ventre.

– Ah ?

– J'ai connu une dame, dans ma jeunesse, qui saignait tout au long de ses grossesses. C'était une bonne amie de ma pauvre mère. La sage-femme du village où nous habitions lui conseillait de s'allonger souvent pour ne pas qu'elle donne naissance trop tôt. Mais il fallait bien qu'elle travaille ! Dieu lui a donné six beaux garçons en bonne santé ! Mais elle a perdu trois filles.

– Alors… Si je saigne, maintenant, je dois m'inquiéter ?

– Cela n'arrivera pas. Je prendrai bien soin de vous, ajouta-t-elle en se levant à nouveau. Vous pensez bien, madame, que c'est ce que le maître nous a tous ordonné ce matin. De bien veiller à votre santé.

J'acquiesçai avec un sourire.

– Vous devriez aller voir la veuve Petit, c'est la sage-femme du village. Elle accouche les mères depuis au moins six ans. Elle est très débrouillarde malgré son jeune âge. On peut lui faire confiance. Je l'ai souvent vue se dépêtrer de situations bien difficiles. Elle vous dira quoi faire afin que tout se passe bien durant les prochains mois. Elle tient son savoir de sa mère et même de certaines Sauvagesses d'un village où son mari faisait commerce. Elle connaît des plantes et des écorces qui, une fois bouillies, soulagent la douleur des entrailles et rendent la femme plus forte pour pousser.

Puis, se penchant vers moi, Angélique me chuchota d'un air entendu :

– Elle a aussi un don pour deviner le sexe de l'enfant. En touchant le ventre et en fermant ses yeux, comme ceci. Mais ne le dites pas au curé : il crierait assurément à la sorcellerie !

– Ne vous tourmentez pas à ce propos. Ce n'est pas moi qui irai le lui raconter. Mais je ne suis pas certaine d'apprécier les méthodes des Sauvages en ce qui a trait aux accouchements. J'ai entendu dire que lorsque l'enfant se présente mal, on suffoque la mère afin que celle-ci puisse l'expulser dans un dernier sursaut, en se débattant contre la mort…

– C'est horrible ! Marie-Geneviève ne fait pas de telles choses ! Elle est d'une douceur exemplaire ! Je l'ai déjà vue retourner un bébé qui se présentait par les pieds uniquement en massant le ventre de la mère.

– Elle est veuve ?

– Oui. Depuis quelques mois.

– Pourquoi ne s'est-elle pas encore remariée ?

– Oh. Elle le fera certainement bientôt. En Nouvelle-France, une femme de son âge ne peut pas rester seule. L'Église ne le permettrait pas.

Le médecin se prépara à partir pour Québec au courant de la matinée et ne me donna pas les explications qu'il m'avait promises. Mais maintenant qu'Angélique m'avait tout dit sur le sujet, je n'avais plus rien à demander. Comme un homme du village qui faisait le voyage avec son fils l'emmènerait, François n'aurait pas à se déplacer aussi loin une seconde fois. Le médecin recommanda à mon mari, en enfilant son manteau de grosse fourrure, de veiller à ce que je mange davantage, car il me trouvait beaucoup trop maigre pour porter un enfant, et de m'éviter tout désagrément inutile parce que, selon lui, j'étais d'un tempérament fortement sanguin. Je trouvai ces conseils excessifs : je n'étais pas à ce point sensible et je mangeais bien suffisamment, même si j'aurais sans doute été encore plus jolie avec quelques courbes en plus.

Je ne me sentais pas très bien : le repas que je venais de prendre menaçait, comme certaines fois, de retourner d'où il venait. Je m'excusai auprès de mon époux afin de monter faire la sieste, mais celui-ci insista pour me raccompagner à mes appartements : il ne voulait pas que je me trouve mal et que je perde pied avant d'avoir la tête posée sur l'oreiller. Je protestai pour la forme, mais étais secrètement ravie de faire encore une fois les frais de son inquiétude. Je constatai avec déception, en arrivant à l'étage, que le médecin avait dormi dans une des chambres faisant face à mes appartements. On l'avait préparée expressément pour lui. La jaune était restée inutilisée et vide au bout du couloir. On la réservait vraisemblablement pour un autre usage. Pour la sorcière du tableau…

Babette m'avait dit qu'elle avait vu, elle aussi, mon époux errer la nuit. Qu'elle l'avait bien observé et qu'il semblait chercher quelque chose… Se pourrait-il qu'il la cherchât, elle ? Qu'elle l'attendît chaque nuit, camouflée quelque part ? Dans un endroit secret connu d'eux seuls ? Non. Cela était ridicule. Et bien peu probable. Pourquoi se retrouver dans les bois ou aux abords du village quand tout un chacun a le nez collé à sa fenêtre ? Mais que faisait alors ce coffre dans la chambre tout au fond du couloir ? Et que faisait ce grand tableau, presque grandeur nature, sur un des murs de la salle à manger ? Peut-être que les sorties nocturnes de mon époux ne concernaient en rien cette mauvaise femme, mais qu'elle tenait tout de même une place privilégiée au fond de son cœur. Peut-être était-ce une dame de Québec, qui se déplaçait jusqu'ici à l'occasion, dans le plus grand des secrets, laissant par commodité quelques effets au manoir, mais n'y venant plus depuis que son amant avait pris épouse…

Les questions venant tour à tour torturer mon esprit resserrèrent leur étau puissant sur mon cœur. Je savais bien que je devrais les poser un jour. Car plus le temps passait, plus elles semblaient constituer le seul obstacle à mon bonheur…

Mon bonheur…

Commençais-je finalement à le trouver, auprès de cet homme si autoritaire ?

Après que mon mari m'eut ouvert la porte de ma chambre, il baisa mes yeux :

– À quoi pensez-vous, ma toute belle ?

– À rien de bien précis. Ce ne sont que ces affreuses nausées… Elles me laissent bien peu de répit.

– Alors reposez-vous, et soyez sage.

Il me déshabilla, puis m'aida à m'allonger sur le lit. Je dormis d'un sommeil sans rêves jusqu'à midi.

Cette nuit-là, quand je traversai le petit couloir menant à la chambre de mon époux, il était déjà tard. Le manoir était plongé dans une obscurité presque totale et le bruit de mes pas feutrés sur le plancher de bois verni se répercutait comme un doux chuchotement. Un petit chandelier à la main, un bout de ma robe de nuit dans l'autre, je passai la tête par la porte entrebâillée et constatai que la pièce était vide. Je n'aimais guère me retrouver seule dans les appartements de mon mari. L'endroit était étrange et inquiétant... sans lui. Je savais qu'il ne tarderait point et cette pensée seule m'encouragea à entrer.

Je refermai délicatement la porte derrière moi et déposai le chandelier avec précaution sur une des commodes près du grand lit. Je m'approchai de l'âtre où rugissait un grand feu : au moins serais-je dans la lumière. Je m'installai confortablement sur une chaise et ouvris le livre que je tenais à la main afin de poursuivre une intéressante lecture que j'avais abandonnée la veille. Mais les flammes dansantes projetèrent aussitôt au plafond une multitude de formes sinistres et, pour les accompagner, des ombres s'allongèrent sur chacun des murs en sinuant autour des pierres dont ils étaient bâtis. Je soupirai : il ne me fallait pas avoir peur seulement parce qu'il faisait nuit. Il n'y avait aucune raison. Il n'y avait autour de moi qu'un lit et quelques meubles. Je reportai mon attention sur un paragraphe à peine entamé.

Mais rien n'y fit. Les ténèbres prenaient toute la place dans mon esprit et je n'avais envie que d'une chose : qu'il fasse jour. Il me tardait que mon mari arrive enfin. Je présentai mon dos au feu de façon à faire face à la chambre... Et aux fenêtres. Parce que c'était surtout celles-ci qui me dérangeaient, avec leurs rideaux grands ouverts. Comment savoir si un visage complètement blanc, pâle comme la mort, n'y apparaîtrait pas bientôt ? Je déglutis péniblement.

Soudain, un bruit étrange, près de moi... dans le noir.
Comme un glissement.
Puis, plus rien.
Je restai immobile, quelques secondes... tendant l'oreille.
Juste le silence de la nuit.
Une lame du plancher grinça. Devant la porte.

Cette fois, je n'y tins plus: je me précipitai sur le grand matelas de plumes en prenant bien soin de ne point laisser mes pieds toucher trop longtemps au sol. Et si la Dame blanche était cachée là, sous le lit, avec ses doigts de morte, prête à se saisir de mes chevilles? Mes yeux se remplirent de larmes brûlantes et je remontai les couvertures sous mon nez. Je jetai un second coup d'œil aux fenêtres qui donnaient sur la nuit, dont les lourds rideaux pendaient mollement de chaque côté. Pourquoi personne n'avait pensé à les tirer justement? Et que faisait mon mari? Je ne voulais pas rester seule ici à l'attendre, mais maintenant que je m'étais réfugiée sous les draps, rien n'aurait pu m'en déloger! J'essuyai une larme qui chatouillait désagréablement le coin de mon œil, puis tentai de rester immobile afin d'entendre les bruits autour de moi...

Rien.

J'avais probablement l'imagination trop vive. Le médecin avait eu raison après tout. J'étais sûrement trop fragile et encline aux ardentes émotions. Comme je devais paraître sotte à me cacher ainsi comme une enfant, la peur faisant taire jusqu'à mon orgueil! Je tentai de me calmer en inspirant profondément, mais cela ne fit qu'accroître mon malaise. Je ne pouvais cesser de songer à la Dame blanche et à la nuit qui m'entourait. Comme j'aurais souhaité n'avoir jamais entendu cette maudite histoire!

Soudainement, comme s'il avait compris mon tourment, mon mari ouvrit avec force la porte de la chambre.

Je sursautai comme une gamine, mais fus aussitôt grandement soulagée de le reconnaître. Il n'avait pas de chandelles à la main et les ténèbres du couloir entrèrent avec lui. Comment faisait-il pour se déplacer ainsi, sans la moindre parcelle de lumière ? Il resta un instant interdit, puis fit quelques pas vers moi, hésitant. Je ne pouvais voir son visage tant il faisait noir.

– Pourquoi avez-vous crié, Élisabeth ? me demanda-t-il doucement, craignant de m'affoler davantage.

– Je n'ai pas peur de vous, monsieur, c'est plutôt qu'il fait bien sombre ici et que je me sens nerveuse… Il me tardait de vous retrouver enfin.

Il s'approcha d'un bon pas, me prit dans ses bras et me regarda longuement en souriant. Je lui rendis son sourire. Il s'étendit auprès de moi sans se dévêtir. Ses yeux, dans lesquels je voyais luire les flammes qui rugissaient dans l'âtre, ne quittèrent pas les miens.

– Il vous tardait de quoi ?

– De vous… retrouver.

– Vraiment ? Il vous tardait de me retrouver ? Est-ce bien vrai, Élisabeth ?

– Oui, monsieur.

– Appelez-moi par mon nom. Pour la première fois… Dites-le donc enfin.

– Rémy…

– N'ayez plus peur, pauvre petite souris. Je suis là, me dit-il d'un ton plus sérieux. Je serai toujours là. Quoi que vous fassiez, je suis auprès de vous. Rien ni personne ne vous fera de mal. Je vous vois. Toujours. Je vous aime.

– Vous… m'aimez ?

– Oui. Je n'aurais pas cru cela possible. Et pourtant je vous affirme aujourd'hui que, même dans la mort, je reviendrais pour vous. Dites-moi que vous m'aimez aussi, Élisabeth.

– Je vous aime. Je vous aime.

Je compris, cette nuit-là, que je n'aurais pu consentir à offrir ma main à un autre homme que lui. Qu'il ait été seigneur n'avait plus d'importance à mes yeux. Tout cela me paraissait bien futile, si j'étais à ses côtés. Il était fortuné, tant mieux. Il aurait été trappeur ou Sauvage, je l'aurais suivi dans sa tanière au fond des bois. Je n'avais plus de volonté, sinon celle de me soumettre avec adoration au diable en personne. Je l'aimais comme s'il n'y avait jamais eu que lui. Comme s'il existait déjà en moi... Depuis longtemps. Cet être étrange m'avait mise dès le premier jour dans un état incompréhensible, à mi-chemin entre l'adoration et l'effroi.

Je repensai à mes rêves d'enfant: des rêves d'affection tendre, simple et fragile. Je voyais à présent que l'amour ne pouvait toujours avoir comme prélude les sentiments solides d'une amitié longuement partagée où les doux regards lancés à la dérobée rendent maladroits les angéliques soupirants. L'amour pouvait aussi arriver telle une malédiction: inattendue et terrible. J'avais vécu auprès de cet homme en lui résistant de toutes mes forces et en y succombant maintenant sans aucune retenue.

Je m'endormis dans ses bras, paisiblement. Pour la première fois, mon mari m'avait dit les mots que, sans vraiment le savoir, j'attendais tant: *je vous aime. Je vous aime.*

Le lendemain, je décidai de retourner fouiller le coffre en me promettant que cela serait la dernière fois. Je n'y trouvai rien de particulier... Que des accessoires de toilette, des cosmétiques luxueux et des vêtements de femme. Je dénichai quelques pots de crème aux odeurs écœurantes, des fards rouges aux nuances diverses, du blanc de céruse, espèce de poudre à base de plomb pour blanchir la peau, du lait d'amande et de l'antimoine pour noircir les cils. Aucun livre, aucune lettre, rien ne pouvant me faire connaître l'identité de la propriétaire de tout ce fatras. Je rangeai la malle à sa place, sous le lit, comme je l'avais trouvée, puis décidai de l'oublier pour de bon. Je refermai la porte de la chambre jaune derrière moi, descendis tranquillement au rez-de-chaussée et me dirigeai d'un pas assuré vers la salle à manger. Il n'y avait personne. Je regardai la femme du tableau en plein visage, en posant une main légère sur mon ventre. Elle n'était ni laide ni jolie, ses traits étant difficilement reconnaissables sous les coups de pinceau délibérément brouillés. Mais elle était jeune, incontestablement jeune. La robe qu'elle portait était bien celle que j'avais découverte dans le coffre.

– Toi ! lui dis-je comme un défi. Voilà que je porte son enfant ! Qui que tu sois ou que tu aies été, tu n'existes plus !

Je retournai tranquillement d'où je venais, parfaitement satisfaite de lui avoir enfin dit le fond de ma pensée.

Chapitre XV

Le printemps tardait à pointer le bout de son nez et la neige tombait certains jours sans relâche. Comme si l'hiver n'en finirait jamais. En ce mois de mars 1667, le froid nous laissait parfois quelques jours de répit, mais revenait immanquablement, mordant et sans pitié. Les habitants restaient cloîtrés dans leur maison et ne sortaient que pour soigner les animaux, rentrer des bûches ou se visiter les uns les autres. Personne ne venait au manoir et nous n'allions guère plus au village. Il y avait maintenant longtemps que je n'avais vu Babette et Marie-Anne et j'aurais bien aimé savoir ce qu'elles devenaient. Je me demandais si Honoré était revenu des bois… Et si Marie-Anne pleurait toujours son petit Toussaint. Babette devait être bien grosse à présent… Savait-elle que mon enfant naîtrait presque en même temps que le sien ? Est-ce qu'on savait quoi que ce soit sur moi, au village ?

J'avais enfin pris quelques belles rondeurs, ce qui m'avait permis de revêtir les nouvelles robes que mon mari m'avait fait confectionner. Même s'il me semblait que je n'arriverais jamais à les remplir en entier, je me réjouissais que tout le monde puisse me voir les porter. Je déplorais cependant grandement que ce monde se limitât toujours aux mêmes personnes… La solitude, que j'avais pourtant si bien recherchée tout au long de ma vie, me pesait parfois.

Mes nausées de femme ne semblaient pas vouloir disparaître (malgré qu'elles dussent toujours le faire d'un moment à l'autre, selon Angélique), mais j'avais appris à les supporter. Il me suffisait de manger lentement et de petites portions à la fois : les repas copieux ne me réussissaient guère et se retrouvaient toujours après quelques minutes dans le pot de chambre. Le vin, étrangement, avait le même effet. Je ne pouvais en supporter ni l'odeur ni la vue. Beaucoup de choses me dégoûtaient en fait, dont les choux cuits, qui auparavant faisaient pourtant mon régal. Mon mari veillait donc à ce que ceux-ci ne se retrouvent jamais sous mes yeux. Il donnait des ordres à Angélique, Sophie ou François afin que je puisse toujours avoir ce dont j'avais envie. Quand je parlais de viande fraîche, il faisait tuer un cochon, un poulet ou sortait lui-même pour ramener du petit gibier ; quand je ne pouvais que supporter la vue de fruits, il envoyait quérir pour moi, à la cave, deux ou trois pommes encore juteuses ; et quand j'avais envie de petites douceurs, il ordonnait qu'on me cuise sur-le-champ de succulentes tartes ou de petits gâteaux. Bref, il répondait à mes moindres désirs et cela faisait de moi une épouse comblée et rayonnante de bonheur.

Une nuit où il faisait particulièrement chaud dans les appartements de mon mari, je m'étais levée avec peine afin de repousser les couvertures à mes pieds. La grossesse me donnait de fréquentes bouffées de chaleur et il me fallait prendre un peu l'air. J'étais donc assise au bord du lit, frottant mes reins endoloris, quand je me rendis compte que j'étais seule : mon époux était sorti encore une fois. Je soupirai, agacée. Malgré mon désir de fermer les yeux sur ces étranges agissements, chaque fois c'était la même chose : j'étais terriblement contrariée. D'autant plus que je n'étais guère avancée dans mes recherches : je savais où mon époux allait, mais je ne savais pas ce qui l'emmenait au-dehors.

– Mais qu'est-ce qu'il fabrique ? pestai-je à voix haute, impatiente, comme si quelqu'un pouvait sortir de nulle part pour répondre à ma question.

Je me levai, de bien mauvaise humeur, et m'avançai vers une fenêtre pour l'ouvrir et jeter un œil à l'extérieur, laissant, par le fait même, entrer un peu d'air frais. Je dus repousser de la main un petit amoncellement de neige qui menaçait de tomber sur le plancher. Mon mari verrait bien à son retour que j'avais ouvert une fenêtre… Donc que je m'étais levée… Donc que j'avais remarqué son absence. Peut-être cela le pousserait-il à me fournir des explications… Mais j'en doutais.

– Qu'il aille donc au diable!

La grossesse ne me donnait pas que de mauvaises chaleurs, mais aussi d'exécrables sautes d'humeur. Je jetai un œil à la ronde, furieuse, les mains croisées sous mon ventre rond. Mon époux n'était visible nulle part et je n'entendais point le pas de son maudit cheval. Il devait déjà être loin.

Je m'accoudai à la fenêtre, puis fermai les yeux en inspirant profondément. Il ne faisait pas si froid après tout. J'écartai un livre qui traînait sur une chaise que je tirai vers moi afin de m'asseoir confortablement. Je regardai, sans vraiment la voir, la vaste forêt qui me faisait face. Au-dehors, tout était blanc. Et immobile. Une neige douce et tranquille se mit à tomber en silence. Je restai assise ainsi, encore et encore, une main errant négligemment sur mon ventre de femme. Au bout d'un moment, les flocons se firent plus denses. L'hiver avait pris possession de la nature.

Comme tout était paisible, comme tout était beau! Même le vent s'était tu. Je laissai ma tête reposer sur l'épais châssis de bois et les rideaux de velours vinrent caresser mes jambes nues. Je les ramenai sur ma robe de nuit comme une douce couverture. En soupirant… mais, cette fois, de bonheur. Je plissai les yeux pour percer le voile de neige qui chutait tout autour.

La lune était invisible, mais il était possible, l'hiver, de voir au loin dans les bois. La neige apportait toujours une divine lumière, la nuit. Les arbres s'y détachaient les uns des autres, nus et noirs sur fond blanc. Certains étaient encore verts, d'autres, décharnés, n'avaient plus de feuilles. Mais ils avaient tous pris les couleurs de la nuit, en cette heure tardive où le monde dormait…

Soudain, une vision d'horreur me cloua sur place.

Elle était là.

Tout près.

À l'orée du bois et la tête tournée vers moi.

Elle était *vraiment* là.

Je ne pouvais voir son visage, car ses longs cheveux noirs tombaient de façon grotesque sur ses yeux.

Il n'y avait aucun doute.

C'était bien *Elle*.

Je ne pouvais plus bouger. Je ne pouvais plus penser. Étais-je en train de rêver ? Elle se tenait là, devant moi. Immobile et effrayante dans sa robe en lambeaux d'une blancheur quasi translucide d'où émergeait deux bras d'aspect cadavériques. Oui, c'était sûrement cela… C'était un rêve. Un mauvais rêve. Un horrible cauchemar. Sinon, comment expliquer que sa tête était tournée vers moi, mais que son corps faisait presque face au bois… Se jouait-elle de moi ?

Je devais être folle. Complètement folle. Non. J'étais restée trop longtemps au froid et mes yeux me torturaient méchamment…

Mais elle se mit à marcher. Un pied après l'autre. Sans un bruit. Le corps et la tête immobiles. S'enfonçant résolument dans les bois.

En me regardant… Toujours.

Sans que je puisse distinguer ses yeux.

Sa robe déchirée, qui semblait se balancer au rythme de ses pas, cachait à peine ses pieds recouverts d'une sorte de tissu laiteux et je constatai avec effroi qu'elle ne laissait aucune trace dans la neige.

Puis, dans un moment d'une horreur indéfinissable, je la vis ouvrir la bouche. Comme pour parler. *Me* parler. Mais aucun son ne sortit de cet affreux trou noir.

Elle continua, sans un bruit... S'enfonçant dans les bois... Sans jamais me quitter du regard... La bouche ouverte, et les cheveux tombant devant les yeux...

Puis je ne la vis plus.

Je me levai d'un bond, étourdie et nauséeuse, claquai la fenêtre et tirai les rideaux dans un emportement sans nom. De retour au lit, je m'emparai de mon chapelet et le serrai violemment sur mon cœur. J'en égrenai fiévreusement les billes, une après l'autre, d'une main glacée et d'une voix forte, sans me soucier de reprendre mon souffle.

Je vous salue, Marie,
pleine de grâce,
le seigneur est avec vous.

Pour ne penser à rien.

Vous êtes bénie entre toutes les femmes...

Jusqu'à ce que cessent mes tremblements.

Je ne dormis plus cette nuit-là. Même lorsque mon mari fut de retour. Il s'installa auprès de moi comme s'il n'était jamais sorti et je feignis de dormir profondément. J'avais besoin de prier. En silence. Pour oublier. Afin de faire le vide dans mon esprit. Je ne pouvais plus me permettre de penser. Ou de parler. Je ne le pouvais pas.

Je compris, bien plus tard, que ce qui m'avait le plus effrayée n'était pas tant d'avoir vu un fantôme... mais bien d'avoir été vue par lui. Parce que lorsque mes yeux s'étaient posés sur la Dame blanche, elle me regardait déjà... Et ce, peut-être depuis fort longtemps.

Au petit matin, un affreux mal de tête battait mes tempes. Je me tournai doucement vers mon époux, en massant mon front du bout des doigts, pour le regarder dormir. Il me semblait avoir l'air bien peu commode… même endormi. Je me demandais à quoi il pouvait bien rêver, les sourcils ainsi froncés comme dans un effort de concentration. Il s'éveilla au bout d'une minute, vit que je l'observais, referma les yeux et me prit avec autorité dans ses bras musculeux.

Mais je ne me sentis guère mieux. Dès que je fermais les yeux, je revoyais avec une effroyable précision la Dame blanche se mettre à cheminer vers les bois. Pouvais-je confier à mon mari ce que j'avais vécu durant la nuit ? Que penserait-il de moi ? Me croirait-il ? Je ne savais guère moi-même ce que j'avais vu, ni si cela était réel ou non. Me serait-il possible de raconter cette histoire à quelqu'un, un jour ?…

Je devais plutôt me confesser. La vision cauchemardesque du fantôme était un signe. Un mauvais présage ou un avertissement de Dieu. Tout bon chrétien se devait de communier au moins une fois par mois et se confesser une fois l'an, et il y avait bien plus longtemps que je ne l'avais fait. J'avais honte de m'être laissée aller ainsi. Ne pas aimer un curé n'était pas une raison valable pour manquer à son devoir. Il me fallait prier dans une église. Il me fallait me rapprocher du Créateur. Pour moi et pour l'enfant que je portais.

Dès que mon mari fut complètement éveillé, je lui demandai l'autorisation d'assister à l'office le dimanche suivant :

– Vous voulez vraiment retourner là-bas ?

– Oui. J'ai envie de prier.

– À quel propos ?

– J'ai seulement besoin de me retrouver dans une église. J'aime entendre la messe. Parler à Dieu dans Sa Propre Maison.

– Puisque cela vous plaît, je chargerai François de vous y conduire encore une fois. Je ne veux pas que vous sortiez seule.

Je ne lui demandai pas de m'accompagner lui-même. Je savais bien qu'il refuserait en me jaugeant de son sourire moqueur.

Je devais mes nouveaux traits tirés au manque de sommeil accumulé. Je m'assoupissais sans crainte quand mon mari était auprès de moi, mais dès que je ne sentais plus sa présence sous les couvertures, je pouvais rester éveillée des heures… Et même au-delà de son retour. Même si je ne m'approchais sous aucun prétexte des fenêtres du manoir lorsque la nuit tombait, je vivais quand même avec la perpétuelle terreur de voir apparaître l'affreux fantôme sous mes yeux : qui pouvait m'assurer qu'il ne pouvait pas entrer… en traversant les murs et les portes… juste pour s'assurer de mon tourment une fois de plus ? Qui pouvait me dire avec certitude que la Dame blanche ne m'attendait pas au détour d'un couloir, dans l'unique but de me montrer son horrible visage de plus près ? Mes craintes, tournant parfois à l'obsession, menèrent à une étrange conversation avec mon mari, quelques jours plus tard, après que je me fus plainte de la chaleur qui régnait dans la salle à manger.

– Désirez-vous que j'ouvre la fenêtre qui se trouve tout juste derrière vous ? me suggéra-t-il du bout de la table, un soir où il n'y avait point de lune au-dehors.

– NON ! criai-je alors avec une ardeur démesurée, levant une main comme pour empêcher son geste.

Je n'avais nulle envie de voir passer la Dame blanche et encore moins d'exposer mon dos à sa vue… Si elle errait par hasard dans les environs !

Mon époux leva le nez de son assiette, surpris de mon emportement.

– Et puis-je vous demander ce qui vous pousse à refuser avec autant d'empressement quelque chose d'aussi banal ? lança-t-il après avoir déposé sa coupe de vin et réfléchi un court moment.

– C'est que ma grossesse ne me donne pas que des bouffées de chaleur, mais aussi quelques frissons inattendus, monsieur, fut ce que je trouvai de mieux à lui offrir comme réponse.

– Ah ?

– Ouvrir la fenêtre qui se trouve à mes côtés ne ferait qu'accentuer mon malaise.

– Pourquoi avez-vous donc les épaules ainsi découvertes puisque vous souffrez maintenant de froid ?

– J'allais à l'instant monter me chercher un châle de laine.

Je me levai pour donner suite à mon mensonge, mais mon mari attrapa mon bras au passage.

– C'est une peau bien douce et bien chaude que je tiens là... Où sont donc passés vos frissons, madame ?

– Je...

– JE N'ACCEPTERAI PAS que vous me mentiez ou me dissimuliez des vérités, quelles qu'elles soient, Élisabeth. Je sens votre trouble, comme le prédateur devant sa proie. Vous m'êtes transparente. Malheureusement pour vous ! Dites-moi immédiatement pourquoi vous refusez d'ouvrir cette fenêtre !

Son ordre était sans appel. Il ne me servait à rien de me dérober.

– Monsieur, je vous prie...

– Qu'a-t-elle de particulier, cette fenêtre ?

– ...

Devant l'obstination de mon silence, mon mari s'appuya en soupirant sur le dossier de sa chaise et ferma les yeux, comme pour se ressaisir. Quand il me regarda encore, je vis dans sa façon de scruter le tréfonds de mon âme qu'il m'avait peut-être percée à jour.

– Élisabeth, je vais vous poser une question à laquelle je souhaite, donc exige, une réponse franche et sans détour. Auriez-vous, par hasard, pu observer quelque chose d'étrange ici, au manoir… ou aux alentours ? Au village ou même dans les bois ?

– Je n'ai guère le loisir d'observer quoi que ce soit, monsieur, puisque vous me refusez toute sortie.

Il s'amusa fort bien de ma riposte, puis relâcha mon bras. Il m'étudia un instant, attendant visiblement que je lui obéisse. Je décidai, d'un haussement d'épaules, que s'il voulait la vérité il pouvait bien l'avoir :

– J'ai vu la Dame blanche.

Il se leva d'un bond, stupéfait par ce qu'il venait d'entendre.

– Quoi ?

– J'ai vu la Dame blanche, monsieur, aussi nettement que je vous vois maintenant.

– Vous l'avez vraiment vue ?

– Oui.

– Quand ?

– Une nuit où vous étiez sorti… comme à votre habitude. Une nuit de tempête. Il y a moins d'une semaine.

– Et elle était ici ? Près du manoir ?

– Oui. À l'orée du bois, sous votre fenêtre.

– Pourquoi n'avez-vous rien dit ?

– Je n'en sais rien.

– Êtes-vous bien sûre de ce que vous avez vu, Élisabeth ? Les gens parlent souvent des fantômes, mais existent-ils vraiment ?

Sans vraiment se rendre compte qu'il me faisait souffrir, il s'était emparé de mes deux bras et les malmenait avec toute la délicatesse dont il était capable.

– Je ne suis pas certaine de *ce* que j'ai vu, mais je suis persuadée d'avoir vu *quelque chose*. Et j'ai eu très peur.

Il m'entraîna de son pas pressé jusqu'à la fenêtre, puis en écarta vivement les rideaux. La noirceur était terrible au-dehors. Il se tourna vers moi, les yeux fous.

– Ne racontez à personne ce que vous venez de me dire, Élisabeth. À personne ! Je vous l'interdis. M'avez-vous bien compris ?

– Je ne le ferai pas, soyez tranquille.

– Le médecin m'a recommandé de ménager vos émotions. Ne vous approchez plus des fenêtres dès que la nuit tombe. Et ne vous attardez pas au-dehors. Même en plein jour. Nous irons voir la sage-femme très bientôt afin de nous assurer que tout cela ne vous a pas perturbée outre mesure.

Je pensai avec agacement que je n'avais point besoin que l'on vérifie pour moi l'état de mes angoisses : j'étais *très* bouleversée ! Nous retournâmes nous asseoir et il approcha ma chaise de la sienne. Il vida sa coupe de vin rouge d'un trait et se servit encore généreusement à boire.

– Pourquoi ne m'avez-vous rien dit si vous connaissiez l'existence de… de cette chose ? Est-ce pour cela que vous me refusez toutes sorties ? lui demandai-je alors.

– Si je vous défends de sortir, c'est que cela est mieux ainsi, et je n'ai point à discuter de mes décisions avec qui que ce soit. Mais puisque vous tenez à le savoir, oui, c'est surtout pour cela. Nous ne savons pas ce qu'elle… ce que cette… chose peut faire. Nous n'en savons rien.

– Je ne remets pas en question vos décisions, monsieur…

– Vous le faites, pourtant, puisque vous continuez de discourir de vos suppositions avec votre rouquine d'amie qui, je sais, vient régulièrement vous rencontrer sans ma permission.

Je me sentis si humiliée et si honteuse à la fois… Il savait donc tout ! Et il ne m'avait rien dit ! Mais qui avait pu le lui raconter ? François ? Marguerite qui, comme je m'en doutais, m'avait vue échanger une lettre avec Babette ? Elle avait dû en glisser hypocritement un mot à Angélique qui, je savais, la croisait régulièrement à l'église. Et Angélique était toujours accompagnée de son mouchard de mari, qui n'avait pas dû perdre un seul mot de la conversation.

Je ne voulais point me laisser dominer par mes émotions, mais cela fut plus fort que moi. Je déposai ma serviette, ramassai nerveusement le bas de ma robe qui encombrait mes mouvements et me levai promptement de ma chaise pour quitter la table. Comme j'aurais dû le prévoir, on empêcha ma fuite :

– Personne ne me tourne le dos, Élisabeth, et encore moins MA FEMME ! pesta mon époux.

– Je ne tourne le dos à personne, monsieur. J'ai seulement besoin d'être seule, mais puisque vous savez tout de moi, vous devez le savoir aussi ! lui lançai-je, cette fois en rageant pour de bon.

Il s'amusa de ma colère.

– Alors montez vous préparer pour la nuit. Vous êtes magnifique quand vous vous emportez. Faites-vous belle et tâchez de retrouver vos bonnes dispositions. Je considère que cette conversation est terminée. Je vous rejoins dans mes appartements dans un instant.

Il ne semblait même pas envisager la possibilité d'un refus.

Nous nous rendrions comme convenu au village, le dimanche suivant. Je n'avais pas cessé de songer à la Dame blanche et mes nuits trop courtes avaient creusé de larges cernes sous mes yeux que j'avais réussi tant bien que mal à camoufler sous une mince couche de blanc de céruse. Cette préparation, employée sans retenue, donnait au teint une apparence de poupée malade. Mon mari me préférait de toute façon plus naturelle : il avait vu beaucoup trop de vieilles femmes poudrées de la sorte et jugeait qu'un défaut caché était mille fois plus apparent. Il avait bien raison. Tous ces cosmétiques, que certaines grandes dames employaient tous les jours, finissaient probablement par abîmer la peau. Je jetai un dernier regard au miroir de ma chambre afin de m'assurer que rien n'y paraissait : le curé ne prisait évidemment pas le fardage dans la maison de Dieu. Je ne voulais en aucun cas lui faire le plaisir de me prendre en défaut.

Nous partîmes pour l'église dans un froid hostile, le genre de froid qui fait coller les narines ensemble à chaque inspiration. Car, malgré un ciel d'une limpidité irréprochable, la journée était glaciale. Angélique et Sophie discutèrent pourtant tout au long du trajet, dans un élan d'optimisme, du beau soleil qui éclatait en mille paillettes sur la neige. Quant à moi, j'employais plutôt mon temps à lancer mes plus mauvais regards à François qui m'avait peut-être surprise à un moment ou l'autre en conversation avec Babette. Je détestais les opportunistes de son espèce, prêts à rapporter les faits et gestes de chacun dans le seul but de plaire à leur maître ! Mais je posai aussi quelques regards anxieux sur les bois environnants, me demandant si j'allais y apercevoir la Dame blanche ou non... malgré le fait que je savais bien que les fantômes ne sortaient que la nuit. Je me la représentais très mal, en effet, parmi les arbres couverts de neige, allant de son pas étrange en pleine lumière.

– Qu'avez-vous, madame ? Vous êtes bien pâle..., s'alarma Angélique en me voyant lorgner méchamment le dos de son mari. Ce sont vos nausées ?

– Elles ne me quittent que rarement, Angélique. Mais ne soyez pas inquiète, je me sentirai mieux une fois sur la terre ferme, répondis-je en ne mentant pas tout à fait, car les soubresauts de la carriole ne plaisaient guère à mon estomac.

Dès que nous arrivâmes, François voulut m'aider à mettre pied à terre, mais je dédaignai sa main si ouvertement qu'il se recula gauchement, hésitant. Je marchai alors d'un bon pas afin de rejoindre le banc d'église qui m'était assigné. J'aurais bien voulu qu'il ose m'accompagner jusqu'en avant, celui-là !

Beaucoup de paroissiens étaient déjà installés à leur place, profitant du poêle de fonte qui propageait une chaleur bénéfique dans les lieux. Deux femmes me saluèrent en jetant quelques coups d'œil approbateurs à mon ventre plein que je m'efforçais de mettre en valeur. Elles me semblaient déjà au courant de ma grossesse. Marguerite, feignant de tenir une importante conversation avec une voisine, fit tout son possible pour ne pas se retourner sur mon passage. Cela était tout à fait dans son intérêt, car je n'étais point certaine de pouvoir lui adresser autre chose qu'une vilaine grimace.

Je fis la génuflexion d'usage, puis m'agenouillai à la place qui me revenait de droit. Dans le silence de la maison de Dieu, je commençai aussitôt de L'implorer. Je Lui demandai de ne plus jamais me faire voir la Dame blanche, de me pardonner mes péchés et de protéger l'enfant qui grandissait en moi : cela faisait beaucoup de requêtes à la fois, aussi me sentis-je dans l'obligation d'engager quelque chose en retour. Je ne trouvai rien de plus original que de Lui faire la promesse d'être une meilleure chrétienne et d'être davantage assidue dans ma fréquentation de l'église. Je me signai avec ferveur, puis m'assieds un instant, tentant de reconnaître les voix parmi les chuchotements derrière moi. Je constatai en me retournant que François était déjà à son poste, à l'arrière. Il ne me regardait point, mais je savais pertinemment qu'il surveillait mes moindres gestes et ceux des gens susceptibles de m'approcher. Le Judas !

Le curé fit bientôt son apparition par une porte derrière l'autel et s'arrêta net en remarquant ma présence. Sa bouche béante d'étonnement s'ouvrit avec peu de grâce sur, il me sembla, au moins une centaine de dents. Avant qu'il ne se mette à baver, je me levai en tentant de lui sourire aimablement. Il me salua à son tour d'un signe de tête rapide. La façon dont il me toisait tenait déjà du reproche, mais je n'en fus guère étonnée. Cet homme ne me tenait visiblement pas en haute estime.

La messe se déroula sans encombre et le curé s'abstint de me harceler par des messages voilés au cours de son sermon : les avertissements de mon mari avaient porté fruits. Dans le discours qu'il fit, à la satisfaction évidente de lui-même, il rappela l'importance de la maternité et les rôles de l'homme et de la femme sur terre, leur divin devoir de peuplement. Dieu avait dit, dans la Genèse : *Soyez féconds, multipliez-vous, emplissez la terre et soumettez-la…* Il était extrêmement mal d'empêcher la famille, ou même de le souhaiter. Cela était une faute si grave, selon les dires du curé, qu'elle rassemblait à elle seule trois des sept péchés capitaux : la Paresse, car moins on avait d'enfants, moins il y avait de travail à accomplir ; la Luxure, car on ne pouvait accomplir l'acte sexuel que dans un but de procréation ; et l'Orgueil, car certaines femmes empêchaient la famille pour rester belles et conserver la jeunesse de leur corps.

Je remarquai Babette et Antoine assis plus en arrière, Marie-Anne les accompagnant : Honoré ne reviendrait pas des bois avant longtemps. Les enfants, fidèles à l'exubérance de leur âge, me firent de grands signes de la main et je les saluai à mon tour, avec la discrétion de l'adulte que j'étais. Comme il me tardait de les voir de près et de leur parler enfin. Aujourd'hui, je ne me laisserais pas intimider par ce détestable valet qui essaierait sans aucun doute, et sans qu'il y paraisse, de m'empêcher de me joindre à eux. Puisque mon époux savait que je lui avais déjà désobéi, une fois de plus n'y changerait rien.

Le sermon semblait tirer à sa fin. Le curé faisait une lecture pour le moins enflammée de la première épître à Timothée qui vantait à la fois l'obligation pour les femmes d'avoir une tenue décente et les bienfaits de la reproduction.

– Comprenez, mesdames, ce que dit la Bible ! Vous serez sauvées à condition de devenir mère ! Soyez bonne pour votre mari, soyez chaste et vivez dans la simplicité ! Donnez tout pour votre époux et vos enfants... Ayez une famille nombreuse...

Au sortir de l'église, je me dirigeai tout droit vers mes amies Babette et Marie-Anne qui firent de même et nous nous embrassâmes en nous racontant précipitamment les nouvelles des derniers mois. François s'était approché hypocritement et se tenait derrière moi, tentant fort probablement d'écouter notre conversation. Je me tournai d'un bloc vers lui pour le gratifier de mon plus terrible regard. Il recula de quelques pas, surpris. J'avais franchement envie de lui ordonner de m'attendre dans la carriole, histoire de lui rappeler qu'il était encore à mon service, mais je décidai plutôt de l'ignorer : ce n'était là que mon valet ! Qu'il raconte ce qu'il voulait au maître, je saurais bien me débrouiller pour l'amadouer. Depuis que je portais son enfant, celui-ci était beaucoup moins prompt à la colère de toute façon... Et puis maintenant, il m'aimait.

Babette avait pris beaucoup plus de poids que moi et nous comparâmes nos ventres en riant, sous le regard affectueux de Marie-Anne.

– Combien as-tu de bébés sous ta robe, Babette ? Attends-tu des jumeaux ou as-tu passé l'hiver à manger des confitures ? lui demandai-je, car tout le monde connaissait sa faiblesse pour le sucre.

– Je suis complètement énorme et j'ai terriblement mal aux reins ! répondit-elle en portant ses mains à son dos. La sage-femme m'assure pourtant qu'il n'y en aura qu'un, mais que ce sera très certainement un sacré bonhomme... Ou une sacrée bonne femme. J'essaie de ne pas trop y penser parce que des images terribles me viennent en tête.

Nous nous tûmes un instant, toutes trois conscientes de ce que pouvait impliquer un bébé trop bien portant pour la femme qui le mettait au monde. Dans le meilleur des cas, le nouveau-né passait en déchirant gravement la mère... qui finissait par s'en remettre. Mais elle pouvait aussi mourir d'une plaie mal soignée ou trop sérieuse... Parfois il ne passait pas du tout... obligeant le mari à choisir entre la vie de sa femme ou de son enfant. Mais il pouvait aussi perdre les deux. L'enfant mourait, prisonnier du ventre de celle qui le portait, laquelle rendait l'âme à son tour, de l'y retenir.

– Et toi, comment vas-tu? enchaîna ma rousse amie, consciente du malaise qu'elle venait de créer. Nous avons été très heureuses, Marie-Anne et moi, d'apprendre que tu étais enceinte toi aussi. Tu es magnifique avec ton ventre bien rond. Quoiqu'il me semble bien minuscule comparativement au mien.

– Tout se déroule à merveille, répondis-je, enthousiaste. Je suis ravie de porter cet enfant. Tu pourras me raconter comment les choses se passent puisque tu auras vraisemblablement ton bébé avant moi... Je veux dire, si c'est aussi douloureux qu'on le raconte...

– C'est pire que ce qu'on en dit, si vous voulez tout savoir! nous affirma Marie-Anne en femme qui en avait vu d'autres, avant de se souvenir des inquiétudes de Babette. Mais n'ayez crainte, ajouta-t-elle d'un même élan, tout est pardonné dès qu'on prend notre petit ange dans nos bras! Et la minute suivante, on décide d'en avoir des dizaines d'autres.

Nous éclatâmes de rire.

– Mais, au deuxième, quand les contractions recommencent, on se demande à quoi on a bien pu penser et comment on a fait pour oublier tout ça! Ne vous en faites pas cependant,

Marie-Geneviève est une excellente sage-femme, probablement la meilleure des environs. Elle sait prendre soin de nous.

– Angélique m'a déjà parlé de cette femme et elle en dit beaucoup de bien, dis-je. Il me tarde de la rencontrer enfin. Mon mari doit me conduire chez elle très bientôt, il me l'a promis.

Nous parlâmes quelque temps devant l'église, mais comme il faisait plutôt froid, chacune eut vite envie de retourner près du feu. Des gens repartaient maintenant chez eux à pied, mais la plupart, emmitouflés dans leur traîneau tiré par des chiens. Je quittai mes amies en leur promettant de penser souvent à elles. Marie-Anne me ferait savoir, par Angélique, la date de l'enterrement du petit Toussaint, triste événement auquel je désirais tout de même assister.

– Ce sera probablement en mai, la terre sera plus malléable, précisa-t-elle simplement, une profonde mélancolie dans la voix. Et Honoré sera alors de retour.

J'avais été sur le point de leur confier ce que j'avais vu, l'autre nuit… mais je ne l'avais pas fait. Je ne savais trop comment on annonce aux gens qu'on a vu un fantôme et François était beaucoup trop près de moi pour que je me laisse aller à ce genre de propos, son oreille étant probablement tendue dans un effort pour surprendre nos moindres paroles. Je crois bien que mes amies m'auraient crue. Peut-être auraient-elles pu me renseigner sur cette étrange légende…

Je rentrai finalement dans l'église, car il était temps d'aller me confesser. Je savais que le curé restait toujours quelque temps après chaque messe du dimanche, attendant la visite des paroissiens qui ressentaient le besoin de le rencontrer.

La place était vide. Seule une jeune femme huronne, aux longs cheveux noirs tressés, s'affairait déjà à brosser le parquet afin d'effacer les traces de neige fondue. Je savais qu'elle venait une fois la semaine, depuis son village au fond des bois, pour entretenir l'église et le presbytère en échange d'un peu de farine ou de nourriture. Je la saluai d'un signe de tête, puis marchai jusqu'au confessionnal. Le bruit de mes pas se répercuta aussitôt dans un tapage presque importun dans tout l'édifice. Je tirai la petite porte de bois, la refermai avec difficulté derrière moi et m'agenouillai : on ne pouvait décidément pas se tenir à plusieurs ici. J'eus une brève pensée pour Angélique qui devait avoir de la difficulté à loger tout son corps dans ce minuscule endroit. Le guichet s'ouvrit bientôt et j'entrevis le visage du curé derrière le grillage serré. Ses yeux étaient fermés. Il récita à voix basse une partie d'un des psaumes de la Bible que je connaissais par cœur.

– *Heureux qui est absous de son péché, acquitté de sa faute*... Je vous écoute, mon enfant.

À peine m'étais-je raclé discrètement la gorge qu'il me reconnut aussitôt :

– Je ne suis pas certain que votre mari aimerait vous savoir ici, commença-t-il alors, provocateur.

– Il sait très bien où je me trouve et ne s'y oppose pas.

– Cela reste à voir.

– Je ne suis pas venue pour parler de mon époux, mon père.

– Vous le devriez, pourtant.

– Et pourquoi le devrais-je ?

L'indignation faisait monter le ton habituellement posé de ma voix. Je pris le temps d'inspirer profondément par le nez.

– ...

– *Pourquoi* le devrais-je, mon père ? repris-je avec plus de calme.

Il garda le silence un instant. Pour qui se prenait-il ? Je me demandai s'il ne s'était pas mordu la langue avec ses vilaines dents. Je patientai. Au bout d'une minute, il me parla enfin mais de façon énigmatique, comme s'il s'adressait à lui-même :

– Sentez-vous, madame, comme cet homme est étrange ? Qu'en pensez-vous, vous qui le côtoyez chaque jour, chaque nuit… ? Comment est-il dans sa propre maison ?

Il me semblait à la fois rêveur et excité par ses questions, comme s'il brûlait depuis longtemps de me les poser.

– …

– Avez-vous remarqué que l'on sait toujours *exactement* à quel moment il entre dans une pièce ? Que l'on sent toujours sa présence bien avant de le voir… L'avez-vous observé aussi ?

– Mais… De quoi parlez-vous ?

Je n'avais qu'une envie : celle de claquer la porte. Cependant, j'avais décidé de me confesser et j'allais le faire ! Il n'avait d'autre choix que de m'écouter puisque c'était son devoir !

– Vous faites l'innocente, mais vous savez bien de quoi je parle. Vous le savez parfaitement ! J'ai vu votre visage le matin de votre mariage. Vous n'avez pas seulement hésité. Vous étiez complètement effrayée !

– Mon père !

– Avouez !

– Il est tout à fait légitime qu'une femme puisse ressentir quelques hésitations avant d'épouser l'homme qui passera sa vie à ses côtés.

– Mais en est-ce un, madame ?

– Un quoi ?

– … Un homme.

– Cette fois vous allez trop loin ! Que croyez-vous qu'il soit ? Un ballot de foin ? Je suis profondément déçue de constater qu'une personne ayant voué sa vie à Dieu et à l'Église puisse croire et propager de telles fantaisies…

– Ce ne sont PAS des fantaisies !

– Ah !

– J'ai des preuves…

– Vous me faites rire ! Des preuves de quoi ? De sa non-humanité ?

– Exactement. Des preuves de sa non-humanité.

– Alors sortez-les!

– Patience, mon enfant, patience… Le moment du Jugement dernier n'est pas encore arrivé.

– Je suis désolée de vous apprendre que j'ai déjà entendu ces histoires et ces superstitions de vieilles bonnes femmes! Vous arrivez trop tard, mon père! Et j'estime que tout cela est honteusement absurde!

– Madame de La Roche, je suis prêtre depuis bientôt dix ans, et je crois en mon Dieu. Et en notre Sainte Mère l'Église. Je suis arrivé ici en même temps que votre mari… Il y a cinq ans. Pourtant j'en ai vu d'autres. J'ai vu des cas de possession par le Malin et j'ai pratiqué des exorcismes.

– Vous m'en voyez ravie…

– Riez! Mais laissez-moi vous dire que le plus grand atout de Satan est que personne ne croit en lui, aujourd'hui… Personne ne le reconnaît quand il se présente. On l'accueille chez soi, on discute avec lui, on lui fait confiance… On mange à sa table. Il peut aller où bon lui semble… Il peut même demander son chemin à un enfant…

– Je suis venue ici pour me confesser, l'interrompis-je, et non pour entendre des divagations auxquelles, je vous préviens, je ne donnerai pas la moindre crédibilité!

– L'avez-vous vu sortir, la nuit?

– Je suis venue pour me con-fes-ser!

– Ah! Vous l'avez vu.

– …

– Et que cherche-t-il d'après vous dans les bois…?

– …

– N'est-il pas terrifiant de voir son propre mari…

– JE SUIS VENUE ICI POUR ME CONFESSER!

– ALORS FAITES-LE! CONFESSEZ-VOUS! Mais ne vous méprenez pas sur mes sentiments envers vous! Je n'ai aucune raison de vous détester. Je profite seulement de votre présence ici pour vous mettre en garde. Le Mal vous guette, madame… Car vous l'avez épousé ! Le Mal dort à vos côtés !

– J'en ai assez entendu ! Je suis venue vous parler de mes péchés, alors ouvrez bien grand vos oreilles puisque cela reste encore votre devoir : *j'éprouve-du-PLAISIR-à-dormir-auprès-de-mon-mari-et-je-continue-de-me-donner-à-lui-avec-une-GRANDE-satisfaction-malgré-le-fait-que-je-porte-son-enfant.* VOILÀ !

Il enchaîna aussi rapidement que moi :

– Dieu vous pardonne vos péchés de luxure, ma fille, mais ne recommencez plus. Deux rosaires par jour durant une semaine. Que Dieu vous protège et vous bénisse. Au nom du Père, du Fils et du Saint-Esprit, Amen.

– AMEN !

Je sortis précipitamment du confessionnal, puis de l'église, ma bonne éducation ne m'empêchant pas de claquer la porte, et montai directement dans la carriole en dédaignant encore une fois la main que François me tendait.

– Vous êtes encore toute pâle, madame ! me lança Angélique.

Je tiquai. Pourquoi tout un chacun se préoccupait-il autant de la couleur de ma peau ?

– Oui, je suis pâle, merci, Angélique. Je suis née de cette couleur. Maintenant je veux rentrer. Immédiatement. Dépêchez-vous, François, il fait froid ici.

Ce curé avait tout un culot ! Je ne pouvais pas croire ce que j'avais entendu ! Si tout cela venait aux oreilles de mon mari ! Que ferait-il ? Je comprenais que les gens puissent avoir peur de lui, mais moi seule avais le droit de reconnaître le démon en lui… Moi seule ! Et de quelles preuves parlait-il au juste ? Qu'avait donc fait le sieur de La Roche pour que l'on parle ainsi de lui ? De nouvelles nausées remontèrent jusqu'à ma gorge. Si je devais éviter toute émotion vive durant ma grossesse, il était clair que je me priverais de messe.

Quand nous arrivâmes en vue du manoir, je relevai lentement la tête pour constater que mon époux m'attendait, debout sur le chemin, les mains sur les hanches. Comprenant tout de suite que quelque chose n'allait pas, il s'élança dans un geste autoritaire pour freiner la vive allure de la carriole. La jument se cambra dans son effort pour immobiliser son chargement. Il me prit dans ses bras sans un mot et je cachai, avec un bien-être immense, mon visage sur son épaule. J'éclatai en sanglots.

– Votre épouse est souffrante, expliqua Angélique à mon vif soulagement. À mon avis, elle devrait se reposer davantage. Le grand froid n'est jamais bon pour une femme dans son état et, de plus, madame avait encore la nausée ce matin.

Mon mari me transporta jusqu'au manoir, ses yeux inquiets plongés dans les miens. Je m'accrochai à son cou, rassurée par sa présence, apaisée par son odeur musquée et son regard plein d'amour. Et c'est à cette minute même, au moment où il poussait la porte du pied pour nous laisser entrer, au moment où il séchait mes larmes de ses lèvres tourmentées que je sentis pour la première fois les tressaillements nets d'un petit poisson dans mon ventre. Mon regard si triste l'instant d'avant s'illumina soudain d'un émerveillement sans nom et je levai vers mon époux de grands yeux étonnés. Il me déposa sans attendre dans le vestibule, ouvrit ma pèlerine d'un geste si vif qu'un bouton sauta, puis défit avec hâte les lacets de ma robe de mère. Il appuya sa main sur mon ventre rebondi. Puis me sourit à son tour. Ce jour-là, notre enfant s'était mis à bouger.

Il me tint dans ses bras. Toute la nuit. En me chuchotant de merveilleuses choses à l'oreille, en me parlant de notre fils, en jouant sans cesse avec une ou deux mèches de ma chevelure.

Ce qu'il aimait faire par-dessus tout était de laisser glisser mes cheveux sur les siens, devant un petit miroir à main, en s'étonnant chaque fois à voix haute du contraste frappant des couleurs. Il disait que j'étais comme un ange perdu dans les ténèbres de l'enfer, une étoile brillante dans l'immensité du ciel de nuit… Et je sentais chaque fois avec délice battre son cœur contre le mien. Il ne me posa point de questions sur ce qui s'était passé à l'église et je n'abordai pas le sujet, de peur de devoir lui faire part de ce que j'y avais entendu.

Il posait sur mon ventre tantôt sa main, tantôt son oreille ou sa bouche. Et fait étrange, il ne sortit point. Au petit matin, quand je m'éveillai doucement d'un agréable sommeil sans rêves, des oiseaux d'hiver s'éveillèrent aussi pour chasser définitivement les derniers songes de la nuit de leurs jolis piaillements sonores.

– Comme vous êtes belle, si blonde et si douce. Votre peau est parfaite, comme le satin ou la soie. Vos yeux brillent comme des émeraudes. Je vous en offrirai une à la naissance de mon fils.

– Une quoi ?

– Une émeraude. De la couleur de vos yeux.

– Et… si je porte une fille…

– Nous l'aimerons tout autant. Mais il me faut un héritier. Un jour. Cela a beaucoup d'importance pour moi, ajouta-t-il, l'air sérieux.

Le soleil qui se frayait avec ténacité un passage à travers mes paupières ainsi que la promesse d'un aussi beau cadeau m'empêchèrent de retourner à ma torpeur. Je frottai mes yeux avec des gestes enfantins et les ouvris pour de bon.

– Vous êtes resté avec moi, Rémy… Toute la nuit, hasardai-je enfin dans un sourire timide.

– Oui, je suis resté.

Il ne dit rien de plus, mais baisa mille fois mon ventre, mes yeux, mes lèvres et mon front. Encore et encore.

Chapitre XVI

Quelques jours plus tard, tout de suite après le déjeuner, mon époux demanda à François d'atteler la jument afin de m'emmener voir la sage-femme au village. J'étais si heureuse de sortir en promenade avec lui que je me jetai à son cou et l'embrassai sans retenue devant Angélique qui se sauva en poussant de petits cris de révolte. Nous nous amusâmes ensemble de son air outré, nous promettant avec sérieux de recommencer souvent.

Tout me semblait parfait ce jour-là : je ne ressentais point de nausées et le soleil qui brillait fortement permettait déjà de rêver au printemps ; malgré la neige qui persistait ici et là, il faisait presque assez chaud pour omettre les fourrures. J'avais bien envie de ne glisser qu'un châle de grosse laine sur mes épaules, mais mon mari m'obligea à emporter aussi une mince pèlerine pour me couvrir davantage, le temps pouvant se refroidir rapidement. Il avait sans doute raison, car à la fin du mois de mars l'air était encore frais en Nouvelle-France, la veille encore, il avait gelé. Dans ce lointain pays où la nature était des plus capricieuses, le printemps avançait tout doucement, hésitant sans cesse entre les bourgeons et les tempêtes de neige. Les dernières tourmentes pouvaient s'étirer jusqu'en avril. Ce matin-là, pourtant, en mettant le nez dehors, je n'avais pas envie de croire qu'il allait probablement neiger à nouveau.

Les immenses glaces du fleuve s'étaient mises à fondre tranquillement mais sûrement. Les plus hautes semblaient résister encore aux rayons du soleil et voguaient paisiblement sur l'eau, au gré du vent et des vagues qui s'acharnaient, elles aussi, à vouloir les engloutir pour de bon. La bonne terre grasse et riche dégèlerait incessamment et redeviendrait docile : on se préparait déjà dans chaque maison à retourner travailler aux champs, car ce serait bientôt le moment de labourer et de semer. Mais il faudrait d'abord, en attendant le vrai redoux de mai, débarrasser le sol encombré des roches et des cailloux que la terre avait recrachés de ses entrailles au début du dégel.

Mon mari m'aida à monter dans la carriole et nous partîmes bientôt en suivant le sentier qui menait au village. J'inspirais profondément. Tout sentait si bon ! La forêt tout autour où se mêlaient blancheur et verdure dégageait des effluves de sapin et d'épinette qui venaient piquer agréablement les narines. Le doux temps ne tarderait plus, mon époux me tenait la main... Et je portais son enfant qui s'agitait avec de plus en plus de force au creux de mon ventre lourd... Au village, il régnait une joie à laquelle le soleil n'était sûrement pas étranger. Les gens de la seigneurie, retenus depuis trop longtemps chez eux par le long hiver, trouvaient aujourd'hui toutes sortes de prétextes pour sortir au-dehors : ici on secouait un drap ou une paillasse, là on coupait des bûches pour le foyer. Tout allait reverdir, tout allait revivre. Déjà, les grands arbres qui touchaient le ciel secouaient leurs branches dans le vent afin de rappeler à eux les petits oiseaux piailleurs. Il me tardait de voir la pluie printanière qui viendrait bientôt nettoyer toute la neige qui s'obstinait à couvrir encore le sol. De grands déluges viendraient alors gonfler d'eau cristalline chaque rivière, chaque ruisseau qui s'éparpillerait ensuite sans ordre aucun, coulant gaiement au gré du paysage.

Les hommes se saluaient dans la rue en retirant leur chapeau, mais en prenant soin de s'incliner davantage devant les dames. Le maître leur adressa à tous un même signe de tête sérieux, les sourcils froncés, se voulant probablement amical. Une boue brunâtre et poisseuse émergeait ici et là sur le chemin où la neige avait fondu et chacun prenait garde où il mettait les pieds.

– Vous pensiez à vous marier en venant en Nouvelle-France ? demandai-je à mon époux pour engager la conversation.

– Non. Non, je ne le souhaitais pas. Je vous l'ai déjà dit, il me semble.

Je me souvenais très bien de ce qu'il m'avait dit, le soir de sa demande en mariage : qu'il avait refusé jusqu'alors de prendre femme parce que, pour lui, elles étaient sans intérêt et inutiles. Qu'elles n'étaient là que pour briser l'ennui le soir venu. Il m'avait même affirmé qu'il ne m'aimerait jamais. J'éclatai de rire à la pensée de ces vilains souvenirs.

– Qu'est-ce qui vous amuse ?

– C'est que je me rappelle votre *demande* en mariage. Oui, il est bien vrai que vous m'aviez dit que vous ne souhaitiez pas prendre épouse.

Il m'observa de son air sérieux.

– Mais c'était *avant* de poser mes yeux sur vous, Élisabeth. *Avant* de vous voir assise dans cette barque, les mains sur les genoux, avec vos magnifiques yeux verts et votre petit chignon. Si j'avais su qu'une femme telle que vous puisse exister, j'aurais pu, oui. J'aurais pu envisager le mariage. Je vous désirais si fort… vous ne pouvez point l'imaginer. Et vous êtes à moi… À jamais. Et je sais maintenant que je vous aime d'un amour infini. Il m'a fallu un temps pour l'admettre.

Il glissa sa main dans mes cheveux. Je m'empourprai sous son regard. Nous étions seuls au milieu des arbres et des bois, entre deux concessions. La jument s'était immobilisée d'elle-même, inquiète de se retrouver sans guide. Il m'attira à lui et se mit à baiser ardemment ma nuque, ma gorge et mes lèvres, sans se rendre compte qu'il me serrait beaucoup trop fort…

– Mais pourquoi n'avoir jamais envisagé le mariage… Même avant notre rencontre. Cela est plutôt étrange, non ? Chacun souhaite se marier pourtant…

Mon époux laissa son regard errer au loin.

– Si vous aviez, madame, connu ma sœur, vous comprendriez qu'elle ait pu, à elle seule, réussir à me dégoûter de toutes les femmes.

– Vous la détestiez à ce point ?

– Vous ne pourrez jamais mesurer toute l'étendue de ma haine pour cette… cette… créature.

Son regard renfrogné me fit comprendre qu'il valait mieux abandonner un sujet aussi délicat. Je glissai ma main dans la sienne, histoire de chasser son tourment. Quand nous arrivâmes chez la veuve Petit, mon mari m'aida à mettre pied à terre, sur un trottoir de grosses planches qu'elle avait dû placer là afin d'éviter aux visiteurs de marcher dans la boue. Elle demeurait dans une jolie maison, somme toute pareille aux autres, en plein centre du village. Mais quelle ne fut pas ma surprise d'y retrouver Babette après avoir frappé à la porte !

– Élisabeth ! Mais quelle joie de te voir ici ! Mon seigneur, fit-elle sans tarder à l'endroit du maître, avec une courte révérence.

– Mais que fais-tu ici ? lui demandai-je, étonnée.

– Probablement la même chose que toi ! répondit-elle en frottant d'une main vigoureuse son ventre plein. Je te présente Marie-Geneviève Petit, notre sage-femme. Elle vient juste de voir à mon ventre pour la centième fois ce mois-ci et m'assure encore que je n'attends pas de jumeaux !

Marie-Geneviève s'avança, l'air visiblement intimidé de trouver le maître sous son toit. Cette jolie brune aux yeux doux me sembla bien jeune pour être veuve et je me promis de demander plus tard à mon amie ce qu'il était advenu de son mari.

– Madame, mon seigneur, fit-elle en imitant de son mieux la révérence de Babette. Entrez, je vous prie. C'est un grand honneur de vous recevoir chez moi.

– Je viendrai vous chercher dans une heure, me signifia mon époux, se hâtant de nous laisser seules. Vous avez, d'ici là, amplement le temps de faire connaissance avec celle qui prendra soin de vous lors de vos couches.

Il jeta un regard appuyé à la sage-femme, qui s'empressa d'acquiescer silencieusement. Puis il sortit.

Nous restâmes toutes trois un moment sans bouger, la tête tournée vers la porte qui venait de se fermer sur mon mari. Je mesurai, en observant les deux femmes debout auprès de moi, à quel point les gens étaient mal à l'aise en sa présence… Mais je ne pouvais que les comprendre. J'étais encore incapable, il n'y avait pas si longtemps, de le regarder en face. Je me raclai discrètement la gorge afin de les aider à sortir de leur contemplation consternée de l'entrée.

Babette se tourna alors vers moi, me lorgnant d'un drôle d'air, comme si elle venait tout juste de remarquer ma présence, puis se jeta sur moi en *chuchotant* si fort que tout le village aurait pu l'entendre :

– Oh ! Élisabeth ! C'est une chance de pouvoir te parler seule à seule ! J'ai tant de choses à te dire que je ne sais plus par où commencer !

– Mais que se passe-t-il ?

Elle m'entraîna au milieu de la pièce en me tirant par le bras.

– Babette ! intervint Marie-Geneviève comme en pleine panique, laisse madame se débarrasser de ses fourrures et permets-lui de souffler un peu ! Que dirait le maître s'il savait que l'on parle à sa femme comme à une vulgaire paysanne ?

Babette et moi nous regardâmes un instant, puis pouffâmes de rire en même temps. Mon amie ne m'avait jamais traitée comme une princesse et je ne m'attendais pas à ce qu'elle le fasse aujourd'hui.

– Madame Petit, dis-je, soyez aussi à l'aise avec moi qu'avec les autres habitantes du village. JE SUIS une paysanne ! Si cela vous convient, je vous appellerai par votre prénom et vous ferez de même avec moi ; nous avons, il me semble, presque le même âge.

– Ah non ! J'ai plus de vingt ans !

– Alors c'est moi qui vous dois respect.

Babette s'esclaffa de plus belle et Marie-Geneviève nous regarda tour à tour, ahurie. Elle constata devant nos mines complices qu'il valait mieux pour elle de se ranger à notre avis.

– Puisque vous me le demandez... Puisque vous le souhaitez, Élisabeth, je vous appellerai par votre prénom... mais jamais devant lui !

– Lui ?

– Votre mari... Enfin, le maître.

– C'est d'accord. Ce sera notre secret.

Je me tournai vers mon amie.

– Puisque nous parlons de secrets, qu'avais-tu à me dire, Babette ?

Les deux femmes se regardèrent un instant, indécises. Babette haussa les épaules. Marie-Geneviève secoua la tête, puis s'empara d'un gros châle de laine qui traînait près de la porte. Elle m'avisa qu'elle avait une visite à faire, juste à côté, qu'elle préférait nous laisser seules puisque nous avions à discuter de choses qui ne la concernaient en rien.

– Je sais que vous n'avez pas l'occasion de vous parler bien souvent. Je reviendrai dans quelques minutes, annonça-t-elle avant de refermer la porte.

Elle se ravisa, s'empara d'un panier rempli de petits pains et nous quitta en chantonnant.

Nous nous assîmes face à face, de chaque côté de la longue table de bois. Comme dans les autres maisons du village, la pièce centrale semblait servir à la fois de cuisine et de salon. Il y avait une petite chambre au fond, dans laquelle je pouvais voir un lit et une commode, mais il n'y avait pas d'escalier menant au grenier : la veuve Petit n'avait pas d'enfants. Sous l'unique fenêtre de l'endroit se trouvaient un bureau, une chaise ornée d'un coussin blanc, un ouvrage de tricot et une vieille image de Jésus portant sa croix. Babette nous servit à chacune un peu de thé.

– Il est encore brûlant, m'avertit Babette, Marie-Geneviève l'a laissé sur le poêle trop longtemps.

Je saisis la tasse de terre cuite que Babette me tendait et m'y collai les mains que j'avais, malgré le beau temps, bien froides.

– Vas-y. Nous n'avons pas plusieurs heures devant nous.

– Comme d'habitude.

– Comme d'habitude. As-tu enfin appris quelque chose ?

– Oui. Mais laisse-moi te dire avant tout que la dernière fois que nous nous sommes rencontrées, j'ai aperçu le valet de ton mari dans les bois, sur le chemin du retour. Il m'a saluée et…

– Je sais, Babette, il a tout raconté au maître. Je me doutais bien que c'était lui, le traître !

– Seigneur Jésus ! Il devait être en colère ! Tu lui as désobéi…

– Laisse, ma chère, je m'occupe très bien des humeurs de mon mari. Dis-moi plutôt ce que tu voulais me raconter, car le temps file.

– D'accord. Mais ce ne sont peut-être que de méchantes rumeurs.

– Si tu veux m'annoncer que j'ai épousé le diable en personne, ça va, je suis déjà au courant.

– Qui a dit ça ?

– Le curé. Durant ma confession.

– NON ?

– Bien sûr ! Et il ne s'est pas embarrassé de la moindre retenue dans ses propos.

Mon amie s'était tue et semblait réfléchir, son thé dans une main, une mèche de cheveux roux dans l'autre.

– Qu'y a-t-il ? fis-je.

– Je crois savoir pourquoi il t'a dit ça…

– Allez ! Parle ! Pourquoi ?

– Je n'aime pas tellement avoir à te raconter des choses comme celles-là.

– Babette, c'est moi qui te le demande. Marie-Geneviève va revenir d'un instant à l'autre. De toute façon, il est trop tard maintenant puisque tu as commencé.

Elle repoussa sa tasse sur la table, puis se lança :

– Bon. Je te préviens : je tiens seulement à te mettre en garde parce que tu es mon amie. Mais je ne peux moi-même démêler le vrai du faux dans toutes ces histoires.

– Je t'écoute.

– Voilà. Tu n'es pas sans savoir, Élisabeth, que personne ne connaît vraiment ton mari. Car il ne parle jamais de lui, de sa vie ou de son passé… et pour être honnête, il n'est pas de fréquentation vraiment agréable.

– Je sais tout ça, Babette. Je suis sa femme, ne l'oublie pas. Mais il me parle, à moi. Et de plus en plus chaque jour.

– Ah oui ? De quoi te parle-t-il ?

– De tout et de rien. Il m'a parlé de son enfance… de ses parents… de sa sœur… Des raisons qui l'ont poussé à partir pour la Nouvelle-France…

– Il t'a parlé de… sa sœur ?

– Très peu. Il m'a seulement laissé entendre qu'il ne la tenait pas en haute estime. Il la déteste réellement, plutôt. Mais j'aurais encore mille questions à lui poser, alors cesse de me faire languir, toi qui sembles détenir un si grand secret !

Babette cacha son visage dans ses mains et prit l'air dépité de quelqu'un à qui on annonce une terrible nouvelle.

– Il t'a dit qu'il détestait sa sœur?

– Oui. Et alors?

Elle reprit sa tasse de thé.

– Voilà qui expliquerait...

– Qui expliquerait quoi?

– Le secret. Ce que j'ai à te dire. Mais ce n'est pas une grande révélation, à vrai dire. Tout le monde semble au courant de ce qui s'est passé ici, mais personne n'ose en parler...

– Alors?

– Écoute, Élisabeth. Tu sais qu'on a déjà raconté qu'il avait été marié à une femme qui n'avait jamais pu lui donner d'enfants et qu'elle était morte dans d'étranges circonstances... Tu sais qu'on a même dit de lui qu'il était pirate...

– Oui, je sais.

– Eh bien! tout cela est faux...

– Je n'avais de toute façon rien cru de ces commérages de vieilles bonnes femmes, mentis-je.

– C'est certain que dans les petits villages, ajouta-t-elle, pensive.

– Babette!

Mon amie inspira profondément tout en secouant la tête et ses longues boucles rousses, ayant l'air désolée de ce qu'elle avait à m'apprendre. Je retins mon souffle, prête à tout. Elle prit mes mains dans les siennes, mais continuait de se taire.

– Je t'en prie, la suppliai-je. Tout le monde semble connaître des choses sur mon époux que j'ignore moi-même. J'ai le droit de savoir.

Elle me parla enfin. Calmement. Comme pour me consoler, avant même que je ne ressente de la peine. Ses doigts serraient fortement mes mains, puis jouaient avec mon anneau de mariage, effleuraient mon poignet...

– Quelque chose s'est passé il y a deux ans, Élisabeth, ici même, dans les bois menant au manoir. Je connais l'histoire qui fait en sorte que tout le monde a peur de lui… L'histoire que tout le monde tait…

En coup de vent, mon mari entra alors dans la maison.

– Où est la sage-femme ? pesta-t-il de son ton autoritaire. Pourquoi est-elle sortie de sa propre maison quand elle devait vous rencontrer, Élisabeth ?

Babette manqua s'étouffer et son teint passa du blanc au rouge avant qu'il ne puisse terminer sa phrase.

– J'arrive ! J'arrive ! cria soudain Marie-Geneviève en s'engouffrant dans la maison à point nommé. Je suis désolée de vous avoir fait attendre, madame, dit-elle en s'adressant à moi qui pus enfin respirer de nouveau, il ne me restait plus de cette herbe dont je vous ai parlé et, par chance, je me suis souvenue que la voisine en avait utilisé lors de sa dernière grossesse.

Elle me remit un minuscule panier tressé rempli de feuilles odorantes et je le contemplai avec gratitude, réalisant que je venais tout juste d'échapper à une réprimande bien méritée. Comment aurais-je pu expliquer à mon époux que je me trouvais à comploter encore une fois avec mon amie ?

Marie-Geneviève retira son châle et le rangea à sa place derrière la porte, ignorant volontairement et avec courage le regard noir du maître qui suivait ses moindres gestes des yeux. Babette était toujours immobile, dans la même position que lorsque mon mari était entré, les yeux écarquillés et les joues écarlates. Elle lui tournait résolument le dos, se faisant aussi discrète qu'une flamboyante rouquine peut l'être.

– Voici, continua la sage-femme à mon endroit, vous n'aurez qu'à demander à votre bonne de vous préparer une infusion à tous les matins au lever. Vous devez boire une tasse complète, à petites gorgées, avant d'avaler quoi que ce soit d'autre. Vos nausées devraient s'estomper de beaucoup. Pour le reste, tout semble en ordre, mais si vous voulez que je vérifie la position du bébé, vous devrez revenir en mai, votre ventre sera beaucoup plus bas…

Elle continua ainsi pendant un moment, distribuant recommandations et conseils, avertissements et suggestions, sous le regard ahuri de mon époux. Comment pouvait-il me croire coupable de désobéissance à présent? Babette se détendit un peu et finit par bouger les épaules.

Nous partîmes au bout de quelques minutes. Je regardai mon amie avec regret: qu'avait-elle été sur le point de me révéler? Qu'avais-je donc à apprendre d'elle de si important? Elle se leva finalement et m'embrassa tendrement. Je jetai un dernier regard à Marie-Geneviève qui se tenait à l'écart et j'aurais voulu la remercier pour ce qu'elle avait fait pour moi… Mais je ne pus que lui offrir les politesses d'usage. Elle me sourit simplement, satisfaite de m'être ainsi venue en aide, en femme habituée à soulager les autres de leurs douleurs, à les guider dans la peine et à les secourir. Car c'est ce qu'elle avait fait, aujourd'hui, elle m'avait secourue. Elle était sage-femme…

Ensuite, tout se passa très vite:

La porte de la maison se referma; mon mari m'aida à remonter dans la carriole, puis y grimpa à son tour en hélant la jument; Marie-Geneviève sortit de la maison en courant, avec quelque chose sous le bras; le maître, contrarié, immobilisa la carriole qui prenait déjà son élan.

– Vos herbes, madame. Vous les aviez laissées sur la table, fit la sage-femme à bout de souffle.

Puis elle me tendit le panier, que j'avais complètement oublié, en retenant mes doigts un court instant. Une seule seconde. Le temps que nos regards se croisent. Le temps de me faire comprendre quelque chose.

Mon époux reprit les rênes d'une main sûre, puis nous partîmes pour de bon en laissant le village derrière nous et

Marie-Geneviève qui nous saluait vivement depuis son trottoir de grosses planches.

Je tins alors de toutes mes forces le petit panier sur mes genoux. Et il me tardait de me retrouver seule pour l'ouvrir. Car j'avais très bien compris : Babette y avait sûrement glissé quelque chose. Quelque chose qui me ferait savoir où et quand la rencontrer.

Prétextant vouloir me rafraîchir un peu avant le repas du midi, je montai directement dans mes appartements. Je refermai la porte derrière moi, m'assieds sur le lit, puis, me ravisant, m'agenouillai plutôt par terre, derrière la grande commode : on n'était jamais trop prudent dans cette maison ! Le panier contenait des feuilles de menthe sauvage et, en fouillant un peu, un morceau d'écorce de bouleau blanc. Une main pressée et maladroite y avait inscrit quelques mots à l'aide d'un morceau de bois brûlé :

AVANT LA NUIT AU ROCHER

Mon Dieu ! Comment pourrais-je trouver le moyen de sortir à cette heure tardive sans être découverte ? Cela était presque impossible ! Comment Babette pouvait-elle me demander une telle chose, elle qui savait que mes moindres allées et venues étaient surveillées ? Je n'avais surtout en aucun cas la permission de quitter le manoir au crépuscule.

Mais le problème se régla vite : il me fallait voir mon amie sans délai et je décrétai en moi-même que rien ni personne ne m'en empêcherait. Il pourrait se passer des semaines, voire des mois, sans que j'aie la chance de rencontrer Babette à nouveau... Avant le repas du soir, mon mari s'occuperait fort probablement dans la salle de lecture et Angélique et Sophie s'affaireraient aux cuisines. Je pourrais alors, sans trop de risques, leur passer sous le nez. Il ne me restait plus que François : il était plus difficile de savoir où ce traître se cacherait… Mais je n'avais plus guère le choix, j'improviserais bien une excuse si je le trouvais sur mon chemin.

Une heure avant que le soleil ne se couche, j'armai mon cœur d'un courage hors du commun, puis empruntai l'escalier qui me mènerait jusqu'à mon époux. J'avais décidé de feindre à la fois la nausée, le chagrin et la mauvaise humeur, combinaison qui m'avait été suggérée autrefois par Marie-Anne pour tout cas matrimonial extrême : rien de plus efficace pour faire déguerpir un homme, avait-elle précisé. Je pris soin de frotter d'abord énergiquement mes paupières et mes lèvres avec un peu d'eau fraîche, question de bien les rougir. Puis je fis une entrée remarquée au salon, au bord des larmes.

Mon mari se leva à mon approche :

– Mais qu'avez-vous, Élisabeth ? demanda-t-il, inquiet, en enlaçant ma taille de ses mains vigoureuses.

Je lui répondis que je me sentais très triste, mais que j'en ignorais les raisons. Je m'indignai ensuite de tous les petits malaises de la grossesse et me plaignis, avant d'éclater en sanglots, d'être sans cesse l'objet de l'attention non désirée de tout un chacun. Je lui signifiai que j'avais grandement besoin d'être seule et qu'une sieste me ferait beaucoup de bien.

– Allons, ma toute belle, ne pleurez pas. Reposez-vous autant qu'il vous plaira : personne ne viendra vous importuner, j'y veillerai moi-même. Sophie vous servira votre repas dans vos appartements, ainsi vous n'aurez pas à redescendre. Je vous y rejoindrai plus tard.

Je le remerciai d'une telle sollicitude et me dirigeai d'un pas traînant, la main sur mon ventre lourd, vers les escaliers. Il m'arrêta d'un geste autoritaire, puis me souleva dans ses bras puissants afin de m'éviter tout effort. Il insista pour me dévêtir et me mettre au lit. Fortement tourmenté par mon état, il observait avec attention chacun de mes mouvements et passa une main protectrice sur ma tête. Fidèle à sa promesse, il m'abandonna bientôt en me recommandant de dormir. Dans un excès de zèle, je continuai de feindre le malaise quelques instants après son départ.

J'écoutai avec attention ses pas dans l'escalier.

J'étais enfin seule.

Mais en robe de nuit.

Précautionneusement et sans le moindre bruit, je rejetai les couvertures qui me retenaient dans le lit, puis enfilai le vêtement que j'avais porté durant tout le jour par-dessus ma tenue légère. J'entrebâillai la porte de ma chambre : le couloir était vide. Je la refermai avec délicatesse et m'avançai dans le couloir afin d'entendre les voix de la maison : rien ne semblait bouger au rez-de-chaussée. Je revins sur mes pas pour m'emparer d'une paire de grosses bottes doublées de fourrure, que je n'avais encore jamais portées, puis d'un châle de laine.

Tout en bas de l'escalier, la porte d'entrée me faisait face. C'était l'issue la plus sûre. Je descendis les marches une à une en invoquant fiévreusement l'assistance de saint Jude, le patron des causes perdues. C'était maintenant ou jamais.

J'atteignis enfin la porte, l'ouvris avec prudence, la refermai derrière moi tout aussi silencieusement, enfilai bottes et châle et m'en fus retrouver mon amie.

– Babette ! la sermonnai-je en arrivant, essoufflée, à notre rocher où elle m'attendait déjà. Il m'a fallu déployer des trésors d'ingéniosité pour te retrouver ici à cette heure ! Mon mari me croit en proie à une sorte de folie passagère due à la grossesse, mais il pourrait très bien décider de partir à ma recherche d'une minute à l'autre s'il entre dans mes appartements et que je n'y suis pas. Cela ne pouvait pas attendre à demain matin ?

– Non, Élisabeth. Si tu ne t'étais pas présentée chez Marie-Geneviève aujourd'hui, c'est moi qui serais venue te voir.

– Ici ? Au manoir ?

– Très certainement ! J'aurais trouvé un prétexte.

– Alors parle, avant que le ciel ne nous tombe encore sur la tête.

Babette regarda autour d'elle pour s'assurer que personne ne se trouvait près de nous, geste que je trouvai bien inutile puisqu'on voyait à des lieues à la ronde avec toute cette neige au sol et les arbres nus de la forêt. Elle me regarda finalement droit dans les yeux :

– Élisabeth. Ce que j'ai essayé de te dire ce matin, c'est que ton mari… le maître, aurait peut-être tué quelqu'un.

– Quoi ?

– C'est ce qu'on raconte.

– Mais qui aurait-il tué ?

– Sa propre sœur.

– Comment ? Mais c'est insensé ! D'où te vient cette effroyable idée ?

Je croisai les bras, à la fois furieuse contre les gens qui colportaient de telles horreurs et contre Babette qui semblait les croire. Mais je compris bientôt que ma pauvre amie ne faisait que me rapporter ce qu'elle avait entendu. Après tout, c'était moi qui lui avais assigné cet ouvrage ingrat. Je la laissai continuer :

– Il y a deux ans, elle aurait décidé de le rejoindre ici, en Nouvelle-France. Sa sœur, je veux dire. Elle est arrivée par bateau évidemment, à Québec, et il l'a prise avec lui. On l'a vue descendre du navire et on les a vus partir ensemble sur le chemin qui mène jusqu'ici.

– Alors ?

– Alors, ce qui est étrange, c'est qu'à son retour le maître était seul. Au sortir du chemin, au sortir des grands bois, elle n'était plus à ses côtés. Elle n'est jamais arrivée au manoir et on ne l'a jamais revue depuis. Personne n'a demandé au maître ce qu'il était advenu d'elle, pas même ses domestiques qui pourtant avaient préparé la venue de leur nouvelle maîtresse.

– Mon Dieu, mais je comprends tout maintenant ! Le coffre ! La chambre jaune ! C'était pour elle !

– De quoi parles-tu ?

– Je t'expliquerai plus tard... Termine ton histoire avant qu'on ne découvre mon absence.

– Bien. Alors Sophie, celle qui ne parle jamais, la fille de vos gens, est allée voir le curé en confession, car elle ne pouvait plus garder ce secret, trop lourd en son cœur. Elle avait vu son maître repartir dans la nuit avec une grande bâche, et une pelle...

Cette fois, c'en était trop.

– Babette ! Comment peux-tu croire de telles choses et me les raconter comme s'ils étaient la pure vérité ? Sophie n'avait que douze ou treize ans à l'époque, ce n'était qu'une fillette ! Les enfants ont l'imagination fertile, tu sais ! On n'assassine pas sa propre sœur de sang-froid comme ça ! Même si on la déteste !

J'étais hors de moi et au bord des larmes. Tout cela était trop horrible, je ne pouvais y croire. Mon mari l'aurait tuée et enterrée dans les bois ? Il m'avait confié ne pas l'aimer... Mais pas à ce point. Mon amie posa sa main sur mon épaule.

– Je n'ai jamais dit que j'y croyais, Élisabeth. Il me fallait seulement te mettre au courant. Et cela expliquerait...

– Expliquerait quoi ?

– Cela expliquerait sa façon de surveiller toutes tes sorties. Il ne veut pas que tu saches. Les gens auraient pu parler.

J'éclatai finalement en sanglots :

– Ce que tu me racontes est si abominable !

Babette scruta de nouveau le paysage autour de nous, car nous devions nous quitter. Le soleil se couchait déjà à l'horizon : Sophie monterait bientôt à ma chambre. Mal à l'aise, mon amie m'embrassa. Elle me recommanda de prier la bonne sainte Anne, la mère de Marie, car celle-là était reconnue pour ses nombreux miracles.

– Tous ceux et celles qui se sont voués à elle ont été secourus, m'affirma-t-elle, convaincue. Je suis désolée de t'avoir fait de la peine, Élisabeth. Je suis si désolée.

Je n'entendis pas la suite, car j'étais déjà loin.

Sur le chemin du retour.

Je devais maintenant rentrer chez moi... avec cet homme. Cet homme que j'aimais plus que moi-même.

Une terrible angoisse, pire que toutes celles que j'avais connues jusqu'alors, étreignit mon âme. Ce n'était pas possible. Tout cela était impensable, insupportable pour mon cœur ! J'appuyai avec force mes mains fraîches sur mes yeux rougis de peine et tâchai sans grand succès de faire cesser mes larmes. Je me sentais perdue. Et trahie. Comment les gens pouvaient-ils raconter de tels mensonges ? Comment mon mari aurait-il pu faire une telle chose ? En était-il capable ?

Le soleil, juste avant de disparaître pour de bon, éclairait de ses derniers rayons la pièce de lecture. Après que je me fus changée, j'y entrai en trombe, pris un livre au hasard, puis me jetai avec colère dans un fauteuil tout près du feu. Comme il était difficilement envisageable de demander à mon époux s'il n'avait pas, par inadvertance, omis de me dire qu'il était un assassin, je décidai que je pouvais au moins m'offrir le loisir de bouder un peu. Ce dernier ne bougea pas de sa chaise plongée dans l'ombre, mais je savais qu'il m'observait. Je plaidai avant qu'il ne me demande quoi que soit que je ne trouvais pas le sommeil et que j'avais préféré redescendre. Durant presque une heure entière, je me retranchai derrière mon livre, muette et immobile, afin de vider mon esprit de ses tourments.

La simple pensée que mon mari puisse être un meurtrier, de sa sœur de surcroît, était trop douloureuse pour que je puisse seulement l'envisager. Seule la colère habitait mon esprit, comme un doux rempart contre la folie qui menaçait à chaque instant de s'emparer de mon âme. Comme je détestais tous ceux qui racontaient ces choses sur mon époux. Comme je méprisais ces hypocrites qui se saisissaient des pires rumeurs, les alourdissaient de nouveaux détails et les colportaient d'un bout à l'autre du village... d'un bout à l'autre du pays!

Le vilain curé y était sûrement pour quelque chose! Sophie lui avait tout raconté... Et il ne s'était pas embarrassé longtemps d'un tel secret, *tout le monde semble au courant de ce qui s'est passé ici, mais personne n'ose en parler,* m'avait précisé Babette chez la sage-femme. Cet homme n'avait-il point cherché à me mettre en garde contre celui qui partageait ma vie, profitant sournoisement de l'intimité du confessionnal?

– Soit vous faites semblant de lire, soit vous le faites avec bien des difficultés, lança mon époux, m'arrachant subitement à ces sombres ruminations.

– Pourquoi dites-vous cela?

– Parce que vous n'avez pas encore tourné une seule page.

– Je réfléchis.

Quand mon mari se leva enfin pour regarder la nuit, j'en profitai pour l'étudier à ma guise. Son dos large et ses épaules puissantes, ses bras musculeux, sa nuque massive et ses deux fortes jambes se découpaient étrangement dans la blême clarté de la lune que l'on apercevait par la fenêtre ouverte. Un homme brutal, dépourvu de toute douceur... Un homme dans sa plus parfaite expression. Un homme qui pourrait tordre le cou à n'importe qui sans le moindre effort, sans la moindre peine. Je le vis avec horreur attraper soudainement le tisonnier qui prenait appui au mur pour venir le planter violemment dans le brasier près duquel je me réchauffais le cœur et les mains. Des centaines de flammèches s'en détachèrent, dansèrent pendant quelques secondes, puis s'éteignirent dans la pénombre. Il me regarda droit dans les yeux.

– Parlez-moi, Élisabeth. Immédiatement!

Son ordre ressemblait davantage à un grognement qu'à une parole.

Il me tendit la main et j'y déposai la mienne: je me redressai. Il s'empara de mon corps, m'attirant d'une seule main, puis leva mon visage de l'autre… Afin de fouiller le tréfonds de mon âme. Mais je résistai. Et il ne vit pas la peur qui commençait doucement à s'insinuer en moi… Subtilement. Labourant mon cœur de ses mains glaciales pour remplacer cette colère à laquelle je m'étais accrochée si désespérément.

– Je n'ai pas envie de parler de quoi que ce soit, monsieur, pas ce soir.

Il ne me demanda plus rien. Je baissai les yeux pour me laisser aller tout contre lui, tâchant d'oublier. Oublier ce qui me faisait si mal, et si peur. Oublier pour être heureuse… Oublier pour survivre. Je montai d'un pas pesant à ma chambre.

Avant de rejoindre mon époux pour la nuit, je redescendis, saisie d'une impulsion soudaine. Les visages peints qui entouraient la table me scrutèrent alors de leurs yeux mauvais. Et je les toisai à mon tour… tandis que mon enfant s'agitait en moi.

Angélique passa, une chandelle à la main.

Je l'arrêtai, d'une faible voix:

– Angélique…

Elle sursauta:

– Bonté divine! Madame! Mais que faites-vous, ici, dans le noir?

– Angélique, dites-moi… Qui est cette femme dans ce tableau?

Elle leva sa bougie pour mieux éclairer le mur devant nous. Mais je connaissais déjà la réponse à ma question.

– Votre belle-sœur, madame. La sœur de votre mari, dit-elle. Mademoiselle Anne de La Roche.

Je remontai vers cet homme, celui pour qui mon cœur battait, celui pour qui j'aurais donné et ma vie et mon âme. Je marchai pour le retrouver dans son antre où m'attendait vraisemblablement une autre nuit de délices, une autre nuit sans sommeil.

Chapitre XVII

Le printemps ne dura qu'une semaine et ne servit qu'à attirer sur le village quantités d'averses parfois douces, parfois cinglantes. La boue recouvrit le sol et empêtra les pieds des hommes et des femmes, les sabots des chevaux, les pattes des chiens et de tous les animaux d'élevage. Pâques eut lieu le 25 avril, sous l'averse. La fête de mai fut annulée, la pluie n'ayant cessé de tomber en un crachin continu le dernier jour d'avril; personne n'eut assez l'esprit à s'amuser pour planter le poteau traditionnel dans toute cette vase.

Les habitants s'affairèrent vaillamment sur leurs maisons et bâtiments afin de réparer les dommages que l'hiver avait pu causer. Dès le lever du soleil, on pouvait entendre, même de loin, résonner leurs puissants coups de haches et de marteaux. Car il fallait faire vite: en Nouvelle-France, la belle saison ne durait jamais bien longtemps et l'on devait déjà songer à la coupe des foins et à la récolte du blé qui auraient lieu dans quelques mois à peine.

Moi qui avais si ardemment souhaité un ventre bien rond m'en repentais de plus en plus. Dieu avait si bien répondu à mes prières que j'avais maintenant plus de poids à l'abdomen que dans tout le reste de mon pauvre corps. Me déplacer était de plus en plus difficile et me lever d'un siège trop moelleux tenait littéralement du tour de force: je devais effectuer cette prouesse soit en avançant sans aucune grâce les fesses jusqu'à son extrémité, soit en quémandant la main secourable de tout individu se trouvant à proximité. Les nausées étaient enfin choses du passé et je me réjouissais chaque jour en sentant bouger l'enfant en moi. Malgré de grandes douleurs au dos qui se faisaient de fois en fois plus aiguës, je tenais à sortir tous les soirs afin de profiter de l'air tiédi qu'apportait le coucher du soleil. Au début des chaleurs, les paysannes ne portaient que le cotillon, et les robes que mon mari m'avait fait confectionner étaient toutes taillées dans un tissu aussi léger et confortable.

Un soir de juin où le ciel menaçait depuis longtemps d'éclater en violents orages, je fus prise de faibles crampes au bas-ventre… Rien de bien inquiétant, aussi n'en parlai-je à personne, certaine d'avoir affaire à une nouvelle indisposition naturelle causée par mon état. Elles arrivaient par petites vagues légères mais tenaces, puis repartaient, tout aussi simplement.

Nous sortîmes pour prendre l'air un peu plus tôt que d'habitude, car le temps qui s'agitait était magnifique à contempler. De grands éclairs blanc et bleu déchiraient le ciel complètement noir en son sommet et pourpre à l'horizon : il était certain que la pluie s'abattrait bientôt sur nous… Puis la foudre tomba, au loin. Mon mari me tendit un gobelet d'un grand cru que je ne refusai point. Je me sentais heureuse… Presque euphorique. Quelque chose semblait se passer en moi… Les tiraillements se firent rapidement plus fréquents, mais je ne ressentais encore aucune douleur. Encouragée par le vin et sa douce ivresse, je demandai d'une toute petite voix à mon époux d'envoyer François quérir la sage-femme au village, dans l'heure. Il renversa son gobelet en entier sur ma robe.

Je n'aurais jamais pu imaginer, et même dans mes pires cauchemars, que quelque chose puisse faire aussi mal. Chaque nouvelle crampe était plus douloureuse, plus longue et plus cuisante que la précédente. Mais j'avais compris, en observant Marie-Geneviève et son sourire empreint de calme, que tout se passait à peu près normalement. Peu après son arrivée, un liquide chaud comme le sang et clair comme l'eau avait coulé d'entre mes jambes. Et c'est seulement ensuite que la douleur était vraiment arrivée, surprenante et terrible… Impossible à négliger.

– Les eaux ne coulent pas d'un seul coup, m'avait-elle affirmé, la tête de l'enfant est déjà engagée dans le passage.

– Est-ce pour cela que j'ai si mal ? avais-je demandé, anxieuse.

– Non. Toutes les femmes ont mal. Mais bientôt je poserai votre enfant sur votre poitrine. Et vous oublierez tout.

Marie-Geneviève et Angélique s'affairaient autour de moi. Nous étions montées dans mes appartements au moment même où l'orage frappait le manoir. En femmes expérimentées, elles avaient prévu quantité de guenilles, de l'eau fraîche dans une grande bassine de fer et quelques draps propres. Elles suivaient mes déplacements pas à pas et épongeaient mon front sans cesse, avec un chiffon doux imbibé d'eau.

On m'emmena bientôt près d'une fenêtre afin que je puisse me rafraîchir. La tempête qui battait au-dehors chassa à grands coups de bourrasques la moiteur de mes appartements. Je tentai de m'étourdir devant cet impressionnant spectacle de la nature afin de mieux supporter le feu qui mettait mes entrailles au supplice : un nombre incroyable d'éclairs lacéraient le ciel de nuit, de terribles coups de tonnerre les accompagnant sans relâche. Angélique prépara mon lit, mais me conseilla de ne pas m'y allonger encore.

– Sophie, cria-t-elle à sa fille depuis la porte, va faire bouillir de l'eau !

– Je crois que nous n'aurons pas à attendre bien longtemps, dit Marie-Geneviève.

– C'est quand même le premier.

– Oui, mais je vois que les contractions ne lui laissent guère de répit. Je ne lui donnerai pas le breuvage que j'ai préparé.

– Qu'est-ce que c'est ?

– Juste un peu d'ergot de seigle, pour accélérer le travail. Elle n'en a pas besoin.

– Vous devez avoir raison.

– J'en suis presque certaine. Elle devra pousser bientôt.

– Sophie ! Dépêche-toi !

La foudre tomba tout près.

– Allongez-vous, madame, la sage-femme va regarder où en est le bébé.

Je m'étendis avec peine et il me sembla que la douleur était pire. On glissa un coussin sous mes reins.

Une contraction me coupa littéralement le souffle.

Quelqu'un me dit de respirer. Je répondis en pestant que j'en serais bien incapable. Car je ne pouvais que rester immobile, sans souffle et sans voix… attendant que cette brutale souffrance cesse, contemplant avec détachement les deux femmes qui prenaient grand soin de moi.

– Il est préférable qu'elle marche encore un peu, suggéra Marie-Geneviève.

Elle m'aida à me relever. Je me mis à arpenter la pièce de long en large, cinq fois, dix fois, trente fois… en priant la Vierge Marie pour que tout s'arrête…

Mais de toute évidence, rien ne s'arrêta. Il me fut de plus en plus difficile de contrôler cette satanée douleur qui se propageait maintenant à travers mon corps entier. J'aurais presque aimé perdre conscience. La seule chose à laquelle je me permis alors de penser fut au bruit des pas de mon époux qui longeait encore et encore les murs du couloir devant ma porte, au même rythme que ma douleur.

Je mis au monde juste avant le lever du jour, au moment que l'on dit le plus sombre de la nuit, un solide gaillard aux cheveux noirs comme ceux de son père, hurlant de colère, les sourcils froncés et les poings serrés.

Angélique et Marie-Geneviève nettoyèrent rapidement la chambre afin de laisser entrer mon mari. Elles descendirent ensuite aux cuisines en chuchotant comme de vieilles amies, le temps de se reposer un peu et de nous laisser faire connaissance avec l'enfant qui partagerait maintenant nos vies.

Il était magnifique. Tout simplement. Tout comme son père à qui il ressemblait à s'y méprendre. Une multitude de cheveux noirs en bataille encadrait un visage aux traits déjà furieux. Deux petits yeux sombres, qu'il venait à peine d'ouvrir, semblaient me détailler sans gêne aucune. Nous nous observâmes un long moment, en silence. Je m'étais toujours demandé pourquoi Dieu nous avait envoyé Son Fils sous la forme d'un nouveau-né et c'est ce matin-là, en contemplant le mien, que je compris vraiment.

– Bonjour, petit homme, je suis ta maman, lui dis-je doucement, mais tu ne me ressembles pas du tout. Peut-être avons-nous le même nez, finalement.

Il sembla comprendre ce que je lui disais, referma ses adorables paupières bordées de longs cils, puis se remit à hurler. Je le mis tout près de mon sein sans trop savoir comment m'y prendre, mais lui, impatient de remplir son ventre pour la première fois, ne sembla pas s'en formaliser : il se mit à téter comme si cela était la chose la plus naturelle du monde. Et peut-être l'était-ce après tout…

Étrangement, je me sentais en pleine forme, même après la nuit que je venais de passer. Car cela n'avait pas été une mince affaire de donner naissance à ce colosse : il m'avait fallu pousser longtemps et, qui plus est, m'accroupir finalement comme une chatte. Mais mon fils ne s'était pas laissé abattre pour si peu. Il était venu au monde envers et contre tous, si petit et déjà fort et courageux. Je saurais plus tard que mes gardiennes s'étaient même un peu inquiétées pour moi, sans toutefois le laisser paraître. Elles m'avaient fait boire à petites gorgées du bon vin chaud assaisonné d'oignons, pour accélérer la dilatation, et de miel, pour me redonner des forces. Mon cœur s'était gonflé de fierté quand j'avais entendu s'exclamer les deux femmes :

– Mais il est énorme !

– Comment a-t-il pu tenir dans un aussi petit ventre ?

– Regardez ces épaules ! C'est un vrai costaud !

Mon mari s'était rapproché, ému. Il me baisa simplement le front avant de prendre son fils dans ses bras.

Alors je le regardai.

Vraiment.

Pour la première fois.

Envoûté par le visage de son enfant endormi.

C'était un homme tout noir. Je ne pouvais le décrire d'une autre façon. Il était plus grand que tous les autres, les autres que je ne voyais plus. Ses cheveux, ses yeux… Oui. Même son regard était noir. Il avait le teint des hommes qui passent le plus clair de leur temps au grand soleil, mais le regard de ceux qui se cachent dans l'ombre. Cet homme était dépourvu de toute délicatesse. Ses traits étaient rudes, ses yeux, surmontés de deux épais sourcils se rejoignant au milieu du front, sa mâchoire, forte et son sourire, lointain. Il avait le regard dur, imposant sa volonté où et quand il le voulait. Je n'avais jamais imaginé un seul instant qu'un tel être existât quelque part. Un homme à l'état brut, sans apparat, sans élégance ni finesse.

Mais je ne le craignais plus. Plus maintenant.

– Vous semblez toujours lire dans mes pensées…, commençai-je. Mais vous cachez les vôtres derrière un silence qui me pèse de plus en plus chaque jour.

Il me regarda, mais ne dit rien. Pour me laisser continuer.

– La Dame blanche, qui est-elle ?

– Les gens disent que c'est ma sœur.

– Pourquoi ?

– Parce que celle-ci est disparue, mais qu'on ne sait ni comment ni pourquoi… Les gens expliquent les choses comme ils le peuvent. Surtout quand ils ont peur.

– Les gens racontent…

– Que je l'ai tuée, je sais… Mais c'est faux.

– Vous savez tout ce qu'on raconte à votre propos ?

– Peut-être pas tout. Mais cela n'a pas d'importance.

– Que s'est-il passé alors ? Avec votre sœur ?

Il sourit tristement.

– Vous tenez vraiment à le savoir ?

– Oui. J'y tiens…

Tout en gardant son fils dans ses bras, mon époux prit une chaise et la plaça près du lit. Il sembla chercher dans ses souvenirs.

– Je ne l'avais pas vue depuis neuf ou dix ans quand j'ai reçu une lettre d'elle m'annonçant qu'elle venait me rejoindre ici, en Nouvelle-France.

– Elle vous savait ici ?

– Non. J'avais coupé tout contact avec ma famille.

Il se leva avec précaution pour ne pas éveiller l'enfant, sortit de la chambre et revint quelques instants plus tard, une enveloppe à la main. J'en soulevai le rabat avec soin pour y trouver une écriture élégante.

Mon très cher frère,
Voici que je vous retrouve enfin.

Vous m'avez donné bien du fil à retordre ces dernières années...

Mais doutiez-vous de mon acharnement? Cela eût été mal me connaître. Je peux compter, autant que vous, sur de nombreux amis en France et les membres du clergé de Paris n'ont pas hésité à secourir une pauvre femme à la recherche de son unique frère, disparu dans d'étranges circonstances. J'embarque en avril, à Dieppe, pour être de la prochaine traversée.

Notre père a finalement renié sa propre fille... cela me chagrine beaucoup. Il ne me reste de famille que vous.

Sachez que j'ai toujours en ma possession un papier qui, je n'en doute point, vous assistera dans le respect de vos engagements envers votre plus proche et bien-aimée parente.

Me ferez-vous l'honneur de me présenter une épouse? Une nièce ou un neveu que je saurai chérir autant que je vous aime? Il me tarde tant de vous revoir enfin et de visiter vos terres qui sont, paraît-il, magnifiques.

À la douce mémoire de notre mère adorée,

Votre sœur à jamais,

Anne

Je laissai tomber la lettre sur mes genoux.

– Elle vous a retrouvé grâce au curé?

– C'est ce que je pense aussi. Elle dit avoir reçu l'aide du clergé. Qui aurait pu la renseigner si ce n'est ce scélérat?

– Croyez-vous qu'ils se sont écrit?

– C'est possible. Mais il ne l'avouera jamais. Il aurait été trop heureux de l'aider dans ses démarches. Cet homme souhaite depuis longtemps mon départ.

– De quelles démarches parlez-vous?

– Cette femme veut le manoir, ni plus ni moins.

– Mais le manoir vous appartient, vous avez reçu vos terres du roi, elle ne peut y prétendre!

– Oh que si, malheureusement. J'ai commis une grave erreur, Élisabeth, il y a longtemps. J'étais trop jeune peut-être pour mesurer la gravité de mon geste.

– Mais qu'avez-vous donc fait ?

– Ma pauvre mère se mourait. Elle nous a fait venir, Anne et moi. Elle n'avait jamais accepté... ni même voulu voir notre haine l'un pour l'autre. Elle m'a fait promettre de toujours prendre soin de ma sœur. De veiller sur elle si un mari ne pouvait le faire à ma place. Elle devait bien se douter que sa fille ne se marierait jamais. Anne ne se privait pas de l'affirmer d'ailleurs, elle ne voulait rien devoir à personne, surtout pas à un homme, disait-elle souvent. Et puis, qui aurait voulu d'elle ? Personne ne l'a demandée en mariage. Son impressionnante dot n'aurait pu faire oublier à quiconque sa méchanceté. Ma sœur était folle, démente, malade, plus que vous ne pouvez vous l'imaginer.

– Que voulez-vous dire ?

– Elle s'en prenait à notre mère, la malmenant et la giflant dans ses excès de rage. J'ai souvent dû la maîtriser de mes propres mains.

– Mais c'est horrible ! On ne frappe pas sa mère ! Comment celle-ci pouvait-elle endurer tout ça ?

Mon mari serra les mâchoires, les yeux au loin. Il me récita les paroles que celle qui l'avait mis au monde dut lui déclamer tant de fois :

– Une femme catholique ne se révolte pas. Une femme pieuse pardonne à ses enfants, elle les chérit dans le bien ou dans le mal. Elle ne les juge pas.

– ...

– N'est-ce pas le Fils de votre Dieu, Élisabeth, qui parle de tendre l'autre joue ? ajouta-t-il avec amertume.

Je rougis de honte devant l'allusion. Il était vrai que certains principes de l'Église, pris à la lettre, pouvaient mener à de grands sacrifices. Croyait-il que sa mère avait accepté de vivre toute cette souffrance au nom de sa foi ? Je comprenais mieux la rancœur de mon époux contre Dieu.

– Et votre père ? demandai-je alors, afin de ne point répondre à sa question. Comment pouvait-il laisser faire de telles choses ?

– Il a souvent menacé ma sœur de la déshériter si elle ne changeait point d'humeur. Ma mère craignait qu'il ne mette un jour ses avertissements à exécution. C'était sa fille, sa propre chair, son propre sang. Elle l'aimait malgré tout et elle a simplement voulu la protéger. Moi, je la détestais pour ce qu'elle était vraiment. Pour tout le mal qu'elle faisait. Elle a fait mourir ma mère de chagrin. Je ne le lui pardonnerai jamais.

– …

– Nous avons signé devant notaire, sans que mon père soit mis au courant. Je devais prendre soin d'Anne, lui assurer une existence décente, la loger et la nourrir advenant son déshonneur, si elle perdait son héritage. À mon décès, tous mes biens lui reviendraient, ma fortune, mes terres, tout, à moins d'avoir moi-même un héritier mâle. J'ai signé, la mort dans l'âme, espérant de tout cœur que ce jour n'arriverait jamais, qu'elle n'aurait pas à faire valoir son droit.

– Qu'avez-vous fait ensuite ?

– J'ai tout quitté, laissant le domaine familial en Loire à ma sœur, dont elle hériterait, selon sa bonne conduite. Je préférais renoncer à tout pour mieux refaire ma vie ailleurs. Je lui ai laissé sa chance. Elle n'avait qu'à cesser toutes ces crises de colère et elle aurait droit au patrimoine en entier. Mon père l'en avait bien avisée. Pourtant, je connaissais Anne. J'aurais dû prévoir qu'elle finirait par l'exaspérer au point où il la désavouerait pour fille. Et surtout, j'aurais dû me douter qu'elle conserverait précieusement ce papier jusqu'au jour où elle aurait l'occasion de s'en servir.

– Mais vous n'êtes pas mort ! Pourquoi venir alors en un endroit où elle n'est point la bienvenue ?

– Peu lui importent mes sentiments ! Je dois prendre soin d'elle de mon vivant, lui offrir un toit. Et puis relisez attentivement sa lettre, Élisabeth. Ses menaces envers moi ou mon fils sont à peine voilées. Vous-même êtes fort probablement en danger. Elle fera tout pour arriver à ses fins. Si nous disparaissons tous, elle hérite du manoir et de toutes mes possessions. Et elle n'a plus d'autre choix, son propre père l'a jetée à la rue !

– Mais que pouvons-nous faire ? Nous ne savons même pas si elle est encore en vie ! Nous ne savons pas où elle se trouve ! C'est affreux !

Mon mari parut réfléchir un instant, se remémorant avec peine un passé pas si lointain.

– Quand Anne est arrivée à Québec, la maladie était sur le bateau. Une sorte de fièvre ardente et contagieuse avait atteint presque tous les passagers et membres de l'équipage. Beaucoup étaient morts durant la traversée, les autres furent envoyés dès le débarquement à l'Hôtel-Dieu pour être soignés. Mais il n'y avait que peu d'espoir de guérison. Les salles étaient pleines de malades, quelques églises avaient même été remplies.

– Votre sœur était malade ?

– C'est ce qu'elle a affirmé. Mais elle a refusé d'être soignée et a exigé que l'on parte sur-le-champ pour le manoir. Alors je l'ai emmenée, même si les religieuses s'y refusaient : il ne fallait pas propager l'épidémie dans toute la colonie. De toute façon je la voulais auprès de moi. Pour garder un œil sur elle.

– …

– Nous nous sommes engagés sur la route sans nous arrêter. Elle ne cessait pas de se plaindre de maux de tête et d'étourdissements. Puis du chemin qui était si mauvais… Je ne vous cacherai pas qu'en mon for intérieur j'ai presque souhaité que la maladie l'emporte enfin, pour me libérer d'elle. La nuit est finalement tombée. J'ai laissé la jument aller au pas. Nous avions depuis longtemps dépassé l'auberge qui croisait notre route, mais il aurait été mauvais de s'y arrêter, à cause de la fièvre d'Anne et de la possible contagion.

– Êtes-vous arrivés au manoir? demandai-je, connaissant pourtant fort bien la réponse à cette question.

– Non. Jamais. Une roue s'est brutalement coincée dans une crevasse au bord du chemin. Et ma sœur avait déjà perdu conscience.

– Qu'avez-vous fait?

– J'aurais dû l'emmener. Mais je ne voulais pas qu'elle subisse les soubresauts d'un déplacement à cheval. Si elle vivait encore, la moindre secousse aurait pu la tuer. Et je ne suis pas un meurtrier, quoi qu'on ait pu vous en dire. Je me savais près du manoir, tout près même. Alors j'ai détaché la jument pour aller chercher ce qu'il fallait pour remettre la roue sur la route.

Mon cœur s'emballa:

– Une pelle… et une grande bâche?

– Comment le savez-vous? s'étonna mon époux.

– On me l'a raconté.

– Je ne savais point que les mauvaises langues pouvaient être d'une telle précision.

– Elles le sont, apparemment. Mais continuez, je vous en prie… Avez-vous réussi à remettre la roue sur la route?

Mon mari éclata alors d'un rire lugubre. Un rire qui me glaça les sangs. Son fils, qui dormait toujours dans ses bras, ne broncha pas.

– C'est ici que tout se complique, ma toute belle, parce que quand je suis revenu, Anne n'était plus là. Voilà où nous en sommes!

Mon époux me laissa dormir toute la journée. Angélique et Marie-Geneviève se relayèrent pour venir changer mes guenilles qui s'imbibaient rapidement de sang et pour m'apporter mon petit bonhomme dès que celui-ci réclamait à boire. Malgré la grande fatigue qui s'était finalement emparée de moi, j'étais toujours heureuse lorsqu'on déposait cette merveille de la nature dans mes bras, découvrant chaque fois à mon fils de nouvelles vertus : comme il était fort, comme ses mains étaient douces et ses pieds, adorables...

– Notre fils dort encore, mais Angélique dit qu'il réclamera bientôt sa mère, commença mon mari, ce soir-là, en s'asseyant au bord du lit.

– Et son père ?

– Il semble se plaire dans mes bras.

– Sortirez-vous quand même cette nuit ? demandai-je d'un air boudeur.

– Oui. Et encore demain, et la nuit suivante, jusqu'à ce que je mette enfin la main sur ma sœur. Je ne peux pas la laisser aller ainsi. Elle pourrait décider de s'en prendre à n'importe qui. Elle pourrait... elle pourrait faire du mal à n'importe qui.

– Et si vous ne la retrouvez jamais ?

– Je la retrouverai. Même si elle n'a pas encore daigné se montrer à moi. Tant de gens l'ont vue marcher aux alentours qu'elle fait désormais partie d'une stupide légende. Vous l'avez vue vous-même, ma chérie... De quoi avait-elle l'air ?

– Je ne sais trop. La nuit était tombée. Mais elle portait une grande robe blanche, comme en lambeaux. Et de longs cheveux noirs qui cachaient son visage.

– Aussi noirs et aussi longs que la Huronne qui fait parfois quelques ouvrages domestiques à l'église. Hormis son teint pâle, Anne pourrait avoir l'air d'une vraie Sauvagesse. Et elle portait bien une robe blanche au sortir du navire.

– Mais dites-moi… Pourquoi gardez-vous sa chambre intacte ?

– Parce que je ne crois pas aux fantômes. Je m'explique mal que son corps soit, à ce jour, encore introuvable. Vous ne la connaissez pas comme je la connais, elle serait bien capable de faire tout ce remue-ménage seulement pour me déplaire… Ou pour s'amuser.

– Mais quand je l'ai aperçue, elle ne laissait aucune trace dans la neige !

– C'était un soir de tempête. C'était probablement délibéré de sa part, de sortir quand elle ne laisserait pas d'empreintes. Cela est plus troublant pour qui croit aux fantômes et… il devient alors difficile de la suivre.

– Comme vous avez raison, je n'avais pas envisagé la chose ainsi.

– Cette femme est folle, mais d'une grande intelligence. Cela reste, à mon avis, une alliance bien dangereuse.

– Il y a encore quelque chose, Rémy, que je m'explique difficilement…

– Je vous écoute.

– Pourquoi conservez-vous cette grande peinture d'elle, dans la salle à manger ?

Mon mari éclata de rire.

– Elle l'avait dans ses bagages. Je l'ai installée de façon à l'avoir directement devant moi. Pour ne jamais l'oublier. Pour empêcher mon esprit de se détourner de mes responsabilités. Chaque fois que je prends mon repas en sa présence, il me tarde de régler une fois pour toutes cette sinistre affaire. Pourquoi croyez-vous que son livre favori se trouve dans ma bibliothèque ? Il me rappelle qu'elle n'est pas loin.

– Vous vous torturez inutilement !

– Cela n'est pas inutile. Je suis un homme de guerre, Élisabeth. Et les hommes de guerre ont toujours sous leurs yeux une carte du pays à conquérir, des lieux où se terre l'ennemi. Contempler le visage d'Anne… contempler son regard démentiel me rappelle sans cesse mon devoir de la retrouver.

– …

– Mais il vous est toujours interdit de vous éloigner de moi. S'il est vrai qu'un esprit vient ainsi, au beau milieu de la nuit, je préfère vous savoir à portée de main. Que ma sœur soit morte ou vive, elle erre tout de même dans les environs et je vis dans une perpétuelle angoisse dès que vous ne vous trouvez pas sous mes yeux. Si elle est toujours vivante, il est bien certain que je la retrouverai. Et je ferai alors en sorte qu'elle ne puisse plus aller ainsi sans surveillance aucune. Sa folie a beaucoup trop duré. Et aujourd'hui, j'ai deux raisons de plus de l'arrêter : j'ai une femme et un fils à protéger. Je ne vivrai point en paix tant que je ne me serai pas saisi de cette femme… ou de son cadavre.

Mon mari se tut, l'air songeur. Subitement, un léger sourire aux lèvres, il s'empara de ma main et glissa à mon doigt une bague magnifique sertie d'une énorme émeraude. Une émeraude de la couleur de mes yeux. Je voulus réprimer mais en vain le cri d'émerveillement qui suivit.

J'avais toujours considéré l'incertitude comme le plus angoissant des sentiments. Car il était toujours l'instigateur d'une cruelle attente. L'attente du pire, l'attente du plus épouvantable. L'incertitude gâchait la vie, rongeait de l'intérieur, torturait l'âme sans relâche… Quand on ne savait rien, tout pouvait arriver. J'avais pris la décision, au cours des jours suivant mon accouchement, d'aider mon époux à retrouver sa sœur. Mon fils ne serait jamais en sécurité si une femme, vivante ou morte, lui voulait du mal. J'avais compris qu'elle serait prête à tout pour obtenir le manoir.

Voilà les mornes pensées qui hantaient mon esprit le jour où tous les gens de la paroisse rendirent un dernier hommage au petit Toussaint. Je venais à peine de quitter le lit, après une longue période de relevailles, n'ayant point, comme les autres femmes, à me remettre aux travaux quotidiens. Tout le village s'était réuni sur la colline près de l'église pour voir passer le convoi mortuaire.

Comme il était pénible de pleurer deux fois le même enfant. Je constatai, en marchant aux côtés de mon époux, dans le cimetière derrière l'église, que le chagrin des proches et des amis était aussi cuisant que si le malheur avait eu lieu la veille. Mais la terre était de nouveau malléable et il était temps de renvoyer cet ange à son Dieu. J'imagine qu'on ne guérit jamais vraiment de la perte de ceux qu'on aime. Je m'approchai de Marie-Anne et d'Honoré pour les presser un instant sur mon cœur.

Nous écoutâmes tous l'homélie du curé sans dire un mot, chacun à ses pensées. Nous formions, autour de l'enfant endormi pour toujours, un cercle silencieux. Mon fils, s'insurgeant à sa façon contre la mort, s'agitait joyeusement dans les bras de son père.

Je n'avais pas encore vu le cimetière de la seigneurie, aussi me mis-je, dans le mince espoir de tromper ma tristesse, à lire les épitaphes qui ornaient les pierres tombales ou les croix de bois. Ici un homme avait laissé en deuil une épouse bien-aimée, sept enfants et quatre petits-enfants, là une femme était morte en couches, avant d'avoir pu devenir mère…

Un simple crucifix de bois, planté suffisamment à l'écart des autres, attira mon attention. Un minuscule crucifix à la limite du cimetière, loin des autres tombes. Caché par les arbres de la forêt.

Qui était-ce ? Quelqu'un à qui l'on avait refusé la compagnie des autres défunts ? Quelqu'un d'esseulé, même dans la mort ?

Et puis la terre semblait avoir été retournée depuis peu. Était-ce possible?

Non. Je ne me trompais point. Les herbes n'avaient pas encore eu le temps de recouvrir la tombe de leur verdure. Pourtant nous étions en mai.

Cet enterrement ne pouvait avoir eu lieu que la veille. Ou le jour d'avant.

Comme c'était étrange.

Quelqu'un était donc mort ici, dans la paroisse, et je n'en avais point eu connaissance? Angélique m'en aurait glissé un mot, assurément, elle qui se faisait un plaisir de me donner des nouvelles de tout un chacun, que l'occasion en vaille la peine ou non.

– Regardez par là, chuchotai-je à l'intention de mon mari qui, de toute façon, n'écoutait que d'une oreille distraite le discours du curé.

– Qu'y a-t-il?

– Une tombe, fraîche. À l'autre bout du cimetière, à l'orée des bois sur la gauche. Elle semble camouflée parmi les arbres.

– Je ne la vois pas...

– De ce côté. La croix qui en marque l'emplacement est à peine plus haute que ma botte.

– Cela est singulier. Il me semble que nous aurions entendu parler d'un décès dans la paroisse...

– C'est ce que je crois aussi.

Les gens quittèrent finalement le cimetière les uns à la suite des autres, la tête baissée, dans une attitude de recueillement. Mon mari et moi nous regardâmes d'un air entendu. Le curé était loin devant, occupé à remplir avec autant de sérieux que possible ses devoirs d'officiant. Nous attendîmes la toute fin du cortège pour avancer à notre tour. Personne ne sembla remarquer notre manœuvre.

Nous nous retrouvâmes seuls.

Mon époux marcha alors de son pas leste jusqu'à la tombe, en fit le tour, toucha au crucifix, puis revint vers moi. Je devinai à son air contrarié que quelque chose n'allait pas.

– Et puis ? lui demandai-je devant son silence.

– Il n'y a aucune épitaphe sur la croix, Élisabeth. Rien. Aucune date, aucun nom.

– C'est impossible ! Vous ne pouvez pas faire ça ! plaidai-je en vain pour la centième fois à mon époux, sur le chemin du retour. Ce serait gravement offenser Dieu !

Les obsèques du pauvre Toussaint étaient bien loin de mes pensées, tant j'étais horrifiée par ce que mon mari se proposait de faire. Nous étions seuls avec notre fils dans la calèche tirée par la jument qui peinait malgré sa force à marcher dans un sol de mai encore boueux.

– Cela ne me pose guère de problème d'offenser votre Dieu, Élisabeth ! ragea-t-il en serrant les guides dans ses poings. Et encore moins de vexer notre brave curé. Si mes conclusions se révèlent exactes, il se trouve que ce bandit s'est mêlé une fois de trop de mes affaires ! J'aurais dû y penser bien avant ! J'aurais dû me méfier davantage de lui ! Cette fois, il ne s'en sortira pas ainsi. Je saurai qui est enterré sous cette croix et le seul moyen d'y arriver…

– Je vous en prie, posez-lui la question. Ne faites pas cela. Par amour pour moi !

– Par amour pour vous je ne lui demanderai rien, il ne ferait que mentir. Il a tout à perdre maintenant. Ce soir, j'irai creuser la tombe. Et nous verrons bien qui se cache là-dessous. Nous verrons bien ! Cette histoire n'a que trop duré.

Mon mari avait pris une décision. Je savais que, désormais, rien ne serait en mesure de l'arrêter. Et malgré ma crainte de le voir commettre l'irréparable, je ne pouvais m'empêcher de constater à quel point il me paraissait invulnérable ainsi en colère, ses cheveux désordonnés retombant devant ses yeux brillants de rage. Je m'accrochai à son bras dans un soupir. Je n'avais d'autre choix que d'accompagner dans sa démence celui que j'aimais. S'il brûlait en enfer d'avoir porté ainsi outrage à Dieu, mon devoir d'épouse était de le suivre dans sa chute.

– Laissez-moi alors vous accompagner cette nuit. Angélique saura veiller aux besoins de notre enfant.

– Vous n'y pensez pas, Élisabeth… Ceci est hors de question ! Je ne vais pas au bal du roi, mais bien réveiller les morts, me lança-t-il, avec son air sévère habituel.

– Je vous suivrai malgré tout, parce que je suis votre femme, arguai-je alors, sûre de moi.

– Ah ça, je sais bien, ma chère épouse, que vous en êtes capable !

J'avais toujours estimé que la fragilité et la douceur ne devaient être que le propre des femmes. À mon cœur d'épouse, un homme n'en était guère un s'il n'avait toute la violence d'un démon, d'un malfaiteur à la fois sauvage et terrible. Il se devait d'en imposer par sa force et sa virilité. Cette nuit-là, en observant mon mari peiner pour creuser la tombe à ses pieds, les sentiments que j'éprouvais me semblèrent bien étranges. Comme déplacés. Au mauvais moment, au mauvais endroit. Mais malgré une si juste culpabilité, mes regards ne pouvaient que se concentrer irrésistiblement sur celui qui me tournait le dos, ses puissants muscles jouant sous sa chemise de toile brute. J'espérais de tout cœur que Dieu, dans Sa grande magnanimité, ne S'offusquerait pas de mes inconvenantes rêveries. J'étais hypnotisée par la présence de cet être incongru que j'avais épousé, hypnotisée par sa vigueur, par sa rage employée à commettre cet acte si répréhensible, à pécher avec autant d'acharnement dans un lieu si saint.

La lune éclaira pour un instant le couple singulier que nous faisions, moi, une lanterne à la main, lui, profanant la tombe d'un défunt.

La pelle racla finalement le bois encore solide du cercueil.

Mon époux plaça ses pieds de chaque côté du couvercle.

Et l'arracha d'un seul mouvement.

Je ne ressentis alors que le poids d'un lourd mépris, aussi intense et froid que la bise nocturne qui soufflait autour de nous. Du mépris pour celui qui avait voulu détruire mon bonheur… et la vie de mon mari.

Une femme reposait depuis peu, en paix, dans sa robe blanche. Ses cheveux si noirs amassés en un chignon maladroit au-dessus de la tête retombaient d'un côté, comme pour camoufler son visage défait par la mort. Elle me sembla moins grande qu'en peinture. Beaucoup même. Mon époux reposa le couvercle en pestant.

– Ne refermez pas si vite! avançai-je timidement. Êtes-vous bien certain que c'est elle? Ses cheveux cachent…

– Et qui voulez-vous que ça soit? Je n'ai pas besoin de la contempler des heures… Et cette robe est bien la sienne.

– Qui va là? nous interrompit une voix furieuse dans les ténèbres. Qui marche en pleine nuit dans mon cimetière?

Nous ne répondîmes point, guettant avec calme la venue de celui que nous attendions.

– VOUS! hurla le curé en levant une lanterne à la hauteur de nos visages. Mais vous avez creusé…! Vous avez profané une tombe!

Sa voix était devenue presque celle d'une fillette, tant son indignation en changeait le timbre.

– …

– COMMENT AVEZ-VOUS OSÉ?

Il se précipita sur mon mari, mais celui-ci le retint sans effort d'une seule main. Il lui parla, posément, mais sans cacher sa fureur :

– Maintenant deux choix s'offrent à vous, monsieur le curé. Ou vous m'expliquez immédiatement ce qui est arrivé à Anne ou j'envoie une missive à Québec, sans même attendre le lever du jour, pour vous faire relever de vos fonctions. Vous connaissez votre implication dans toute cette histoire et savez que vous ne pourrez guère vous en défendre, surtout lorsque vos supérieurs constateront l'ampleur des dégâts.

Le coupable tomba à genoux et se mit à pleurer, se lamentant sur son sort et sur la méchanceté du sieur de La Roche. Ce dernier l'empoigna sans ménagement et nous entrâmes tous trois au presbytère.

– Parlez ! ordonna mon époux.

– ...

– Dépêchez-vous avant que je ne change d'avis !

– Que ferez-vous de moi ?

– Cela dépend de votre responsabilité dans la mort de ma sœur.

– Je ne l'ai pas tuée, pleurnicha-t-il. Je l'ai trouvée, inconsciente... J'ai pris grand soin de cette sainte femme et elle s'est remise de sa maladie.

– Ensuite ?

Notre ennemi sembla réfléchir un instant, puis s'empara vivement du chapelet qui pendait à sa hanche. Il se mit à prier ardemment, ses yeux pleins d'amertume levés vers le plafond, comme s'il pouvait alors y apercevoir le ciel. J'eus presque pitié de cet homme qui semblait si vulnérable dans son désarroi... Mais je me dis que c'était lui, après tout, qui avait créé son propre malheur. Mon mari ne se formalisa heureusement pas de son état : il lui arracha tout bonnement son chapelet en le rappelant vivement à l'ordre :

– Mettez un terme à ces jérémiades ridicules et agissez en homme ! Vous avez fait preuve d'acharnement pour commettre une terrible faute, il est temps d'en démontrer autant pour la réparer ! Je vous ordonne de me raconter votre méprisable histoire du début à la fin. Et je vous interdis de tenter de me tromper, je le saurais immédiatement !

– Modérez vos paroles ! Vous vous adressez à votre curé !

– Je m'adresse à un homme et non à un curé ! Cessez de vous cacher derrière vos fonctions d'officiant. Vous ne m'impressionnez pas du tout, Étienne Larouche ! Que vous soyez en soutane ou complètement nu, c'est du pareil au même pour moi et vous le savez très bien ! Parlez !

Le curé lança un regard noir à mon époux, peu ravi de se faire dicter sa conduite.

– Vous voulez tout savoir ? Eh bien, vous saurez tout ! Oui ! C'est moi qui ai recueilli Anne le soir où votre carriole est restée coincée. Oui ! C'est moi qui l'ai amenée ici et soignée avec patience afin qu'elle puisse survivre. Je guettais votre arrivée depuis des heures, j'avais hâte d'apercevoir enfin celle qui vous détestait autant que moi, celle qui voulait s'approprier ce qui lui revenait de droit !

– Pourquoi l'avez-vous enlevée ? Cela est tout à fait ridicule.

– Je n'ai rien fait de mal. Je voulais cette femme auprès de moi. Je ne voulais pas la laisser si faible entre vos mains. Qui sait ce que vous en auriez fait…

– Vous justifiez vos actes de façon commode !

– Rien n'est si commode ! Je voulais que vous quittiez enfin la seigneurie, vous, le démon qui osez vous élever sans cesse contre mon autorité ! Vous, qui faites fi des commandements de Dieu ! Vous, qui vous moquez de moi devant mes propres paroissiens !

– Je ne me moque pas de vous !

– Vous le faites puisque vous ne m'obéissez pas ! C'est pourtant votre devoir puisque Dieu parle par ma bouche, JE SUIS Son autorité ! Personne ici n'a jamais eu l'idée de discuter mes décisions… Personne… Sauf vous ! Vous organisez des fêtes païennes, vous vous mariez un vendredi 13, vous refusez de venir à l'église et vous vous permettez de critiquer mes sermons ! Si ce n'est pas pour vous moquer de moi, comment le feriez-vous donc ? Vous avez toujours été un obstacle à mon pouvoir ! Toujours ! Les hommes, les femmes ne sont plus MES paroissiens lorsque vous apparaissez : ils deviennent VOS gens à VOUS !

Je vis un sourire se dessiner au coin des lèvres de mon époux :

– Je n'aurais pas cru cela possible, mais je pense que vous êtes aussi fou que ma sœur l'était. Je comprends mieux votre attachement mutuel…

– Qui dit que nous étions attachés ?

– Vous avez parlé d'elle comme d'une sainte femme et laissez-moi vous affirmer avec certitude que c'est la première fois que quelqu'un émet ce qualificatif à son sujet.

– C'était une sainte femme parce qu'elle aurait pu me débarrasser de vous ! Elle avait compris ce que vous êtes vraiment ! Le démon, monsieur ! Le diable en personne !

Je regardais avec consternation ces hommes qui se mesuraient du regard. Et je m'interrogeai sur cette haine immodérée de l'un pour l'autre.

Puis je compris.

C'était si simple, si évident.

Presque banal.

C'était une lutte vieille comme le monde. La lutte du faible devant le fort, de l'impuissance devant le pouvoir. C'était la révolte de celui qui n'avait rien devant celui qui avait tout. De l'un se dégageait une autorité naturelle, immuable et farouche. De l'autre rien… sinon de par le crucifix qui pendait à sa hanche.

Je réalisai qu'il était plus que temps de mettre un peu d'ordre à ce torrent d'insultes.

– Si j'ai bien saisi…, commençai-je.

Ils tournèrent tous deux la tête vers moi, se rappelant soudainement ma présence.

– Si j'ai bien saisi, monsieur le curé, vous vouliez aider Anne à s'approprier la seigneurie afin de vous débarrasser de mon mari. Cela explique pourquoi vous aviez offert plusieurs fois au sieur de La Roche d'acheter ses terres. Ce que je conçois moins bien…

– Que voulez-vous savoir ? Je vous ai tout dit, lança-t-il avec dédain.

– Je ne comprends pas l'utilité d'un fantôme.

L'homme parut déconcerté par ma question, passa une main tremblante dans ses cheveux, et me fixa avec désarroi.

– Vous souhaitiez que tout le monde soupçonne le sieur de La Roche d'avoir tué sa sœur, continuai-je devant son silence. Vous avez inventé cette histoire de Dame blanche pour faire peur aux gens et faire médire à son sujet, afin qu'il quitte les lieux de sa propre initiative. Cela n'a pas dû être bien difficile, tellement de rumeurs circulent déjà sur le compte de mon époux. Et puis les gens s'épouvantent facilement…

– Quelles rumeurs ? s'insurgea mon mari, mi-étonné, mi-furieux.

– Nous en reparlerons plus tard si vous voulez bien. Laissez-moi poursuivre, plutôt. Vous vouliez, monsieur le curé, que l'on croie que l'âme tourmentée d'Anne de La Roche hanterait la seigneurie tant et aussi longtemps que son meurtre ne serait pas vengé. Cette femme n'était pas prévue dans vos plans dès le départ, mais lorsqu'elle vous a écrit vous avez tout de suite su comment tirer avantage de son arrivée. Et comme la pauvre n'avait pas toute sa tête, il n'a pas été bien malaisé de la convaincre de jouer au fantôme. Je parie qu'elle s'y est même amusée un peu…

Nous gardâmes tous le silence pendant un court moment. Le curé plaqua ses mains sur son visage, se leva et s'éloigna de nous. Mais je n'avais pas encore terminé.

– Vous saviez que mon mari ne laisserait pas ses terres facilement. Vous avez cru que les gens finiraient par chasser leur seigneur assassin… et comme vous lui donniez l'occasion de vous vendre ses biens…

– Laissez-moi, je vous prie, m'interrompit-il sans voix.

Mon époux prit ma main dans la sienne. Un sourire à peine perceptible vint effleurer ses lèvres.

– Je demanderai mon transfert dans une autre paroisse. Sortez de chez moi. J'ai une tombe à combler et des valises à faire.

– Pas avant que vous m'ayez remis la lettre du notaire, lui ordonna posément mon époux. Anne l'avait très certainement sur elle, je ne l'ai point trouvée dans ses bagages.

Le curé s'éloigna d'un pas traînant, chercha rapidement au fond d'un tiroir et tendit une enveloppe cachetée à mon mari sans même le regarder.

– Que ferez-vous de ce papier? lui demandai-je alors.

– Je le mettrai en lieu sûr. Pour l'instant. Anne ne peut plus rien contre moi à présent. Une dernière question, monsieur le curé, quand cette femme est-elle morte?

– Il y a deux jours.

– De quoi?

– Elle est tombée du haut d'une fenêtre. J'ai entendu un grand bruit, puis je l'ai trouvée, étendue au sol. Je ne sais pas exactement ce qui s'est passé.

– …

– Vous savez tout. Partez maintenant.

Le curé referma la porte de son presbytère en nous jetant un regard absent. Ce fut la dernière fois que nous le vîmes, avant longtemps.

L'été était arrivé, sans qu'on y fût vraiment préparés, torride et éclatant, avec ses millions de feuilles, de fleurs et d'herbes folles. Les moustiques, ravis de revenir enfin harceler les habitants du village, attaquaient sans relâche du matin au soir, si bien que personne ne s'attardait longtemps au-dehors les jours où le vent refusait de souffler. Les beaux jours passèrent si vite que juillet arriva bientôt avec son lot de moisson et d'abondance. Il était déjà temps d'arracher à la terre les légumes du jardin et de courir les bois pour cueillir les petits fruits sauvages. On partait alors, par famille entière, à la recherche de framboises ou de bleuets, avec sous les bras tous les paniers, marmites ou écuelles que l'on pouvait trouver.

C'est par un chaud matin du mois d'août que nous entendîmes les cloches de l'église fendre l'air estival. Les gens de la seigneurie se rassemblèrent en vitesse sur la colline surplombant le fleuve pour regarder passer un énorme navire qui glissait lentement sur le fleuve. D'autres filles du roi arriveraient ce jour-là à Québec, afin de trouver en ce vaste pays un mari, une famille et une nouvelle vie. Je savais ce qu'elles pouvaient ressentir.

Babette me regarda, l'air heureux, et je lui rendis son sourire. Elle s'approcha de moi et nous comparâmes un moment nos bébés, pleines de fierté.

– Serait-ce enfin le bonheur que je vois dans tes yeux, Élisabeth ? me lança subitement mon amie, taquine.

– Peut-être, lui répondis-je sur le même ton.

– Je t'ai vue il n'y a pas une minute, auprès de ton époux. Tu avais un bien drôle d'air…

– Ah oui ?

– Je dois te mettre en garde pourtant... N'oublie jamais que l'amour ne met pas de pain sur la table. C'est une amie à moi qui m'a expliqué ça un jour.

– Tu diras à ton amie qu'elle parlait à travers son chapeau.

– Je lui dirai volontiers, de ta part !

Nous éclatâmes de rire et Babette s'en fut, joyeuse, retrouver son Antoine. Je pensai en la regardant s'éloigner qu'il y avait bien longtemps que nous n'avions pu discuter, elle et moi. J'avais tellement de choses à lui raconter.

– J'aimerais passer chez Babette dès demain, pour me distraire un peu, signifiai-je à mon mari, qui me toisa de haut.

– Je vous l'interdis, me signifia-t-il gravement.

– Je ne vous ai pas demandé la permission, rétorquai-je aussi franchement.

Il se pencha vers moi, l'air sévère, mais se mit à contempler avec satisfaction son fils, qui dormait dans mes bras. Le nouveau curé, un jeune homme brun au visage toujours souriant, l'air à peine sorti de l'adolescence, m'envoya la main.

Le soleil couchant réchauffait la cime des grands arbres en les adoucissant de doux tons de miel. Il laissa tomber sur le fleuve, pour le simple plaisir des yeux, des millions de paillettes dorées. Me prenant par la main, mon époux s'avança pour regarder passer le gigantesque navire chargé de nouveaux arrivants, les dominant du haut de la berge de sa seule présence.

AUTRES TITRES PARUS
DANS LA MÊME COLLECTION

Alain, Sonia, *Le masque du gerfaut*
Barcelo, François, *J'enterre mon lapin*
Barcelo, François, *Tant pis*
Barthe, Pierre, *Îlu. L'homme venu de nulle part*
Bergeron, Mario, *Ce sera formidable!*
Borgognon, Alain, *Dérapages*
Borgognon, Alain, *L'explosion*
Bouchard, Roxanne, *Whisky et paraboles* (Prix Robert-Cliche 2005)
Boulanger, René, *Les feux de Yamachiche*
Boulanger, René, *Trois p'tits chats*
Breault, Nathalie, *Opus erotica*
Caron, Pierre, *Thérèse. La naissance d'une nation. T. I*
Caron, Pierre, *Marie. La naissance d'une nation. T. II*
Caron, Pierre, *Émilienne. La naissance d'une nation. T. III*
Cliff, Fabienne, *Kiki*
Cliff, Fabienne, *Le nid du Faucon*
Cliff, Fabienne, *Le royaume de mon père. T. I: Mademoiselle Marianne*
Cliff, Fabienne, *Le royaume de mon père. T. II: Miss Mary Ann Windsor*
Cliff, Fabienne, *Le royaume de mon père. T. III: Lady Belvédère*
Collectif, *Histoires d'écoles et de passions*
Côté, Jacques, *Les montagnes russes*
Côté, Reine-Aimée, *Les bruits* (Prix Robert-Cliche 2004)
Désautels, Michel, *La semaine prochaine, je veux mourir*
Désautels, Michel, *Smiley* (Prix Robert-Cliche 1998)
Dufresne, Lucie, *L'homme-ouragan*

Dupuis, Gilbert, *Les cendres de Correlieu*
Dupuis, Gilbert, *La chambre morte*
Dupuis, Gilbert, *L'étoile noire*
Dussault, Danielle, *Camille ou la fibre de l'amiante*
Fahmy, Jean Mohsen, *Frères ennemis*
Fauteux, Nicolas, *Comment trouver l'emploi idéal*
Fauteux, Nicolas, *Trente-six petits cigares*
Fortin, Arlette, *C'est la faute au bonheur*
(Prix Robert-Cliche 2001)
Fortin, Arlette, *La vie est une virgule*
Fournier, Roger, *Les miroirs de mes nuits*
Fournier, Roger, *Le stomboat*
Gagné, Suzanne, *Léna et la société des petits hommes*
Gagnon, Madeleine, *Lueur*
Gagnon, Madeleine, *Le vent majeur*
Gagnon, Marie, *Des étoiles jumelles*
Gagnon, Marie, *Emma des rues*
Gagnon, Marie, *Les héroïnes de Montréal*
Gagnon, Marie, *Lettres de prison*
Gélinas, Marc F., *Chien vivant*
Gevrey, Chantal, *Immobile au centre de la danse*
(Prix Robert-Cliche 2000)
Gilbert-Dumas, Mylène, *1704*
Gilbert-Dumas, Mylène, *Les dames de Beauchêne. T. I*
(Prix Robert-Cliche 2002)
Gilbert-Dumas, Mylène, *Les dames de Beauchêne. T. II*
Gilbert-Dumas, Mylène, *Les dames de Beauchêne. T. III*
Gilbert-Dumas, Mylène, *Lili Klondike. T. I*
Gilbert-Dumas, Mylène, *Lili Klondike. T. II*
Gilbert-Dumas, Mylène, *Lili Klondike. T. III*
Gill, Pauline, *La cordonnière*
Gill, Pauline, *Et pourtant elle chantait*
Gill, Pauline, *Les fils de la cordonnière*
Gill, Pauline, *La jeunesse de la cordonnière*
Gill, Pauline, *Le testament de la cordonnière*
Girard, André, *Chemin de traverse*
Girard, André, *Zone portuaire*

Grelet, Nadine, *La belle Angélique*
Grelet, Nadine, *Les chuchotements de l'espoir*
Grelet, Nadine, *La fille du Cardinal. T. I*
Grelet, Nadine, *La fille du Cardinal. T. II*
Grelet, Nadine, *La fille du Cardinal. T. III*
Grelet, Nadine, *Entre toutes les femmes*
Gulliver, Lili, *Confidences d'une entremetteuse*
Gulliver, Lili, *L'univers Gulliver 1. Paris*
Gulliver, Lili, *L'univers Gulliver 2. La Grèce*
Gulliver, Lili, *L'univers Gulliver 3. Bangkok, chaud et humide*
Gulliver, Lili, *L'univers Gulliver 4. L'Australie sans dessous dessus*
Hébert, Jacques, *La comtesse de Merlin*
Hétu, Richard, *Rendez-vous à l'Étoile*
Hétu, Richard, *La route de l'Ouest*
Jasmin, Claude, *Chinoiseries*
Jasmin, Claude, *Des branches de jasmin*
Jobin, François, *Une vie de toutes pièces*
Lacombe, Diane, *La châtelaine de Mallaig*
Lacombe, Diane, *Gunni le Gauche*
Lacombe, Diane, *L'Hermine de Mallaig*
Lacombe, Diane, *Moïrane*
Lacombe, Diane, *Nouvelles de Mallaig*
Lacombe, Diane, *Sorcha de Mallaig*
Laferrière, Dany, *Cette grenade dans la main du jeune Nègre est-elle une arme ou un fruit?*
Laferrière, Dany, *Le goût des jeunes filles*
Lalancette, Guy, *Il ne faudra pas tuer Madeleine encore une fois*
Lalancette, Guy, *Les yeux du père*
Lamothe, Raymonde, *L'ange tatoué* (Prix Robert-Cliche 1997)
Lamoureux, Henri, *L'infirmière de nuit*
Lamoureux, Henri, *Journées d'hiver*
Lamoureux, Henri, *Le passé intérieur*
Lamoureux, Henri, *Squeegee*
Landry, Pierre, *Prescriptions*
Lapointe, Dominic, *Les ruses du poursuivant*
Lavigne, Nicole, *Les noces rouges*
Lazure, Jacques, *Vargöld. Le temps des loups*

Massé, Carole, *Secrets et pardons*
Maxime, Lili, *Éther et musc*
Messier, Claude, *Confessions d'un paquet d'os*
Moreau, Guy, *L'Amour Mallarmé* (Prix Robert-Cliche 1999)
Nicol, Patrick, *Paul Martin est un homme mort*
Ouellette, Sylvie, *Maria Monk*
Racine, Marcelle, *Éva Bouchard. La légende de Maria Chapdelaine*
Renaud, Jean, *Le camée et le bustier*
Robitaille, Marc, *Des histoires d'hiver, avec des rues, des écoles et du hockey*
Roy, Danielle, *Un cœur farouche* (Prix Robert-Cliche 1996)
Saint-Cyr, Romain, *Belle comme un naufrage*
Saint-Cyr, Romain, *L'impératrice d'Irlande*
Sicotte, Anne-Marie, *Les accoucheuses. T. I : La fierté*
Sicotte, Anne-Marie, *Les accoucheuses. T. II : La révolte*
Sicotte, Anne-Marie, *Les accoucheuses. T. III : La déroute*
St-Amour, Geneviève, *Passions tropicales*
Thibault, Yvon, *Le château de Beauharnois*
Tremblay, Allan, *Casino*
Tremblay, Françoise, *L'office des ténèbres*
Trussart, Danielle, *Le train pour Samarcande* (Prix Robert-Cliche 2008)
Turchet, Philippe, *Les êtres rares*
Vaillancourt, Isabel, *Les mauvaises fréquentations*
Vignes, François, *Les compagnons du Verre à Soif*
Villeneuve, Marie-Paule, *Les demoiselles aux allumettes*
Villeneuve, Marie-Paule, *L'enfant cigarier*
Yaccarini, Antoine, *Meurtre au* Soleil

Cet ouvrage composé en Garamond corps 13 a été achevé d'imprimer au Québec
le quatorze janvier deux mille dix sur papier Enviro 100 % recyclé
pour le compte de VLB éditeur.